唐宋八大家

唐宋时期八大散文代表作家的合称

竭宝峰／主编

辽海出版社

叁

与孙莘老书

某昨日相见,殊匆匆。所示及讯狱事,深思如此难处,足下试思其方,因书示及。今世人相识,未见有切磋琢磨如古之朋友者,盖能受善言者少,幸而其人有善人之意,而与游者犹以为阳不信也[1]。此风甚可患[2]。如某之不肖,虽不为有道,计足下犹当以善言处我,而未尝有善言见赐,岂以为不足语乎?足下尚如此,复何望于今世人也!是为事,某亦虽多复辨论,非敢自强蔽以所识,直以为不如是,则亦有所未悟,彼此之理,不尽在他人,恐以不能敬受其说,而欲是者因而已。在足下聪明,想宜知鄙心,要当往复穷究道理耳。

古之人,未有不须友以成者。盖无朋友,则不闻其过,不闻其过,最患之大者。况某之不肖,所学者非世之所可用,而所任者非身之所能为,忍心拂性,苟取衣食,而冒人之寄属[3],其大过宜日日有,方理稽求可以自脱,冀足下时以见谕也。

盐秤子骚扰事[4],幸疏示其详,不敢作足下文字施行,要约束今后耳。足下既受人民社稷于上官,势亦不得有所避,避太过,则其事将不直[5],而职事亦何由理也。如盐秤子事,悉望疏示,自足下职事,然某不敢漏露也。至麾岭乡诗,奉寄一览也。秋冷,自爱。

【注释】

(1) 与游者：与之交往的人。阳，通"佯"，假装。

(2) 可患：值得忧虑。

(3) 冒人之寄属：谓以自己之不才，而居于众人所寄予厚望的位置。

(4) 盐秤子骚扰事：未详。盖安石所在之地盐贩聚众纠纷。

(5) 事将不直：谓孙觉处理盐秤子纠纷如果回避太过，将影响事情的公正解决。

请杜醇先生入县学书

其一

人之生久矣，父子、夫妇、兄弟、宾客、朋友其伦(1)也。孰持其伦？礼乐、刑政、文物、数制、事为其具也。其具孰持之？为之君臣，所以持之也。君不得师，则不知所以为君；臣不得师，则不知所以为臣。为之师，所以并持之也。君不知所以为君，臣不知所以为臣，人之类其不相贼杀以至于尽者，非幸欤？信乎其为师之重也。

古之君子，尊其身，耻在舜下。虽然，有鄙夫问焉而不敢忽，敛⁽²⁾然后其身似不及者，有归之以师之重而不辞，曰："天之有斯道，固将公之⁽³⁾，而我先得之，得之而不推余于人，使同我所有，非天意，且有所不忍也。"

某得县于此逾年矣⁽⁴⁾，方因孔子庙为学，以教养县子弟，愿先生留听而赐临之以为之师，某与有闻焉。伏惟先王不与古之君子者异意也。幸甚。

其二

惠书何推褒之隆而辞让之过也⁽¹⁾。仁人君子，有以教人，义不辞让，固已为先生道也。今先生过引孟子、柳宗元之说以自辞。孟子谓"人之患在好为人师"者，谓无诸中而为有之者，岂先生之谓哉！彼宗元恶知道⁽²⁾？韩退之毋为师，其孰能为师？天下士将恶乎师哉⁽³⁾？

夫谤与誉，非君子所恤⁽⁴⁾也，适于义而已矣。不曰适于义，而唯谤之恤，是薄世终无君子，唯先生图之。示诗质而无邪，亦足见仁人之所存⁽⁵⁾，甚善，甚善！

【其一注释】

(1) 伦：次序、伦常。

(2) 敛：回顾自身。

(3) 公之：谓让所有的人都共同享用、接受先王之道。

(4) 此句谓：我在鄞县任知县已经一年多了。

【其二注释】

（1）惠书：来信。推褒之隆，谓信中称扬王安石的为政之举。辞让之过，对入县学为师之事过分推辞。

（2）恶知道：哪里懂得先王之道？

（3）天下士将恶乎师哉：天下的人将向谁求学呢？

（4）恤：顾虑，担心。

（5）所存：谓心中所存有的是圣贤先王之道。

答吕吉甫书

某与公同心，以至异意，皆缘国论(1)，岂有它哉？同朝纷纷，公独助我，则我何憾于公？人或言公，我无与焉，则公何尤(2)于我？趋时便事(3)，则吾不知其说焉，考实论情，则公宜照其如此。开喻重悉，览之怅然。昔之在我者，既无细故可疑；则今之在公者，尚何旧恶足念？然公以壮烈，方进为(4)于圣世，而某苶然(5)衰疾，特待尽(6)于山林，趣舍异路，则相呴以湿，不如相忘之愈也。相趣召在朝夕，惟良食，为时自爱。

承累幅(7)勤勤，为礼过当，非所敢望于故人也，不敢视此以为报礼，想蒙恕察。承已祥除，伏惟尚有余慕。知有所论著，恨未见之。

惟赖恩覆，以得优游，然以疾恙弃日，茫然未有获也。诸令弟⁽⁸⁾各想禔福⁽⁹⁾。

【注释】

(1) 皆缘国论：都缘于对国家大事的看法。
(2) 尤：怪罪。
(3) 趋时便事：随俗俯仰，见机行事。
(4) 进为：进取，作为。
(5) 茶然：精神萎靡的样子。茶，疲倦。
(6) 待尽：等待生命终结。
(7) 累幅：谓书信之多。
(8) 诸令弟：指吕惠卿的两个弟弟吕升卿和吕和卿。
(9) 禔福：安乐、幸福。禔：安。

答龚深父书

某得手笔，感慰，尤喜侍奉万福。所示王深父事甚晓⁽¹⁾。然不为小廉曲谨⁽²⁾，以投众人耳目⁽³⁾，而趣舍必度于仁义，是乃深父所以合于古人，而众人所以不识深父者也。言之于深父何病？

杨雄亦用心于内，不求于外，不修廉隅以徼名当世。故某以谓深父于为雄,几可以为悔。杨雄者,自孟轲以来,未有及之者。但后世学士大夫,多不能深考之尔。孟轲,圣人也。贤人则其行不皆合于圣人,特其智足以知圣人而已。故某以谓深父其知能知轲,其于为雄几可以无悔。杨雄之仕,合于孔子无不可之义,奈何欲非之乎?若以深父之不仕为过于雄,则自雄以来能不仕者多矣,岂皆能过于雄乎?若以深父之不仕为与雄异,则孟子称禹、稷、颜回同道(4)。深父之于为雄,其以强学力行之所至,仕不仕特其所遭义命之不同(5),未可以议于此。

深父吾友也,言其美,尤不敢略,亦不敢诬,所以致忠信于吾友。然以久废学,恐所论尚不中,不惜更详喻及也。

【注释】

(1) 王深父:王回字深父,王安石好友,颍州汝阴人。尝为卫真县主簿,岁余辞官,年四十三而卒。夫人曾氏,先回而卒。

(2) 小廉曲谨:小处廉洁谨慎。

(3) 投:投合,迎合。

(4) 孟子称禹、稷、颜回同道:《孟子·离娄下》:"禹、稷当平世,三过其门而不入,孔子贤之。颜子当乱世,居于陋巷,一箪食,一瓢饮,人不堪其忧,颜子不改其乐,孔子贤之。孟子曰禹、稷、颜回同道。……禹、稷、颜子,易地则皆然。"

(5) 特:但、只。

答王深甫书

其一

某拘于此⁽¹⁾，郁郁不乐，日夜望深甫之来，以豁吾心。而得书，乃不知所冀。况自京师去颍⁽²⁾良不远，深甫家事，会当有暇时，岂宜爱数日之劳而不顾我乎？朋友道丧久矣，此吾于深甫不能无望也。

向说⁽³⁾天民⁽⁴⁾，与深甫不同。虽蒙丁宁相教，意尚未能与深甫相合也。深甫曰："事君者，以容于吾君为悦；安社稷者，以安吾之社稷为悦；天民者，以行之天下而泽被于民为达。三者皆执其志之所殖而成善者也，而未及乎知命，大人则知命矣。"某则以谓善者，所以继道而行之可善者也。孔子曰："智及之，仁能守之，庄以莅⁽⁵⁾之，动之不以礼⁽⁶⁾，未善也。"又曰："《武》尽美矣，未尽善也。"孔子之所谓善者如此，则以容于吾君为悦者，未可谓能成善者也，亦曰容而已矣。以容于吾君为悦者，则以不容为戚；安吾社稷为悦，则以不安为戚。吾身之不容，与社稷之不安，亦有命也，而以为吾戚，此乃所谓不知命也。夫天民者，达可行于天下而后行之者也。彼非以达可行于天下为悦者也。则其穷而不行也，岂以为戚哉？视吾之穷达，而无悦戚于吾心，不知命者，其何能如此？且深甫谓以民系⁽⁷⁾天者，明其性命莫不禀于天⁽⁸⁾也。有匹夫求达其志于天下，以养全其类，是能顺天者，敢取其号亦曰天民。安有能顺天而不知命者乎？

深甫曰："安有能视天[9]以去就[10]，而德顾贬于大人[11]者乎？"某则以谓古之能视天以去就，其德贬于大人者有矣，即深甫所谓管仲是也。管仲，不能正己者也。然而至于不死子纠而从小白，其去就可谓知天矣。天之意，故尝甚重其民。故孔子善[12]其去就，曰："岂若匹夫匹妇为谅[13]也，自经于沟渎[14]而莫之知也。"此乃吾所谓德不如大人，而尚能视天以去就者。

深甫曰："正己以事君者，其道足以致容而已，不容，则命也，何悦于吾心哉？正己而安社稷者，其道足以致安而已，不安，则命也，何悦于吾心哉？正己以正天下者，其道足以行天下而已，不行，则命也，何穷达于吾心哉？"某则以谓大人之穷达，能无悦戚于吾心，不能毋欲达。孟子曰："我四十不动心。"又曰："何为不豫[15]哉？然而千里而见王[16]，是予所欲也。不遇[17]故去，岂予所欲哉？王庶几改之，予日望[18]之。"夫孟子可谓大人矣，而其言如此，然则所谓夫穷达于吾心者，殆非也，亦曰无悦戚而已矣。

深甫曰："惟其正己而不期于正物，是以使万物之正焉。"某以谓期于正己而不期于正物，而使万物自正焉，是无治人之道也。无治人之道者，是老、庄之为也。所谓大人者，岂老、庄之为哉？正己不期于正物者，非也；正己而期于正物，是无命也。是谓大人者，岂顾无义命哉？扬子[19]曰："先自治而后治人之谓大器。"扬子所谓大器者，盖孟子之谓大人也。物正焉者，使物取正乎我[20]而后能正，非使之自正也。武王曰："四方有罪无罪，惟我在，天下曷敢有越厥志！"一人横行于天下，武王耻之。孟子所谓"武王一怒而安天下之民"不期于正物而使物自正，则一人横行于天下，武王无为怒也。孟子殁，能言大人而不放于老、庄者，扬子而已。

深甫常试以某之言与常君⁽²¹⁾论之，二君犹以为未也，愿以教我。

其 二

某学未成⁽¹⁾而仕，仕又不能俯仰以赴时事之会，居非其好⁽²⁾，任非其事⁽³⁾，又不能远引⁽⁴⁾以避小人之谤谗，此其所以为不肖而得罪于君子者，而足下之所知也。往者，足下遽不弃绝，手书勤勤，尚告以其所不及，幸甚，幸甚。顾私心尚有欲言，未知可否，试尝言之：

某尝以谓古者至治之世⁽⁵⁾，然后备礼而致刑⁽⁶⁾。不备礼之世，非无礼也，有所不备耳；不致刑之世，非无刑也，有所不致耳。故某于江东⁽⁷⁾，得吏之大罪有所不治，而治其小罪。不知者谓好伺人之小过以为明，知者又以为不果于除恶，然使怒者不资此以为言乎？某异于此，以为方今之理势，未可以致刑。致刑则刑重矣，而所治者⁽⁸⁾少，不致刑则刑轻矣，而治者多，理势固然也。一路⁽⁹⁾数千里之间，吏方苟简自然，狃⁽¹⁰⁾于养交取容之俗，而吾之治者五人，小者罚金，大者才绌一官，而岂足以多乎？工尹商阳非嗜杀人者，犹杀三人而止，以为不如是不足以反命。某之事，不幸而类此。若夫为此纷纷，而无预⁽¹¹⁾于道之废兴，则既亦知之矣。抑所谓君子之仕行其义者，窃有意焉。足下以为如何？

自江东日得毁于流俗之士，顾吾心未尝为之变。则吾之所存，固无以媚斯世⁽¹²⁾，而不能合乎流俗也。及吾朋友亦以为言，然后怵然⁽¹³⁾自疑，且有自悔之心。徐自反念⁽¹⁴⁾，古者一道德以同天下之俗，士之有为于世也，人无异论。今家异道，人殊德，又以爱憎喜怒变事实而传之，则吾友庸讵⁽¹⁵⁾非得于人之异论变事实之传，而后疑我之言乎？况足下知我深，爱我厚，吾之所以日夜向往而不忘者，安得不尝试言吾之所自为，以冀足下之察(16)我乎？使吾自为如此，而可以无罪，固大善，即足下尚有以告我，使释然知其所以为罪，虽吾往者已不及，尚可以来者之戒。幸留意报我，无忽。

【其一注释】

（1）拘于此：言为官事所累，不便于走访。

（2）颍：即颍州，在安徽阜阳。

（3）向说：以前所讨论的。

（4）天民：生活在圣王之世的百姓。

（5）莅：临。

（6）动之不以礼：行为不合乎"礼"的标准。

（7）系：是。

（8）性命莫不禀于天：人的性、命都受之于天。

（9）天：指"天命"，"天的意志"。

（10）去就：离开官位还是就任官位。

（11）德顾贬于大人：其品德回头被德行高洁的人所贬低。

（12）善：称赞。

（13）谅：诚、信。

（14）自经于沟渎：在河沟里上吊自杀。

（15）豫：高兴。

（16）王：指齐宣王。

（17）不遇：合不来，谈不拢。

（18）望：期待。

（19）扬子：汉代扬雄。

（20）取正乎我：以我作为端正自身的榜样。

（21）常君：即常秩，字夷甫。

【其二注释】

（1）学未成：指没有在圣人先王之道方面达到很好的造诣。

（2）居非其好：所得官位并非自己所喜欢的。

（3）任非其事：所从事的职任也并不是自己所能胜任的。

（4）远引：退避到远处。

（5）至治之世：指人们道德水平和物质生活水平都很高的太平世界。

（6）致刑：使刑法达到完备状态。

（7）指王安石任江南东路提点刑狱之时。

（8）所治者：接受统治的百姓。

（9）一路：指江南东路范围之内。

（10）狃：习惯。

（11）无预：无关。

（12）固无以媚斯世：本来没什么东西来取悦于这样的世俗。

（13）怵然：恐惧的样子。

（14）徐自反念：慢慢地回过头来琢磨。

（15）庸讵：语气词。怎么，何以。

（16）察：检查、仔细分辨。

答李资深书

某启：辱书勤勤，教我以义命之说，此乃足下忠爱于故旧[1]，不忍捐弃，而欲诱之以善也。不敢忘，不敢忘。虽然，天下之变故多矣，而古之君子，辞受取舍之方不一，彼皆内得于己[2]，有以待物[3]，而非有待乎物者也。非有待乎物，故其迹时若可疑；有以待物，故其心未尝有悔也。若是者，岂以夫世之毁誉者概[4]其心哉？若某者，不足以望此，然私有志焉，顾非与足下久相从而熟讲之，不足以尽也耳。多病无聊，未知何时得复晤语，书不一一，千万自爱！

【注释】

（1）忠爱于故旧：对老朋友存有忠爱之心。

（2）内得于己：内心达到充实、完善的状态。

（3）有以待物：用自己的德才来等待施展的机会。

（4）概：总结、推断。

答曾子固书

某启：久以疾病不为问，岂胜向往[1]。前书疑子固于读经有所不暇，故语及之。连得书，疑某所谓经者佛经也，而教之以佛经之乱俗。某但言读经，则何以别于中国圣人之经，子固读某书每如此，亦某所以疑子固于读经有所不暇也。然世之不见全经久矣，读经而已，则不足以知经。故某自百家诸子之书，至于《难经》、《素问》、《本草》、诸小说，无所不读，农夫女工，无所不问，然后于经为能知其大体而无疑。盖后世学者，与先王之时异矣，不如是，不足以尽圣人故也。杨雄虽为不好非圣人之书，然于《墨》、《晏》、《邹》、《庄》、《申》、《韩》，亦何所不读？致彼其知而后读，必有所去取，故异学不能乱也。惟其不能乱，故能有所去取者，所以明吾道而已。子固视吾所知，为尚可以异学乱之者乎？非知我也。方今乱俗，不在于佛，乃在于学士大夫沉没利欲，以言相尚[2]，不知自治而已[3]。子固以为如何？苦寒，比日侍奉万福，自爱。

【注释】

（1）胜：经得住，担得起。

（2）以言相尚：尚，本意谓超过、超越。

（3）自治：谓自己注意磨砺自己，自己以圣人之道来约束自己。

答王该秘校书

某不思其力之不任⁽¹⁾也,而唯孔子之学,操行之不得,取正于孔子⁽²⁾焉而已。宦为吏,非志也,窃自比古之为贫者,不知可不可耶?今之吏,不可以语古。拘于法,限于势,又不得久,以不见信于民,民源源然⁽³⁾日入贫恶。借令孔子在,与之百里,尚恐不得行其志于民。故凡某之施设⁽⁴⁾,亦苟然而已,未尝不自愧也。足下乃从而誉之,岂其听之不详耶?且古所谓蹈之⁽⁵⁾者,徒若是而止耶?殆不若是而止也。易子之事⁽⁶⁾,未之闻也。幸教之,亦未敢忽也。

【注释】

(1) 不任:不能担当。
(2) 取正于孔子:以孔子的言行来校正自己。
(3) 源源然:连续不断的样子。
(4) 施设:即政绩,作为。
(5) 蹈之:蹈道。即实践先王之道。
(6) 易子之事:未详。

答孙长倩书

孙君足下：比⁽¹⁾过江宁⁽²⁾，家兄道足下虽稚年有奇意，欲务行古人事今世，发为词章，尤感切今世事，荦荦⁽³⁾有可畏爱者。语未究，足下来门，见示以文，见责以教诲。观足下所为文，探足下志，信然⁽⁴⁾，独责教诲为失其所焉尔。

古之道废踣⁽⁵⁾久矣。大贤间起废踣之中，率常位庳泽狭⁽⁶⁾，万不救一二，天下日更薄恶，宦学者⁽⁷⁾不谋道⁽⁸⁾，主禄利⁽⁹⁾而已。尝记一人焉，甚贵且有名，自言少时迷，喜学古文，后乃大寤，弃不学，学治今时文章⁽¹⁰⁾。夫古文何伤？直与世少合耳⁽¹¹⁾，尚不肯学，而谓学者迷。若行古之道于今之世，则往往困矣，其又肯行邪？甚贵且有名者云，况其下碌碌者⁽¹²⁾邪？反于是，其亦几何矣。足下何觉之早邪？而独反于是邪？其亦谋道而不主利禄者邪？语曰："涂之人皆可以为禹。"道人人有善性，而未必善自充也。若足下者，充之不已，不惑以变⁽¹³⁾，其又可量邪？某将企警嗟慕之不遑⁽¹⁴⁾，于教诲乎何敢！

【注释】

(1) 比：近来，最近。

(2) 江宁：今南京市。

（3）荦荦：超俗不群的样子。

（4）信然：确实如此。

（5）踣：灭，破。

（6）位庳泽狭：官位较低，而接受他教化的人也较少，即影响面较小。

（7）宦学者：做官的读书人。

（8）不谋道：不打算推先王之道于天下。

（9）主禄利：以希求俸禄、捞取实惠为目标。

（10）今时文章：宋初盛行的骈体文。

（11）直：仅仅。与世少合，与当今的时俗不相适宜。

（12）碌碌者：平庸之辈。

（13）不惑以变：不被变化的时俗好尚所迷惑。

（14）企：攀登。警，提醒自己。不遑，来不及。

答李参书

李君足下：留书奖引甚渥，卒曰："教之育之，在执事耳。"某材德薄，不能堪，足下望之又何过也？夫教之育之，某之所以望于人也⁽¹⁾。足下曾某之望乎⁽²⁾？岂欲享侙人以壮者之食，而强之负重乎？然足下自言不乐雷同，不喜趋竞⁽³⁾。审如是⁽⁴⁾，某诚爱焉，诚慕焉，诚欲告足下所闻焉。曰其人诚甚贵，有它人，稍近于谀⁽⁵⁾，则疾之若数世之仇。审如是，亦过矣。天下靡靡然⁽⁶⁾，足下之仇岂少邪？君子不为已甚者⁽⁷⁾，求中⁽⁸⁾焉其可也。

【注释】

（1）此句意为：我还得期待着高明的人来教育我呢！

（2）此句意为：您怎么还期望我来教人育人呢？岂，何。

（3）趋竞：指在仕途上急于求进，与人竞争。

（4）审如是：果真如此。

（5）谀：以言语吹捧、逢迎别人。

（6）靡靡然：互相随顺的样子。

（7）君子不为已甚者：君子不去做过头的事。

（8）求中：做到既不过分，又不能不及。

答司马谏议书

某启：昨日蒙教⁽¹⁾，窃以为与君实⁽²⁾游处相好之日久，而议事每不合，所操之术多异故也。虽欲强聒⁽³⁾，终必不蒙见察⁽⁴⁾，故略上报，不复一一自辩。重念蒙君实视遇厚，于反复不宜卤莽，故今具道所以⁽⁵⁾，冀君实或见恕也。

盖儒者所重，尤在于名实。名实已明，而天下侵官⁽⁶⁾、生事、征利⁽⁷⁾、拒谏以致天下怨谤，皆不足问也。某则以谓受命于人主，议法度而修之于朝廷，以授之于有司，不为侵官。举先王之政，以兴利除弊，不为生事。为天下理财，不为征利。辟邪说，难任人⁽⁸⁾，不为拒谏。至于怨诽之多，则固前知其如此也。

人习于苟且非一日，士大夫多以不恤⁽⁹⁾国事，同俗自媚于众为善。上乃欲变化，而某不量⁽¹⁰⁾敌之众寡，欲出力助上以抗之，则众何为而不汹汹然⁽¹¹⁾？盘庚之迁，胥⁽¹²⁾怨者民也，非特朝廷士大夫而已。盘庚不为怨者改其度。盖度义而后动⁽¹³⁾，是以不见可悔故也。如君实责我以在位久，未能助上大有为，以膏泽斯民，则某知罪矣。如曰今日当一切不事事，守前所为而已，则非某之所敢知。无由会晤⁽¹⁴⁾，不任区区向往之至。

【注释】

(1) 蒙教：承蒙教诲。

(2) 君实：司马光字君实。

(3) 强聒：高声辩论。

(4) 不蒙见察：得不到您的理解。

(5) 具道所以：详备地说出原委。

(6) 侵官：侵夺其它官员的权限。

(7) 征利：征发民利以实官仓。

(8) 任人：即小人。

(9) 恤：体恤，关心。

(10) 不量：不估计。

(11) 汹汹然：叫嚣吵闹的样子。

(12) 胥：互相。

（13）度义而后动：考虑其行为合于国家百姓的大义，然后才迁都。

（14）无由会晤：没机会见面。

答曾公立书

示及青苗$^{(1)}$事。治道$^{(2)}$之兴，邪人不利，一兴异论$^{(3)}$，群聋$^{(4)}$和之，意不在于法也。孟子所言利者，为利吾国，如曲防遏籴，利吾身耳。于狗彘食人食则检之，野有饿莩则发之，是所谓政事。所以理财，理财乃所谓义也。一部《周礼》，理财居其半$^{(5)}$，周公$^{(6)}$岂为利哉？奸人者因名实之近$^{(7)}$，而欲乱之，眩惑上下，其如民心之愿何？始以为不请，而请者不可遏；终以为不纳，而纳者不可却。盖因民之所利而利之，不得不然也。然二分$^{(8)}$不及一分，一分不及不利而贷之$^{(9)}$，贷之不若与之$^{(10)}$。然不与之而必至于二分者，何也？为其来日之不可继$^{(11)}$也。不可继则是惠而不知为政，非惠而不费$^{(12)}$之道也，故必贷。然而有官吏之俸，辇运之费，水旱之逋$^{(13)}$，鼠雀之耗，而必欲广之$^{(14)}$，以待其饥不足而直与之也，则无二分之息可乎？则二分者，亦常平$^{(15)}$之中正也，岂可易哉？公立更与深于道者论之，则某之所论无一字不合于法，而世之谆谆$^{(16)}$者，不足言也。因书示及，以为如何？

【注释】

（1）青苗：王安石变法所推行的一项重要政策——青苗法。

（2）治道：治理国家的正确方法。

（3）一兴异论：一个人说出奇怪的言论。

（4）群聋：不明事理的人们。

（5）在《周礼》（即《周官》）一书中，谈到理财的内容占了一半的篇幅。

（6）周公：周文王之弟，武王之叔，姓姬名旦。

（7）因名实之近：借理财的实际工作和"利"这个字很接近的机会。

（8）二分：指青苗钱发给百姓后每次所收的十分一二的利息。

（9）不利而贷之：贷给人们钱而不收利息。

（10）贷之不若与之：贷款给百姓不如将钱干脆赠送给百姓。

（11）来日之不可继：往后的日子没办法再继续办下去。

（12）惠而不费：既惠泽于民，又不耗费国财。

（13）逋：拖欠，逃亡。

（14）广之：扩充本钱。

（15）常平：指常平仓，即丰收时官储籴谷贮存，荒年时开仓出粜，以平定市场粮价。

（16）诡诡：争辩的声音。引申为起哄，无理取闹。

答韶州张殿臣书

伏蒙再赐书，示及先君⁽¹⁾韶州⁽²⁾之政，为吏民称诵，至今不绝，伤今之士大夫不尽知，又恐史官不能记载，以次前世⁽³⁾良吏之后。此皆不肖之孤⁽⁴⁾，言行不足信于天下，不能推扬先人之绪功余烈，使人人得闻知之，所以夙夜愁痛，疚心疾首而不敢息者以此也。

先人之存，安石尚少⁽⁵⁾，不得备闻为政之迹。然尝侍左右，尚能记诵教诲之余。盖先君所存，尝欲大润泽于天下，一物枯槁，以为身羞。大者⁽⁶⁾既不得试，已试乃其小者耳，小者又将泯没而无传，则不肖之孤，罪大衅⁽⁷⁾厚矣，尚何以自立于天地之间邪？阁下勤勤恻恻，以不传不念，非夫仁人君子乐道人之善，安能以及此？

自三代之时，国各有史，而当时之史，多世其家，往往以身死职，不负其意。盖其所传，皆可考据。后既无诸侯之史，而近世非尊爵盛位，虽雄奇峻烈，道德满衍，不幸不为朝廷所称，辄不得见于史。而执笔者又杂出一时之贵人，观其在廷论议之时，人人得讲其然不，尚或以为邪，以异为同，诛当前而不栗，讪在后而不羞，苟以厌其忿好之心而止耳。而况阴挟翰墨⁽⁸⁾，以裁前人之善恶，疑可以贷褒，似可以附毁，往者⁽⁹⁾不能讼当否，生者不得论曲直，赏罚谤誉，又不施其间⁽¹⁰⁾，以彼其私，独安能无欺于冥昧之间邪？善既不尽传，而传者又不可尽信如此。唯能言之君子，有大公至正之道，名实足以信后世者，耳目所遇，一⁽¹¹⁾以言载之，则遂以不朽于无穷耳。

伏惟阁下于先人非有一日之雅⁽¹²⁾，余论所及，无党私之嫌，苟以发潜德为己事，务推⁽¹³⁾所闻，告世之能言而足信者，使得论次以传焉，则先君之不得列于史官，岂有恨哉？

【注释】

（1）先君：古人称已经过世的父亲为先君。王安石之父王益，宋真宗大中祥符八年（1015）进士，曾任韶州知州事。

（2）韶州：在今广东省境内。

（3）前世：指宋仁宗在位年间。

（4）不肖之孤：王安石自称。无父之子为孤。

（5）王安石之父王益卒于天圣六年（1028），王安石当时8岁。

（6）大者：指王益的志向才略。

（7）衅：罪过。

（8）阴挟翰墨：出于私心而写史。

（9）往者：指已死而将被载入史册的人。

（10）该句指不加公正的评价。

（11）一：都，所有。

（12）雅：交往，相好。

（13）推：推广。

答钱公辅学士书

比蒙以铭文见属⁽¹⁾，足下于世为闻人，力足以得显者铭父母⁽²⁾，乃以属于不腆⁽³⁾之文，似其意非苟然⁽⁴⁾，故辄为之而不辞。不图乃犹未副⁽⁵⁾所欲，欲有所增损。鄙文自有意义，不可改也。宜以见还⁽⁶⁾，而求能如足下意者为之耳。

家庙以今法准之，恐足下未得立也。足下虽多闻，要与识者讲之。如得甲科⁽⁷⁾为通判，通判之署⁽⁸⁾，有池台竹林之胜，此何足以为太夫人之荣，而必欲书之乎？贵为天子，富有天下，苟不能行道，适足以为父母之羞。况一甲科通判，苟粗知为辞赋，虽市井小人，皆可以得之，何足道哉？何足道哉？故铭以谓闾巷之士，以为太夫人荣，明天下有识者不以置悲欢荣辱于其心也，太夫人能异于闾巷之士，而与天下有识同，此其所以为贤而宜铭者也。至于诸孙，亦不足列。孰有五子而无七孙者乎？七孙业文⁽⁹⁾有可道，固不宜略。若皆儿童，贤不肖未可知，列之⁽¹⁰⁾于义何当也？诸不具道，计足下当与有识者讲之。南去愈远，君子惟慎爱自重。

【注释】

(1) 此句意为：近来承蒙您属托我以写墓志铭的事。

（2）此句意为：以您的实力，完全能够请地位显达之人为父母写墓志铭。

（3）不腆：学识浅薄。此乃谦称。

（4）苟然：随意、苟简的样子。

（5）副：称，符合。

（6）见还：还给我。

（7）甲科：指钱公辅中进士甲科，为进士考试得第之高者。

（8）署：办公场所，官署。

（9）业文：以文为业。

（10）列之：指逐个列在墓志铭的文后。

答王景山书

安石愚不量力，而唯古人之学，求友于天下久矣。闻世之文章者，辄求而不置[1]，盖取友不敢须臾忽也。其意岂止于文章耶？读其文章，庶几得其志之所存。其文是也，则又欲求其质[2]，是则固将取以为友焉。故闻足下之名，亦欲得足下之文章以观。不图不遗而惠赐之，又语以见存之意[3]。幸甚，幸甚。

书称欧阳永叔、尹师鲁、蔡君谟诸君以见比。此数公今之所谓贤者，不可以某比。足下又以江南士大夫为无能文者，而李泰伯、曾子固豪士，某与纳焉。江南士大夫良多，度足下不遍识。安知无有道与艺闭匿不自见于世者乎？特以二君概之，亦不可也。况如某者，岂足道哉？恐伤足下之信，而又重某之无状，不敢当而有也。孔子曰："十室之邑，必有忠信如丘者。"圣人之言如此，唯足下思之而已。闻将东游，它语须面尽之。

【注释】

(1) 不置：不已。

(2) 求其质：探究文章中的思想。

(3) 语，告诉。见存，被接纳，指交往。

答段缝书

段君足下：某在京师时，尝为足下道曾巩善属文，未尝及其为人也。还江南⁽¹⁾，始熟而慕焉友之，又作文粗道其行⁽²⁾。惠书⁽³⁾以所闻⁽⁴⁾诋巩行无纤完⁽⁵⁾，其居家，亲友惴畏焉，怪某无文字规巩，见谓有党⁽⁶⁾。果哉，足下之言也！

巩固不然。巩文学论议，在某交游中，不见可敌⁽⁷⁾。其心勇于适道，殆不可以刑祸利禄动也。父在困厄中，左右就养无亏行，家事铢发以上皆亲之⁽⁸⁾。父亦爱之甚，尝曰："吾宗敝⁽⁹⁾，所赖者此儿耳。"此某之所见也。若足下所闻，非某之所见也。巩在京师，避兄而舍⁽¹⁰⁾，此虽某亦罪之⁽¹¹⁾也，宜足下之深攻之也。于罪之中有足矜者，顾不可以书传也。事固有迹，然而情不至是⁽¹²⁾者，如不循其情而诛焉，则谁不可诛耶？巩之迹固然耶？然巩为人弟，于此不得无过。但在京师时，未深接之，还江南，又既往不可咎，未尝以此规之也。巩果于从事，少许可，时时出于中道，此则还江南时尝规之也。巩闻之，辄矍然⁽¹³⁾。巩固有以教某也。其作《怀友书》两通，一自藏，一纳某家，皇皇焉⁽¹⁴⁾求相切劘⁽¹⁵⁾，以免于悔者略见矣。尝谓友朋过差，未可以绝，固且规之。规之从则已，固且为文字自著见然后已邪，则未尝也。凡巩之行，如前之云，其既往之过，亦如前之云而已，岂不得为贤者哉？

天下愚者众而贤者希，愚者固忌贤者，贤者又自守，不与愚者合，愚者加怨焉。挟忌怨之心，则无之焉而不谤，君子之过于听⁽¹⁶⁾者，又传而广之，故贤者常多谤，其困于下者尤甚，势不足以动俗⁽¹⁷⁾，名实未加于民，愚者易以谤，谤易以传也。风道巩之云云者，固忌固怨固过于听者也。家兄未尝亲巩也，顾亦过于听耳。足下乃欲引忌者、怨者、过于听者之言，县断⁽¹⁸⁾贤者之是非，甚不然也。孔子曰："众好之，必察焉；众恶之，必察焉。"孟子曰："国人皆曰可杀，未可也，见可杀焉，然后杀之。"匡章，通国以为不孝，孟子独礼貌之⁽¹⁹⁾以为孝。孔、孟所以为孔、孟者，为其善自守，不惑于众人也。如惑于众人，亦众人耳，乌在其为孔、孟也？足下姑自重，毋轻议巩⁽²⁰⁾！

【注释】

(1) 据史载：皇祐二年（1050），王安石在鄞县任满，归临川探视母亲。

(2) 作文粗道其行：写篇文章大体上淡了曾巩的品行。

(3) 惠书：来信。

(4) 所闻:所听到的情况。

(5) 行无纤完:品行没一点好地方。

(6) 见谓有党:被说成我两人之间结为朋党。

(7) 敌:匹敌,相当。

(8) 此句谓家中大事小情曾巩都得自己处理。

(9) 吾宗敝:我们家族衰败了。

(10) 避兄而舍:不愿同他哥哥住在一起。

(11) 罪之:责怪他。

(12) 情不至是:实际情况没到传说的程度。

(13) 矍然:惊恐的样子。

(14) 皇皇焉:急切的样子。

(15) 切劇:即切磋,交流。

(16) 过于听:不加分辨地听取,以致被传闻所蒙蔽。

(17) 动俗:影响、改变世俗。

(18) 县断:即悬断。凭空得出结论。

(19) 礼貌之:以礼貌待他。

(20) 毋轻议巩:不要轻率地议论曾巩。

与王子醇书(其三)

某启:得书,喻$^{(1)}$以御寇之方。上固欲公毋涉难冒险,以百全取胜,如所喻,甚善,甚善!

方今熙河⁽²⁾所急,在修守备,严戒诸将勿轻举动。武人多欲以讨杀取功为事,诚如此而不禁,则一方忧未艾⁽³⁾也。窃谓公厚以恩信抚属羌⁽⁴⁾,察其材者收之为用。今多以钱粟养戍卒,乃适足备属羌为变,而未有以事秉常、董毡也。诚能使属羌为我用,则非特无内患,亦宜赖其力以乘⁽⁵⁾外寇矣。自古以好坑杀⁽⁶⁾人致叛,以能抚养收其用,皆公所览见。且王师⁽⁷⁾以仁义为本,岂宜以多杀敛⁽⁸⁾怨耶?喻及青唐既与诸族作怨,后无复合,理固然也。然则近董毡诸族事定之后,以兵威临之,而宥其罪,使讨贼自赎,随加厚赏,彼亦宜遂为我用,无复与贼合矣。与讨而驱之,使坚附贼为患,利害不侔也。事固有攻彼而取此者⁽⁹⁾,服诚能挫董毡⁽¹⁰⁾,则诸羌自服,安所事讨哉?

又闻属羌经讨者,既亡蓄积,又废耕作,后无以自存,安得不屯聚为寇,以梗商旅⁽¹¹⁾往来?如募之力役及伐材之类⁽¹²⁾,因以活之,宜有可为,幸留意念恤⁽¹³⁾。边事难遥度⁽¹⁴⁾,想公自有定计,意所及,尝试言之。春暄⁽¹⁵⁾,为国自爱,不宣。

【注释】

(1) 喻:告知。

(2) 熙河:指熙河路。

(3) 艾:止,尽。

(4) 抚属羌:安抚归附的羌人。

(5) 乘:防守。

(6) 坑杀:活埋。

(7) 王师:指北宋的军队。

(8) 敛:积聚。

（9）攻彼而取此者：意指把北宋与西夏之间的董毡争取过来，其他的藏族自然归附。

（10）服诚：说服。挫：挫败。

（11）梗：阻塞，妨碍。商旅：商贩，流动的商人。

（12）募之力役：招收他们做工。伐材：砍伐木材。

（13）恤：周济。

（14）遥度：在远处估计。

（15）春暄：春暖。暄，暖和。

明州慈溪县学记

天下不可一日而无政教，故学不可一日而亡于天下。古者井天下之田(1)，而党庠、遂序、国学之法立乎其中。乡射饮酒、春秋合乐、养老劳农、尊贤使能、考艺选言之政，至于受成、献馘(2)、讯囚之事，无不出于学。于此养天下智仁圣义忠和之士，以至一偏之伎(3)，一曲之学(4)，无所不养。而又取士大夫之材行完洁，而其施设已尝试于位而去者，以为之师。释奠、释菜，以教不忘其学之所自。迁徙逼逐，以勉其怠而除其恶。则士朝夕所见所闻，无非所以治天下国家之道。其服习必于仁义，而所学必皆尽其材。一日取以备公卿大夫百执事之选，则其材行皆已素定；而士之备选者，其施设亦皆素所见闻而已，不待阅习而后能者也。古之在上者，事不虑而尽，功不为而足，其要如此而已。此二帝、三王所以治天下国家而立学之本意也。

后世无井田之法，而学亦或存或废。大抵所以治天下国家者，不复皆出于学。而学之士，群居、族处，为师弟子之位者，讲章句、课文字而已。至其陵夷⁽⁵⁾之久，则四方之学者，废而为庙，以祀孔子于天下，斫木抟土，如浮屠、道士法，为王者象。州县吏春秋帅其属释奠于其堂，而学士者或不豫⁽⁶⁾焉。盖庙之作，出于学废，而近世之法然也。

今天子即位若干年，颇修法，度而革近世之不然者。当此之时，学稍稍立于天下矣，犹曰县之士满二百人，乃得立学。于是慈溪⁽⁷⁾之士，不得有学，而为孔子庙如故，庙又坏不治。今刘君居中言州⁽⁸⁾，使民出钱，将修而作之，未及为而去，时庆历某年也。

后林君肇至，则曰："古之所以为学者，吾不得而见，而法者，吾不可以毋循也。虽然，吾有人民于此，不可以无教。"即因民钱作孔子庙，如今之所云，而治其四旁为学舍，构堂其中，帅县之子弟，起先生杜君醇为之师，而兴于学。噫！林君其有道者耶！夫吏者，无变今之法，而不失古之实，此有道者之所能也。林君之为，其几于此矣。

林君固贤令，而慈溪小邑，无珍产、淫货⁽⁹⁾以来⁽¹⁰⁾四方游贩之民；田桑之美，有以自足，无水旱之忧也。无游贩之民，故其俗一而不杂；有以自足，故人慎刑而易治。而吾所见其邑之士，亦多美茂之材，易成也。杜君者，越⁽¹¹⁾之隐君子，其学行宜为人师者也。夫以小邑得贤令，又得宜为人师者为之师，而以修醇一易治之俗，而进美茂易成之材，虽拘于法，限于势，不得尽如古之所为，吾固信其教化之将行，而风俗之成也。夫教化可以美风俗，虽然，必久而后至于善。而今之吏其势不能以久也。吾虽喜且幸其将然，而又忧夫来者之不吾继也，于是本其意⁽¹²⁾以告来者。

【注释】

（1）井天下之田：即"井田制"，西周时所创。每块田分为九块，成"井"字形。四周八块为私田，中间一块为公田，而由八家营之。

（2）献馘：古时战争中割取敌人左耳，以计功行赏。馘，俘虏或敌方死者被割取的左耳。

（3）伎：通"技"。

（4）一曲之学：较为冷僻的学问。

（5）陵夷：逐渐衰败。

（6）豫：同"预"、"与"，参加之意。

（7）慈溪：县名，在浙江省，吏属宁波。

（8）言州：言于州，向州一级请示。

（9）淫货：奇巧珍稀的产品。

（10）来：招徕。

（11）越：慈溪为古越国之地。

（12）本其意：叙述林肇兴学为政的原本用心。

繁昌县学记(1)

奠先师先圣于学而无庙(2)，古也。近世之法，庙事孔子而无学。古者自京师至于乡邑皆有学，属其民人相与学道艺其中(3)，而不可使不知其学之所自，于是乎有释菜、奠币之礼，所以著其不忘。然则，事先师先圣者，以有学也。今者无有学，而徒庙事孔子⁽⁴⁾，吾不知其说也。而或者以谓孔子百世师，通天下州邑为之庙，此其所以报且尊荣之。夫圣人与天地同其德，天地之大，万物无可称其德，故其祀，质而已，无文也。通州邑庙事之，而可以称圣人之德乎？则古之事先圣，何为而不然也？

宋因近世之法而无能改，至今天子，始诏天下有州者皆得立学，奠孔子其中，如古之为。而县之学士满二百人者，亦得以为之。而繁昌小邑也，其士少，不能中律⁽⁵⁾，旧虽有孔子庙，而庳下不完⁽⁶⁾，又其门人之像，惟颜子一人而已。今夏君希道太初至，则修而作之，具为子夏、子路十人像⁽⁷⁾。而治其两庑⁽⁸⁾，为生师之居，以待县之学者。以书属其故人临川王某，使记其成之始。夫离上之法，而苟欲为古之所为者，无法；流于今俗而思古者，不闻教之所以本，又义之所去也。太初于是无变今之法，而不失古之实，其不可以无传也。

【注释】

（1）繁昌县：地名，在今安徽。

（2）奠：祭奠。设酒食以祭为奠。

（3）道艺：道与艺。

（4）徒：仅。

（5）中律：合于律令。

（6）庳下不完：卑下矮小不完整。不完整即有破损。

（7）子夏子路：子夏，卜商；子路，仲由。

（8）两庑：堂下两廊的走廊、房屋，此处指廊屋。

君子斋记

天子诸侯谓之君，卿大夫谓之子，古之为此名也，所以命天下之有德。故天下之有德，通谓之君子。有天子、诸侯、卿大夫之位，而无其德，可以谓之君子，盖称其位也。有天子、诸侯、卿大夫之德而无其位，可以谓之君子，盖称其德也。位在外也(1)，遇而有之，则人以其名予之，而以貌事之。德在我也，求而有之，则人以其实予之，而心服之。夫人服之以貌而不以心，与之名而不以实，能以其位终身而无谪(2)者，盖亦幸而已矣。故古之人以名为羞，以实为慊(3)，不务服人之貌，而思有以服人之心。非独如此也，以为求在外者，不可以力得也。故虽穷困屈辱，乐之而弗去，非以夫穷困屈辱为人之乐者在是也，以夫穷困屈辱不足以概吾心(4)为可乐也已。

河南裴君主簿于洛阳，治斋于其官而命之曰"君子"。裴君岂慕夫在外者，而欲有之(5)乎？岂以为世之小人众，而躬行君子者独我乎？由前则失己(6)，由后则失人，吾知裴君不为是也，亦曰：勉于德而已。盖所以榜于前(7)，朝夕出入观焉，思古人之所以为君子，而务及之也。独仁不足以为君子，独智不足以为君子，仁足以尽性，智以穷理，而又通乎命，此古之人所以为君子也。虽然，古之人不云乎："德𫐐如毛，毛犹有伦"，未有欲之而不得也。然则裴君之为君子也，孰御焉(8)。故作嘉其志，而乐为道之。

【注释】

(1) 位在外也：官位、爵位乃身外之物。

(2) 无谪：不受人谴责。谪，谴责。

(3) 慊：心满意足。

(4) 不足以概吾心：不值得放在心上。概，牵挂，系念。

(5) 有之：有高官显位。

(6) 由前：指走希求高官显位之路。

(7) 榜于前：将"君子斋"标榜于官署门前。

(8) 孰御焉：谁能阻挡得了呢？御，阻挡。

石门亭记

石门亭在青田县(1)若干里，令朱君为之(2)。石门者，名山也，古之人咸刻其观游之感慨，留之山中，其石相望(3)。君至而为亭，悉取古今之刻，立之亭中，而以书与其甥之婿王安石，使记其作亭之意。

夫所以作亭之意，其直好山乎？其亦好观游眺望乎？其亦于此问民之疾忧乎？其亦燕闲以自休息于此乎？其亦怜夫人之刻暴(4)偃踣(5)而无所庇障且泯灭乎？夫人物之相好恶必以类，广大茂美，万物附焉以生，而不自以为功者，山也。好山，仁也。去郊而适野，升高以远望,其中必有慨然者。《书》⁽⁶⁾不云乎:"予耄逊于荒。"《诗》不云乎:"驾言出游,以写我忧。"夫环顾其身无可忧,而忧者必在天下,忧天下亦仁也。人之否⁽⁷⁾也敢自逸⁽⁸⁾? 至即深山长谷之民,与之相对接而交言语,以求其疾忧,其有壅⁽⁹⁾而不闻者乎? 求民之疾忧,亦仁也。政不有小大,不以德则民不化服,民化服然后可以无讼⁽¹⁰⁾,民不无讼,令其能休息无事,优游以嬉乎? 古今之名⁽¹¹⁾者,其石幸在,其文信善,则其人之名与石且传而不朽,成仁之名而不夺其志,亦仁也。作亭之意,其然乎? 其不然乎?

【注释】

(1) 青田县:在浙江省境内。石门山又称青田山。

(2) 为之:修建。

(3) 其石相望:言刻石很多。

(4) 刻暴:苛刻、暴虐。谓人性恶劣。

(5) 偃踣:仰倒、僵仆。谓民生潦倒。

(6) 《书》:指《尚书》。

(7) 否:命运不佳。

(8) 自逸:自我放纵。

(9) 壅:阻塞。

(10) 讼:争辩,申诉,引申为冤情。

(11) 名:通"铭"。

太平州新学记

太平新学在子城东南⁽¹⁾，治平三年，司农少卿建安李侯某仲卿所作。侯之为州也⁽²⁾，宽而有制，静而有谋⁽³⁾，故不大罚戮，而州既治。于是大姓相劝出钱⁽⁴⁾，造侯之廷，愿兴学以称侯意。侯为相地迁之⁽⁵⁾，为屋若干间，为防环之⁽⁶⁾，以待水患。而为田若干顷，以食学者⁽⁷⁾。自门徂堂⁽⁸⁾，闳壮丽密，而所以祭养之器具⁽⁹⁾。盖往来之人，皆莫知其经始，而特见其成。既成矣，而侯罢去，州人善侯无穷也，乃来求文以识其功。

嗟乎！学之不可以已也久矣，世之为吏者或不足以知此，而侯知以为先，又能不费财伤民，而使其自劝以成之，岂不贤哉！然世之为士者知学矣，而或不知所以学，故余于其求文而因以告焉。

盖继道莫如善⁽¹⁰⁾，守善莫如仁，仁之施自父子始。积善而充之，以至于圣而不可知之谓神，推仁而上之，以至于圣人之于天道，此学者之所当以为事也，昔之造书者实告之矣。有闻于上，无闻于下，有见于初，无见于终，此道之所以散⁽¹¹⁾，百家之所以成，学者之所以讼也⁽¹²⁾。学乎学，将以一天下之学者⁽¹³⁾，至于无讼而止。游于斯，铺于斯，而余说之不知，则是美食逸居而已者也。李侯之为是也，岂为士大夫之美食逸居而已哉？

【注释】

(1) 子城：附属于大城的小城。

(2) 为州：治理州事。为，动词。

(3) 静而有谋：宁静而有谋略。

(4) 大姓：州中有钱有势又人数众多的家族。

(5) 相地：相度地势之宜。

(6) 防：堤防。

(7) 食：同饲，喂养。

(8) 徂：往、到。

(9) 具：完备。

(10) 继道：谓继承圣人之道。

(11) 散：谓圣人之道离散不一。

(12) 讼：聚讼，争辩不已。

(13) 一：统一。

信州兴造记

晋陵张公治信⁽¹⁾之明年，皇祐二年也，好强怙柔⁽²⁾，隐讪发舒⁽³⁾，既政大行，民以宁息。夏六月乙亥，大水。公徙囚于高岳，命百隶戒⁽⁴⁾，不共⁽⁵⁾有常诛。夜漏半⁽⁶⁾，水破城，灭府寺，包人民庐居。公趋谯门(7)，坐其下，敕吏士以桴(8)收民，鳏寡孤老癃(9)与所徙之囚，咸得不死。

丙子，水降。公从宾佐(10)桉行隐度(11)，符(12)县调富民水之所不至者夫钱户七百八十，收佛寺之积材一千一百三十二。不足，则前此公所命富民出粟以赒(13)贫民者三十三人，自言曰："食新矣，赒可以已，愿输(14)粟直以佐材费。"于是募人城水之所入(15)，垣郡府之缺，考监军之室、立司理之狱，营州之西北亢爽之墟，以宅(16)屯驻之师，除其故营，以时教士刺伐坐作之法，故所无也。作驿曰"饶阳"，作宅曰"回车"。筑二亭于南门之外，左曰仁，右曰智，山水之所附也(17)。梁(18)四十有二，舟于两亭之间(19)，以通车徒(20)之道。筑一亭于州门之左，曰宴月吉(21)，所以属宾(22)也。凡为城垣九千尺，为屋八。以楹数之，得五百五十二。自七月甲午，卒九月丙戌，为日五十二，为夫一万千四百二十五。中家(23)以下，见城郭室屋之完，而不知材之所出，见徒(24)之合散，而不见役使之及已。凡故之所有必具，其无也，乃今有之。公所以救灾补败之政如此，其贤于世吏则远矣。

今州县之灾相属(25)，民未病灾(26)也，且有治灾之政出焉。施舍之不适，哀(27)取之不中，元奸宿豪舞手以乘民(28)，而民始病。病矣，吏乃始警然自德，民相与诽且笑而不知也。吏而不知为政，其重困民多如此。此予所以哀民，而闵(29)吏之不学也。由是而言，则为公之民(30)，不幸而遇害灾，其亦庶乎无憾矣。某月某日临川王某记。

【注释】

(1) 信：信州，今江西上饶市。
(2) 奸强怗柔：奸猾凶恶的人变得和顺了。

（3）隐讪发舒：隐忍受屈的人扬眉吐气了。

（4）命百隶戒：使众多差役监押囚徒以行。

（5）不共：不一同随徙。

（6）夜漏半：古人以沙漏计时，沙土已漏下一半，即时至半夜。

（7）谯门：上有望楼的城门。

（8）桴：木筏子。

（9）癃：衰弱多病。

（10）宾佐：随从人员。

（11）桉行隐度：悄悄地渡水巡行。桉，通按。按行，即"巡行"。

（12）符：古代朝廷传令、调遣用的凭证。这里用作动词，即"传令"。

（13）赒：周济。以财物帮助别人。

（14）输：缴纳。

（15）城水之所入：把水冲坏的城墙修复好。

（16）宅：安顿。

（17）古人云：智者乐水，仁者乐山。

（18）梁：动词，修复、兴建桥梁。

（19）舟：动词，行船。

（20）车徒：乘车行路和徒步行路。

（21）日晏月吉：吉利和顺的日、月。晏，平安之意。

（22）所以：用来。属宾：聚集宾客。

（23）中家：经济状况中等的家庭。

（24）徒：指受灾群众。

（25）相属：相连接。

（26）病灾：被灾所害。

（27）衰：减少，消除。此处引申为"敛取"。

（28）元奸：大奸。宿豪：多年的豪强大户。乘民：欺压百姓。

（29）闵：通"悯"，哀怜。

（30）为公之民：做张公治下的百姓。

桂州新城记(1)

侬智高反南方，出入十有二州，而十有二州之守吏，或死或不死，而无一人能守其州者，岂其才皆不足欤？盖夫城郭之不设，兵甲之不戒(2)，虽有智勇，犹不能胜一日之变也(3)。唯天子亦以为任其罪者非独吏(4)，故特推恩褒广死节，而一切贷其失职(5)。于是遂推选士大夫所论以为能者，付之经略，而今尚书工部郎中余公当广西焉[6]。

寇平之明年[7]，蛮越接和，乃大城桂州[8]。其木、甓[9]、瓦、石之材，以枚数之[10]，至四百万有奇。用人之力，以工数之[11]，至二十余万。凡所以守之具，无一求而不给者焉。以至和元年八月始作，而以二年之六月成。夫其为役亦大矣，盖公之信于民也久，而费之欲以卫其材，劳之欲以休其力，以故为是有大费与大劳，而人莫或以为勤也。

古者君臣、父子、夫妇、兄弟、朋友之礼失，则夷狄横而窥中国。方是时，中国非无城郭也，卒于陵夷、毁顿，陷灭而不救。然则城郭者，先王有之，而非所以恃为存也[12]。及至喟然觉寤，兴起旧政，则城郭之修也，又尝不敢以为后。盖有其患而图之无其具，有其具而守之非其人，有其人而治之非其法，能以久存而无败者，未之闻也。故文王之起也，有四夷之难，则城于朔方，而以南仲；宣王之起也，有诸侯之患，则城于东方，而以仲山甫。此二臣之德，协于其君，于其为国之本末与其所先后，可谓知之矣。虑之以悄悄之劳，而发之以赫赫之名，柔之以翼翼之勤，而续之以明明之功，卒所以攘夷狄[13]，而中国以全安者。盖其君臣如此，而守卫之有其具也。

今余公亦以文武之材，当明天子承平日久，欲补弊立废之时，镇抚一方，修扞其民[14]，其勤于今，与周之有南仲、仲山甫盖等矣[15]，是宜有纪也。故其将吏相与谋而来取文，将镂之城隅，而以告后之人焉。

【注释】

（1）桂州：府名。唐置，宋因之，南宋绍兴三年改为静江府。治

所在今广西桂林。

（2）不戒：不戒谓无准备。

（3）一日之变：对谋反、起义之类事情的隐讳说法。

（4）任：承担。

（5）贷：宽免。

（6）余公：余靖。皇祐四年被任为广西安抚使。

（7）寇平之明年：侬智高皇祐五年正月被平，明年即至和元年。

（8）城：作动词，谓修城。

（9）甓：砖也。

（10）枚：个。

（11）工：一人作一天谓之一个工。

（12）非所以恃为存也：不是把它（指城郭）作为存在的依恃。

（13）攘：排拒。春秋时齐桓公提"尊王攘夷"口号，攘夷即排拒四夷。

（14）扦：卫护。

（15）等：相同。

越州余姚县海塘记

　　自云柯而南⁽¹⁾，至于某，有堤若干尺，截然令海水之潮泛不得冒⁽²⁾其旁田者，知县事谢君为之也。始堤之成，谢君以书属予记其成之始，曰："使来者有考焉，得卒任完之以不隳⁽³⁾。"谢君者，阳夏⁽⁴⁾人也，字师厚，景初⁽⁵⁾其名也。其先以文学称天下，而连世为贵人，至君遂以文学世其家⁽⁶⁾。其为县，不以材自负而忽其民之急。方作堤时，岁丁亥十一月也，能亲以身当风霜氛雾之毒，以勉民作而除其灾，又能令其民翕然皆劝趋之，而忘其役之劳，遂不逾时，以有成功。其仁民之心，效见于事如此，亦可以已，而犹自以为未也，又思有以告后之人，令嗣续而完之，以求其存。善夫！仕人长虑却顾图民之灾，如此其至，甚不可以无传。而后之君子考其传，得其所以为，其亦不可以无思。

　　而异时予尝以事至余姚，而君过予，与予从容言天下之事。君曰："道之闳大隐密，圣人之所独鼓万物以然而皆莫知其所以然者，盖有所难知也。其治政教令施为⁽⁷⁾之详，凡与人共，而尤丁宁以急者，其易知较然者也。通涂⁽⁸⁾川，治田桑，为之堤防沟浍渠川以御水旱之灾，而兴学校，属其民人相与习礼乐其中，以化服之，此其尤丁宁以急，而较然易知者也。今世吏者，其愚也固不知所为，而其所谓能者，务出奇为声威，以惊世震俗，至或尽其力以事刀笔簿书之间而已，而反以谓古所为尤丁宁以急者,吾不暇以为,吾曾为之,而曾不足⁽⁹⁾以为之,万有一人为之,且不足以名于世而见其材。嘻!其可叹也。夫为天下国家且⁽¹⁰⁾百年,而胜残去杀之效,则犹未也,其不出于此乎?"予良以其言为然。既而闻君之为其县,至则为桥于江,治学者以教养县人之子弟,既又有堤之役,于是又信其言之行而不予欺也已。为之书其堤事,因并书其言终始而存之以告后之人。庆历八年七月日记。

【注释】

(1) 自云柯而南:从云柯向南。云柯,余姚县内一地。

(2) 冒:侵犯。

(3) 隳:毁坏。

(4) 阳夏:今河南太康县。

(5) 谢景初:谢绛之子,庆历年间进士。任浙江余姚知县有政绩。以屯田郎致仕,博学能文,长于诗。

(6) 世其家:继承其家传。

(7) 施为:作为,办实事。

(8) 涂:通"途"。道路。

(9) 不足:不屑。

(10) 且:将近。

度支副使厅壁题名记

三司副使,不书前人名姓。嘉祐五年,尚书户部员外郎吕君冲之[1],始问之众吏,而自李纮已上至查道,得其名,自杨偕以上[2],得其官,自郭劝已下[3],又得其在事之岁时,于是书石而外镵之东壁[4]。

夫合天下之众者财[5],理天下之财者法,守天下之法者吏也。吏不良,则有法而莫守;法不善,则有财而莫理。有财而莫理,则阡陌闾巷之贱人[6],皆能私取予之势,擅万物之利[7],以与人主争黔首[8],而放其无穷之欲[9],非必贵强桀大而后能[10]。如是而天子犹为不失其民者,盖特号而已耳。虽欲食蔬衣弊,憔悴其身,愁思其心,以幸天下之给足[11],而安吾政,吾知其犹不行也。然则善吾法,而择吏以守之,以理天下之财,虽上古尧、舜犹不能毋以此为先急[12],而况于后世之纷纷乎?

三司副使,方今之大吏,朝廷所以尊宠之甚备。盖今理财之法,有不善者,其势皆得以议于上而改为之,非特当守成法,吝出入[13],以从有司之事而已。其职事如此,则其人之贤不肖,利害施于天下如何也!观其人,以其在事之岁时,以求其政事之见于今者,而考其所以佐上理财之方,则其人之贤不肖与世之治否,吾可以坐而得矣。此盖吕君之志也。

【注释】

(1) 吕冲之：吕景初，字冲之。宋开封酸枣人。以户部员外郎判都水监，改度支副使。

(2) 杨偕：字次公，宋坊州中部人。景祐三年春以前，曾任度支副使。

(3) 郭劝：字仲褒，宋郓州须城人。曾为工部郎中、度支副使。

(4) 镂：凿刻。

(5) 合：聚合，聚集。

(6) 阡陌闾巷：阡陌，田间小路，东西曰阡，南北曰陌。闾巷，闾里之巷，泛指民间。

(7) 擅：占有。

(8) 黔首：一般百姓黎民。秦始皇并六国一天下，更民名曰黔首。

(9) 放：放纵。

(10) 桀：同傑。

(11) 给足：给足谓供给充足，财用不匮。

(12) 先急：首先的急务。

(13) 吝：顾惜，舍不得。

通州海门兴利记

余读豳诗⁽¹⁾，"以其父子，馌彼南亩，田畯至喜。"嗟乎！豳⁽²⁾之人帅其家人戮力以听吏，吏推其意以相⁽³⁾民，何其至也。夫喜者非自外至，乃其中心固有以然也。既叹其吏之能民⁽⁴⁾，又思其君之所以待吏，则亦欲善之心出于至诚而已，盖不独法度有以驱之也。以赏罚用天下，而先王之俗废。有士于此，能以豳之吏自为，而不苟于其民⁽⁵⁾，岂非所谓有志者邪？

以余所闻，吴兴沈君兴宗海门之政⁽⁶⁾，可谓有志矣。既堤北海七十里以除水患，遂大浚渠川，酾取江南⁽⁷⁾，以灌义宁等数乡之田。方是时，民之垫于海，呻吟者相属。君至，则宽禁缓求⁽⁸⁾，以集流亡。少焉，诱起之以就功，莫不蹶蹶然奋其惫⁽⁹⁾而来也。由是观之，苟诚爱民而有以利之，虽创残穷敝⁽¹⁰⁾之余，可勉而用也，况于力足者乎？

兴宗好学知方⁽¹¹⁾，竟其学⁽¹²⁾，又将有大者焉，此何足以尽吾沈君之才，抑可以观其志矣。而论者或以一邑之善不足书文⁽¹³⁾，今天下之邑多矣，其能有以遗⁽¹⁴⁾其民而不愧于豳之吏者，果多乎？不多，则予不欲使其无传也。至和元年⁽¹⁵⁾六月六日，临川王某记。

【注释】

（1）豳诗：即《诗经·豳风》中的诗篇。

（2）豳：通"邠"。古国名，在今陕西旬邑县、彬县一带。

（3）相：帮助，辅佐。

（4）能民：能教化、劝导百姓。

（5）苟于其民：拿他治下的百姓不当回事。

（6）吴兴，地名，在浙江省。沈君兴宗：姓沈，字兴宗。

（7）酾取江南：从江南引水。酾：斟酒。此比喻开川引水。

（8）宽禁缓求：放宽法令禁律，延缓税赋征求。

（9）奋其惫：振奋起疲乏的身躯。

（10）创残穷敝：指百姓遭各种灾害后的困苦状态。

（11）知方：懂得为政的方法，策略。

（12）竟其学：完成他的学业。这里引申为将先王之道融会贯通。

（13）一邑之善不足书文：仅仅治理好一个小城，这样的政绩不值得写于史籍，书以文字。

（14）遗：赠予。

（15）至和元年：1052年。至和，宋仁宗年号。

游褒禅山记

褒禅山⁽¹⁾亦谓之华山，唐浮图慧褒⁽²⁾始舍于其址⁽³⁾，而卒葬之，以故其后名之曰褒禅。今所谓慧空禅院者，褒之庐冢⁽⁴⁾也。距其院东五里，所谓华山洞者，以其乃华山之阳名之也。距洞百余步有碑仆道⁽⁵⁾，其文漫灭⁽⁶⁾，独其为文犹可识，曰花山。今言"华"如"华实"之"华"者，盖音谬也。其下平旷，有泉侧出，而记游⁽⁷⁾者甚众，所谓前洞也。由山以上五六里，有穴窈然，入之甚寒。问其深，则其好游者不能穷也，谓之后洞。余与四人拥火以入，入之愈深，其进愈难，而其见愈奇。有怠而欲出者，曰："不出，火且尽。"遂与之俱出。盖予所至，比好游者尚不能十一，然视其左右⁽⁸⁾，来而记之者已少。盖其又深，则其至又加少矣。方是时，予之力尚足以入，火尚足以明也。既其出，则或咎其欲出者，而予亦悔其随之，而不得极夫游之乐⁽⁹⁾也。

　　于是予有叹焉。古之人观于天地、山川、草木、虫鱼、鸟兽，往往有得⁽¹⁰⁾，以其求思之深，而无不在也。夫夷以近⁽¹¹⁾，则游者众；险以远，则至者少。而世之奇伟瑰怪非常之观，常在于险远，而人之所罕至焉。故非有志者，不能至也。有志矣，不随以止⁽¹²⁾也，然力不足者，亦不能至也。有志与力而又不随以怠⁽¹³⁾，至于幽暗昏惑，而无物以相之⁽¹⁴⁾，亦不能至也。然力足以至焉，于人可为讥，而在己为有悔。尽吾志也而不能至者，可以无悔矣，其孰能讥之乎？此予之所得也。余于仆碑，又以悲夫古书之不存，后世之谬其传而莫能名者，何可胜道也哉！此所以学者不可以不深思而慎取⁽¹⁵⁾之也。

　　四人者：庐陵萧君圭君玉⁽¹⁶⁾、长乐王回深父⁽¹⁷⁾，余弟安国平父、安上纯父。至和元年⁽¹⁸⁾七月某日临川王某记。

【注释】

（1）褒禅山：在安徽省境内。

（2）浮图慧褒：叫慧褒的和尚。

（3）舍于其址：在这个地方居住。

（4）庐冢：房舍和墓地。

（5）仆道：仆倒在路旁。

（6）其文漫灭：碑文模糊不清。

（7）记游：在洞壁上题字纪念。

（8）左右：指左右洞壁。

（9）极夫游之乐：极尽游玩的乐趣。

（10）有得：精神上有所收获。

（11）夷以近：平坦而且距离短。

（12）不随以止：不随着别人而停止前进。

（13）不随以怠：不随别人的怠惰而不前。

（14）相之：帮助、辅佐他。

（15）慎取：对事物取舍要慎重。

（16）庐陵：今江西吉安县。萧君圭，字君玉，生平不详。

（17）长乐：今福建长乐县。王回，字深父，宋代理学家，王安石好友。

（18）至和元年：1054年。至和，宋仁宗年号。

虔州学记(1)

虔于江南地最旷，大山长谷，荒翳险阻，交、广、闽、越铜盐之贩，道所出入，椎埋、盗夺、鼓铸之奸，视天下为多。庆历中，尝诏立学州县，虔亦应诏，而卑陋褊迫不足为美观(2)，州人欲合私财迁而大之久矣。然吏尝力屈于听狱，而不暇顾此，凡二十一年，而后改筑于州所治之东南，以从州人之愿。盖经始于治平元年二月，提点刑狱宋城蔡侯行州事之时，而考之以十月者，知州事钱塘元侯也。二侯皆天下所谓才吏，故其就此不劳，而斋祠(3)、讲说、候望、宿息，以至庖湢，莫不有所。又斥余财市田及书(4)，以待学者。内外完善矣。于是州人相与乐二侯之适己(5)，而来请文以记其成。

余闻之也，先王所谓道德者，性命之理而已。其度数在乎俎豆、钟鼓、管弦之间(6)，而常患乎难知，故为之官师，为之学，以聚天下之士，期命辨说，诵歌弦舞(7)，使之深知其意。夫士，牧民者也(8)。牧知地之所在，则彼不知者，驱之尔。然士学而不知，知而不行，行而不至，则奈何？先王于是乎有政矣。夫政，非为劝沮而已也(9)，然亦所以为劝沮。故举其学之成者，以为卿大夫，其次虽未成而不害其能至者，以为士，此舜所谓庸之者也(10)。若夫道隆而德骏者(11)，又不止此，虽天子，北面而问焉，而与之迭为宾主(12)，此舜所谓承之者也。蔽陷畔逃(13)不可与有言，则挞之以诲其过，书之以识其恶，待之以岁月之久而终不化，则放弃杀戮之刑随其后，此舜所谓威之者也。盖其教法，德则异之以智、仁、圣、义、忠、和，行则同之以孝友、睦姻、任恤，艺则尽之以礼、乐、射、御、书、数。淫言诐行诡怪之术，不足以辅世，则无所容乎其时。而诸侯之所以教，一皆听于天子，命之教，然后兴学；命之历数，所以时其迟速；命之权量，所以节其丰杀。命不在是，则上之人不以教，而为学者不道也。士之奔走、揖让、酬酢、笑语、升降、出入乎此，则无非教者。高可以至于命，其下亦不失为人用，其流及乎既衰矣，尚可以鼓舞群众，使有以异于后世之人。故当是时，妇人之所能言，童子之所可知，有后世老师宿儒之所惑而不寤者也；武夫之所道，鄙人之所守，有后世豪杰名士之所惮而愧之者也。尧、舜、三代,从容无为,同四海于一堂之上,而流风余俗咏叹之不息,凡以此也。

周道微[14],不幸而有秦。君臣莫知屈己以学,而乐于自用,其所建立悖矣[15],而恶夫非之者[16]。乃烧《诗》《书》,杀学士,扫除天下之庠序[17],然后非之者愈多,而终于不胜。何哉?先王之道德,出于性命之理,而性命之理,出于人心。《诗》《书》能循而达之[18],非能夺其所有而予之以其所无也。经虽亡,出于人心者犹在,则亦安能使人舍己之昭昭,而从我于聋昏哉?然是心非特秦也,当孔子时,既有欲毁乡校者矣[19]。盖上失其政,人自为义,不务出至善以胜之,而患乎有为之难,则是心非特秦也。墨子区区[20],不知失者在此,而发《尚同》之论,彼其为愚,亦独何异于秦?

呜呼!道之不一久矣。杨子曰:"如将复驾其所说,则莫若使诸儒金口而木舌。"盖有意乎辟雍学校之事。善乎其言,虽孔子出,必从之矣。今天子以盛德新即位,庶几能及此乎[21]?今之守吏,实古之诸侯,其异于古者,不在乎施设之不专,而在乎所受于朝廷未有先王之法度;不在乎无所于教,而在乎所以教未有以成士大夫仁义之材。

虔虽地旷以远,得所以教,则虽悍昏嚚凶[22]、抵禁触法而不悔者,亦将有以聪明其耳目而善其心,又况乎学问之民?故余为书二侯之绩,因道古今之变,及所望乎上者,使归而刻石焉。

【注释】

(1) 虔州:即今江西赣州。

(2) 卑陋褊迫:卑陋,低下简陋。褊迫,褊小迫隘。美观:美丽之观。

（3）斋祠：斋祀之所。

（4）斥：广也。斥余财谓拿出余下的钱财。市，买也。

（5）适己：满足自己。

（6）度数：度谓法度，度数即法度之轻重短长。俎豆：俎与豆，都是古代设宴和祭祀时的礼器。

（7）诵歌弦舞：诵，口诵而不歌；歌，配乐而唱；弦，演奏音乐；舞，手足舞蹈。

（8）牧：管理。牧民是古时统治者称呼在上位管制在下民众之辞，把民众当作牛羊一样。

（9）劝沮：劝，鼓励；沮，阻止，阻碍。

（10）庸：用也。

（11）道隆德骏：道隆谓在道的问题上隆盛；德骏谓在品格修养上进展大而快。

（12）迭为宾主：迭谓重复。迭为宾主，说互相反复为宾主。

（13）蔽陷畔逃：蔽谓不明被蒙蔽，陷谓陷溺不自拔，畔即叛，谓叛道德，逃谓逃道德。此谓被一己之私心私虑蒙蔽陷溺而叛离了道德之域。

（14）微：衰败。

（15）悖：悖谬。谓悖于先王之道。

（16）恶：厌烦、讨厌。恶夫非之者，言秦厌烦那些非难它的人。

（17）庠序：学校。

（18）循而达之：谓能循着人心而将之表达出来。循，按着，沿着。

（19）当孔子时，既有欲毁乡校者矣；此谓郑然明。

（20）区区：谓小也。

(21) 庶几：也许可以。表希望或推测之词。

(22) 悍昏嚚凶：悍，蛮横。昏，昏乱。嚚，愚蠢。凶，凶暴。

扬州龙兴寺十方讲院记

予少时，客游金陵⁽¹⁾，浮屠慧礼⁽²⁾者，从予游。予既吏淮南⁽³⁾，而慧礼得龙兴佛舍，与其徒日讲其师之说。尝出而过焉⁽⁴⁾，庳⁽⁵⁾屋数十椽，上破而旁穿，侧出而视后，则榛棘出入，不见垣端。指以语予曰："吾将除此而宫之⁽⁶⁾。虽然，其成也，不以私吾后⁽⁷⁾，必求时之能行吾道者付之。愿记以示后之人，使不得私焉。"当是时，礼方丐食饮以卒日⁽⁸⁾，视其居枵然⁽⁹⁾。余特戏曰⁽¹⁰⁾："姑成之，吾记无难者。"后四年来，曰："昔之所欲为，凡百二十楹⁽¹¹⁾，赖州人蒋氏之力，既皆成，盍⁽¹²⁾有述焉？"噫！何其能也？

盖慧礼者，予知之，其行谨洁，学博而才敏，而又卒之以不私，宜成此不难也。世既言佛能以祸福，语倾天下，故其隆向之⁽¹³⁾如此，非徒然也，盖其学者之材，亦多有以动世耳。今夫衣冠⁽¹⁴⁾而学者，必曰自孔氏。孔氏之道易行也，非有苦身窘形，离性禁欲，若彼之难也。而士行可一乡、才足一官⁽¹⁵⁾者常少，而浮图之寺庙被⁽¹⁶⁾四海，则彼其所谓材者，宁独礼耶？以彼其材，由此之道⁽¹⁷⁾，去至难而就甚易，宜其然也。呜呼！失之此而彼得焉⁽¹⁸⁾，其有以也夫！

【注释】

（1）据史载：景祐四年（1037），其父任江宁（即金陵，今南京）通判，王安石随父往江宁。

（2）浮屠慧礼：名叫慧礼的僧人。

（3）据史载：庆历二年（1042），王安石得进士第，同年签书淮南判官。淮南路，治所在扬州。

（4）此句意为：我曾经去拜访过他。

（5）庳：低矮。

（6）宫之：把它修成像样的宫室。宫，动词。

（7）私吾后：传给我的徒弟。

（8）丐食饮以卒日：乞讨吃喝以度日。

（9）枵然：空落落的样子。

（10）特戏曰：只是开玩笑说。

（11）楹：量词。一间屋为一楹。

（12）盍：为什么不，何不。

（13）隆向之：人们都纷纷信仰它。

（14）衣冠：指世俗之人。

（15）行可一乡，才足一官：品行为一乡之人认可，才能足以任某个官职。

（16）被：覆盖，遍布。

（17）彼其材：谓僧徒的材干。此其道：谓儒家的御世之道。

（18）失之此而彼得焉：儒家之御世之道被人冷落，而佛教却大得其势。

涟水军淳化院经藏记

道之不一$^{(1)}$久矣，人善其所见$^{(2)}$，以为教于天下，而传之后世。后世学者或徇乎身之所然，或诱乎世之所趋，或得乎心之所好，于是圣人之大体，分裂而为八九。博闻该见$^{(3)}$有志之士，补苴调胹，冀以就完而力不足，又无可为之地，故终不得。盖有见于无思无为，退藏于密，寂然不动者，中国之老、庄，西域之佛也。既以此为教于天下而传后世，故为其徒者，多宽平不忮$^{(4)}$，质静而无求，不怯似仁，无求似义。当士之夸漫盗夺，有己而无物者多于世，则超然高蹈，其为有似乎吾之仁义者，岂非所谓贤于彼$^{(5)}$，而可与言者邪？若通之瑞新、闽之怀琏$^{(6)}$，皆今之为佛而超然，吾所谓贤而与之游者也。此二人者，既以其所学自脱于世之淫浊，而又皆有聪明辩智之才，故吾乐以其所得者间语焉，与之游，忘日月之多也。

琏尝谓余曰："吾徒有善因$^{(7)}$者，得屋于涟水$^{(8)}$之城中，而得吾所谓经者五千四十八卷于京师，归市匦$^{(9)}$而藏诸屋，将求能文者为之书其经藏者之岁时，而以子之爱我也，故使其徒来属，能为我强记之乎？"善因者，盖常为屋于涟水之城中，而因瑞新以予记其岁时，予辞而不许者也。于是问其藏经之日，某年月日也。夫以二人者与余游，而善因属我之勤，岂有它哉！其不可以终辞，乃为之书，而并告之所以书之意，使镵诸石$^{(10)}$。

【注释】

（1）一：统一，一致。

（2）善其所见：以其所见为善。

（3）该见：完备的见识。该：通"赅"，完备。

（4）忮：嫉恨。

（5）彼：指"有己而无物者。"

（6）通之瑞新：通州的瑞新和尚。闽之怀琏：闽州的怀琏和尚。

（7）善因：一和尚名。

（8）涟水：在江苏省清江市附近。

（9）市匦，买了个匣子。匦：匣子。

（10）镵诸石：刻在石碑上。

抚州通判厅见山阁记(1)

通判抚州、太常博士施侯(2)，为阁于其舍之西偏，既成，与客升以饮，而为之名曰"见山"。且言曰："吾人脱于兵火，洗沐仁圣之膏泽(3)，以休其父子者，百余年。于今天子恭俭，陂池、苑囿、台榭之观，有堙毁而无改作(4)，其不欲有所骚动，而思称祖宗所以悯仁元元之意殊甚。故人得私其智力(5)，以逐于利而穷其欲。自虽蛮夷湖海山谷之聚，大农富工豪贾之家，往往能广其宫室，高其楼观，以与通邑大都之有力者争无穷之侈。夫民之富溢矣⁽⁶⁾，吏独不当因其有余力，有以自娱乐、称上施耶？又况抚之为州，山耕而水莳⁽⁷⁾，牧牛马，田虎豹⁽⁸⁾，为地千里，而民之男女以万数者五六十。地大人众如此，而通判与之为之父母，则其人奚可不贤⁽⁹⁾，虽贤岂可无劳于为治，独无观游食飨之地，以休其暇日，殆非先王使小人以力养君子之意。吾所以乐为之就此而忘劳者，非以为吾之不肖能长有此，顾不如是不足以待后之贤者尔。且夫人之慕于贤者，为其所乐与天下之志同而不失，然后能有余以与民，而使皆得其所愿。而世之说者曰：'召公为政于周，方春舍于蔽芾之棠⁽¹⁰⁾，听男女之讼焉，而不敢自休息于宫，恐民之从我者勤，而害其田作之时。盖其隐约穷苦，而以自媚于民如此。故其民爱思而咏歌之，至于不忍伐其所舍之棠，今《甘棠》之诗是也。'嗟乎！此殆非召公之实事，诗人之本指⁽¹¹⁾，特墨子之遗言赘行⁽¹²⁾，各细褊迫者之所好，而吾之所不能为。"

于是酒酣，客皆欢，相与从容誉施侯所为⁽¹³⁾，而称其言之善。又美大其阁，而嘉其所以名之者曰："阁之上，流目而环之，则邑屋草木川原阪隰之无蔽障者皆见⁽¹⁴⁾，施侯独有见于山，而以为之名，何也？岂以山之在吾左右前后，若蟠若踞⁽¹⁵⁾，若伏若鹜，为独能适吾目之所观邪？其亦吾心有得于是而乐之也⁽¹⁶⁾。"

施侯以客为知言⁽¹⁷⁾，而以书抵予曰："吾所以为阁而名之者如此，子其为我记之。"数辞不得止⁽¹⁸⁾，则又因吾叔父之命以取焉⁽¹⁹⁾，遂为之记，以示后之贤者，使知夫施侯之所以为阁而名之者，其言如此。

【注释】

（1）抚州：即今江西抚州市。

(2) 太常博士：为太常寺之属官。秦时置奉常，汉景帝时改称太常，为九卿之一。掌礼乐郊庙社稷之事。北齐时设太常寺，有卿、少卿各一人以掌寺事。历代相沿，至清改官制始废。

(3) 膏泽：犹恩泽。

(4) 堙毁：堙，废弃；毁，毁坏。

(5) 私：暗中、私下活动。作动词用。私其智力谓私下展示自己的智力。

(6) 溢：满而外流。富溢谓富得很厉害，富得过度。

(7) 山耕而水莳：在山上耕种在水里栽植。莳，栽植作物。

(8) 田：通畋，打猎。

(9) 奚：疑问词，何，如何。

(10) 蔽芾：幼小貌。

(11) 本指：指同旨。本指，本来的意旨。

(12) 遗言赘行：遗，遗留；赘，多余、剩余。

(13) 从容：从容，安逸舒缓之貌。

(14) 阪隰：阪，山坡；隰，低湿之地。见，同现。

(15) 蟠踞：蜷曲之状；踞，蹲踞。

(16) 有得于是而乐之也：寓仁者乐山之意，暗示施侯为仁者。

(17) 知言：有远见的话。

(18) 数：屡次。辞，推辞。

(19) 因：依靠、通过。

新田诗序

唐⁽¹⁾治四县，田之入于草莽者十九⁽²⁾，民如寄客⁽³⁾，虽简其赋缓其徭，而不可以必留。尚书比部郎中赵君尚宽之来，问弊于民，而知其故，乃使推官张君恂以兵士兴大渠之废者一，大陂之废者四，诸小渠陂教民自为者数十。一年，流民作而相告以归。二年而淮之南、湖之北操囊耜⁽⁴⁾以率其妻子者，其来如雨。三年而唐之土不可贱取，昔之菽粟者多化而为稌⁽⁵⁾。环唐皆水矣，唐独得岁⁽⁶⁾焉。船漕车挽负担出于四境，一日之间，不可为数，而唐之私廪⁽⁷⁾固有余。循吏之无称于世久矣，予闻赵君如此，故为作诗，诗曰：

离离⁽⁸⁾新田，其下流水。孰知其初，灌莽千里。其南背江，其北逾淮。父抱子扶，十百其来。其来仆仆，墁⁽⁹⁾我新屋。赵侯劼⁽¹⁰⁾之，作者不饥。岁仍大熟，饱及鸡鹜。俶船与车，四鄙⁽¹¹⁾出谷。今游者处，昔止者流。维昔牧⁽¹²⁾我，不如今侯。侯来适野⁽¹³⁾，不有观者。税⁽¹⁴⁾于水滨，问多鳏寡。侯其归矣，三岁于兹。谁能止侯，我往求之。

【注释】

（1）唐：地名，在今江苏宜兴县附近。

（2）此句意为：十分之九的田地化为草莽荒地。

（3）民如寄客：言苦于荒莽无收，百姓去归不时，居其乡犹居于旅社，故曰民如寄客。

（4）囊耜：行囊和农具。

（5）稌：水稻的一种，性粘。

（6）得岁：获得好收成。

（7）私廪：百姓自家粮仓。

（8）离离：庄稼茂盛的样子。

（9）镘：涂墙的工具。用作动词，整修房屋。

（10）劬：勤劳。

（11）四鄙：四周边境。

（12）牧：统治。

（13）适野：来到田野。

（14）税：通"悦"。和乐的样子。

《周礼义》序

士弊于俗学久矣⁽¹⁾，圣上闵焉⁽²⁾，以经术造之。乃集儒臣，训释厥旨，将播之校学⁽³⁾。而臣某实董《周官》。

惟道之在政事⁽⁴⁾，其贵贱有位，其先后有序，其多寡有数，其迟数有时⁽⁵⁾。制而用之存乎法⁽⁶⁾，推而行之存乎人。其人足以任官，其官足以行法，莫盛乎成周之时；其法可施于后世，其文有见于载籍，莫具乎《周官》之书⁽⁷⁾。盖其因习以崇之⁽⁸⁾，庚续以终之，至于后世，无以复加。则岂特文、武、周公之力哉⁽⁹⁾？犹四时之运⁽¹⁰⁾，阴阳积而成寒暑，非一日也。

自周之衰，以至于今，历岁千数百矣。太平之遗迹，扫荡几尽，学者所见，无复全经。于是时也，乃欲训而发之⁽¹¹⁾，臣诚不自揆⁽¹²⁾，然知其难也。以训而发之之为难，则又以知夫立政造事追而复之之为难。然窃观圣上致法就功，取成于心，训迪在位⁽¹³⁾，有冯有翼，亹亹乎向六服承德之世矣。以所观乎今，考所学乎古，所谓见而知之者。臣诚不自揆，妄以为庶几矣。故遂昧冒自竭⁽¹⁴⁾，而忘其材之弗及也。

谨列其书为二十有二卷，凡十余万言。上之御府，副在有司，以待制诏颁焉。谨序。

【注释】

（1）俗学：指流俗所传的那些学问，王安石以为有乖圣道，故谓之俗学。

（2）闵：哀怜。

（3）校学：即学校。此可见王安石遣辞造句力求新异不同于俗。

（4）道：乃指礼教之道。

（5）数：同速。

（6）制：制定规程。

（7）具：完备。

（8）因习：因袭讲习。

（9）特：仅。

（10）运：运行。

（11）训而发之：谓对《周礼》训释和阐发。

（12）揆：测度、估量。不自揆谓自己对自己缺乏估计。

（13）训迪：教诲开导。

（14）昧冒自竭：昧冒即冒昧。

灵谷诗序

吾州⁽¹⁾之东南有灵谷者，江南之名山也。龙蛇之神，虎豹、翚翟⁽²⁾之文章⁽³⁾，楩⁽⁴⁾楠、豫章⁽⁵⁾、竹箭之材，皆自山出。而神林、鬼冢、魑魅之穴，与夫仙人、释子、恢谲⁽⁶⁾之观⁽⁷⁾，咸付托焉。至其淑灵和清之气，盘礴委积于天地之间，万物之所不能得者，乃属之于人，而处士君⁽⁸⁾实生其阯⁽⁹⁾。

君姓吴氏，家于山阯，豪杰之望，临吾一州者，盖五六世，而后处士君出焉。其行，孝悌忠信；其能，以文学知名于时。惜乎其老矣，不得与夫虎豹、翚翟之文章，楩楠、豫章、竹箭之材，俱出而为用于天下，顾藏其神奇，而与龙蛇杂此土以处也。然君浩然有以自养，邀游于山川之间，啸歌讴吟，以寓其所好，终身乐之不厌，而有诗数百篇，传诵于闾里。他日，出其灵谷三十二篇，以属其甥⁽¹⁰⁾曰："为我读而序之。"惟君之所得，盖有伏而不见者，岂特尽于此诗而已？虽然，观其镵刻⁽¹¹⁾万物，而接之以藻缋⁽¹²⁾，非夫诗人之巧者，亦孰能至于此。

【注释】

（1）吾州：王安石称其故乡所在的州，即今江西抚州。

（2）翚：五彩的山雉。翟：长尾的山鸡。这里泛指鸟类。

（3）文章：鸟兽皮毛的花纹。

（4）楩：一种大树。

（5）豫章：樟类树木的一种。

（6）恢谲：离奇神异。

（7）观：庙宇、殿堂类建筑物。

（8）处士君：指吴氏，因其有才德而未仕，故尊称"处士君"。

（9）阯：山脚。

（10）属其甥：托付给他外甥，即作者自己。

（11）鑱刻：即雕琢、描摹。鑱：同"铲"。

（12）藻缋：即辞采。缋，通'绘'。

张刑部诗序

刑部张君[1]诗若干篇，明而不华，喜讽道而不刻切[2]，其唐人善诗者之徒欤！君并杨、刘生[3]，杨、刘以其文词染当世，学者迷其端原[4]，靡靡然穷日力以摹之，粉墨青朱，颠错丛庞，无文章黼黻[5]之序,其属情藉事,不可考据也。方此时,自守不污者少矣。君诗独不然,其自守不污者邪。子夏曰:"诗者,志之所之也。"(6)观君之志,然则其行亦自守不污者邪,岂唯其言而已!畀(7)予诗而请序者,君之子彦博也。彦博字文叔,为抚州司法(8),还自扬州识之,日与之接云。庆历三年八月序。

【注释】

(1) 刑部张君:见"题解"。
(2) 刻切:雕琢。
(3) 言张君与宋初的"西昆体"诗人杨亿、刘筠年龄相当。
(4) 学者迷其端原:学"西昆体"的人迷失了诗歌的创作动机和目的。
(5) 黼黻:古代礼服上绣的花纹。此指华丽的辞藻。
(6) 子夏:孔子的弟子,姓卜,名商,字子夏。
(7) 畀:给予。
(8) 司法:即司法参军,辅助知州管理司法事务的佐官。

《诗义》序

《诗》三百五篇,其义具存,其辞亡者,六篇而已。上既使臣雱训其辞,又命臣某等训其义,书成,以赐之太学,布之天下,又使臣某为之序。谨拜手稽首言曰：

《诗》上通乎道德，下止乎礼义[1]。放其言之文，君子以兴焉。循其道之序，圣人以成焉。然以孔子之门人，赐也、商也，有得于一言，则孔子说而进之[2]。盖其说之难明如此。则自周衰以迄于今，泯泯纷纷[3]，岂不宜哉？

伏惟皇帝陛下，内德纯茂[4]，则神罔时恫[5]。外行恂达[6]，则四方以无侮[7]。日就月将，学有缉熙于光明。则颂之所形容，盖有不足道也。微言奥义，既自得之，又命承学之臣，训释厥遗，乐与天下共之。顾臣等所闻，如爝火焉[8]，岂足以庚日月之余光[9]？姑承明训，代匮而已[10]。

传曰："美成在久。"故《棫朴》之作人，以寿考为言，盖将有来者焉，追琢其章，缵圣志而成之也。臣衰且老矣，尚庶几及见之。谨序。

【注释】

(1) 下止乎礼义：《毛诗序》："变风始乎情，止乎礼义。"

(2) 然以孔子之门人四句：《论语·学而》："赐也，始可与言诗已矣。"《论语·八佾》："起予者商也，始可与言诗已矣。"赐，端木赐，字子贡；商，卜商，字子夏；是孔子的弟子，为七十二贤人中人物。

(3) 泯泯纷纷：混乱无归之状。

(4) 纯茂：纯，精粹；茂，美盛。

(5) 神罔时恫：《诗经·大雅·思齐》："神罔时恫。"毛传："恫，痛也。"朱熹云，神罔时恫，言"文王顺于先公，而鬼神歆之无怨恫者。"

（6）恂达：信而达。外行恂达谓言行讲信义而能达于天下四方。

（7）四方以无侮：天下四方无有侮慢之心。

（8）爝火：小火也。

（9）庚：续也。

（10）匮：乏也。

善救方后序

孟子曰："先王有不忍人之心，斯有不忍人之政。"[1]臣某伏读《善救方》而窃叹曰：此可谓不忍人之政矣！夫君者，制命[2]者也。推命而致之民者，臣也。君臣皆不失职，而天下受其治。

方今之时，可谓有君矣。生养之德[3]，通乎四海，至于蛮夷荒忽，不救之病，皆思有以救而存之。而臣等虽贱，实受命治民，不推陛下之恩泽而致之民，则恐得罪于天下而无所辞诛。谨以刻石[4]，树之县门外左，令观赴者自得而不求有司云。皇祐元年二月二十八日序。

【注释】

（1）语出《孟子·公孙丑（上）》："人皆有不忍人之心。先王有不忍人之心，斯有不忍人之政矣。"意为：每个人都有怜恤别人的心情。先王因为有了怜恤别人的心情,这就有了怜恤百姓的政治措施。

(2) 制命:发布命令。

(3) 生养之德:指天子生养百姓的恩德。

(4) 此句意谓将朝廷所颁"善救方"刻在石碑上。

送陈升之序

今世所谓良大夫者有之矣:皆曰是宜任大臣之事者,作[1]而任大臣之事,则上下一失望,何哉?人之材有小大,而志有远近也。彼其行者小而责之近,则煦煦然[2]仁而有余于仁矣,孑孑然[3]义而有余于义矣。人见其仁义有余也,则曰是其任者小而责之近,大任将有大此者[4]。然上下俟[5]之云尔,然后作而任大臣之事。作而任大臣大事,宜大此者焉,然则煦煦然而已矣,孑孑然而已矣,故上下一失望。岂惟失望哉!后日诚有堪大臣之事,其名实烝然[6]于上,上必惩前日之所俟而逆疑[7]焉。暴于下,下必惩前日之所俟而逆疑焉。上下交疑诚有堪大臣之事者而莫之或任[8]。幸欲任,则左右小人得引前日之所俟惩之矣。噫!圣人谓知人难,君子恶名之溢[9]于实为此。则奈何?亦精之[10]而已矣。恶之则奈何?亦充之[11]而已矣。知难而不能精之,恶之而不能充之,其亦殆哉!

予在扬州,朝[12]之人过焉者,多堪大臣之事,可信而望者,陈升之而已矣。今去官于宿州[13],予不知复几何时乃一见之也。予知升之作而任大臣之事,固有时矣。煦煦然仁而已矣,孑孑然义而已矣,非予所以望于升之也。

【注释】

(1) 作：起，引申为"起用"。

(2) 煦煦然：和乐的样子。

(3) 孑孑然：特出的样子。

(4) 大此者：即大于此者。谓委之大事，则成大功。

(5) 俟：期待。

(6) 烝然：兴盛的样子。烝，同"蒸"。

(7) 逆疑：推测而怀疑。

(8) 莫之或任：没有谁能胜任。

(9) 溢：超出。

(10) 精之：精心于职事，

(11) 充之：充实自己的能力、学识，使名实相副。

(12) 朝：朝廷。朝之人，即在朝廷做官的人。

(13) 宿州：今安徽省宿县。

《书义》序

熙宁二年，臣某以尚书入侍，遂与政。而子雱实嗣讲事。有旨为之说以献。八年，下其说太学，班焉。

惟虞、夏、商、周之遗文，更秦而几亡，遭汉而仅存，赖学士大夫诵说，以故不泯[1]。而世主莫或知其可用[2]。

天纵皇帝大知，实始操之以验物，考之以决事[3]，又命训其义，兼明天下后世。而臣父子以区区所闻，承乏与荣焉[4]。

然言之渊懿[5]，而释以浅陋，命之重大，而承以轻眇[6]。兹荣也，祗所以为愧欤！谨序。

【注释】

（1）惟虞、夏、商、周之遗文五句：言《尚书》传世之艰难，概括性太强了。《汉书·艺文志·六艺略》："书之所起远矣，至孔子纂焉。上断于尧，下迄于秦，凡百篇，而为之序，言其作意。秦燔书禁学，济南伏生独壁藏之。汉兴亡失，求得二十九篇，以教齐、鲁间。迄孝宣世，有欧阳、大小夏侯氏立于学官。古文尚书者，出孔子壁中。武帝末，鲁共王坏孔子宅，欲以广其宫，而得古文《尚书》及《礼记》《论语》《孝经》凡数十篇，皆古字也。

（2）莫或：没有谁。

（3）操之以验物，考之以决事：谓操《尚书》以验证诸物，考察《尚书》而后决定事情如何办。

（4）承乏：自谦语，谓时乏人材，而有所顶替。

（5）渊懿：渊谓深，懿谓广大，渊懿言其义深幽广大。

（6）轻眇：轻谓不重，眇谓细小。轻眇谓自己轻微细小。

历山赋并序

余姚县⁽¹⁾人，有与季父争田⁽²⁾，于县、于州、于转运使，不直⁽³⁾，提点刑狱⁽⁴⁾令余来直之⁽⁵⁾。将归⁽⁶⁾，闵然望历山而赋之。历山在县⁽⁷⁾西上虞县⁽⁸⁾界中，或曰舜所耕云。

历山之峨峨⁽⁹⁾兮，予汝耕之，孰汝强之⁽¹⁰⁾？此匪⁽¹¹⁾予私云然兮谁汝使，子人之子兮余师⁽¹²⁾。历山之峨峨兮则维其常⁽¹³⁾。人之子兮云曷而亡⁽¹⁴⁾，云曷而亡兮我之思。今孰继⁽¹⁵⁾兮我之悲，呜呼已矣兮来者为谁？

【注释】

(1) 余姚县：在今浙江省。

(2) 与季父争田：与他最小的叔父就田产发生纠纷。

(3) 不直：处理得不公正。

(4) 提点刑狱：一路之中掌司法刑狱的主官。

(5) 直之：为之公断。

(6) 将归：处理完之后即将返回鄞县。

(7) 指余姚县。

(8) 上虞县：在浙江省。

(9) 峨峨：高耸的样子。

(10) 孰汝强之：谁强迫你耕种呢？

(11) 匪：不是。

(12) 此句谓：你也是人的儿子，是我的先师。

(13) 维其常：同以往一样。

(14) 云曷而亡：为什么却不见了呢？

(15) 孰继：谁来继承你勤劳谦让的美德呢？

送孙正之序

时然而然⁽¹⁾，众人也；己然而然⁽²⁾，君子也。己然而然，非私己也，圣人之道在焉尔。夫君子有穷苦颠跌，不肯一失诎己以从时者⁽³⁾，不以时胜道也。故其得志于君，则变时而之道若反手然⁽⁴⁾，彼其术素修而志素定也。时乎杨、墨⁽⁵⁾，己不然者，孟轲氏而已。时乎释老⁽⁶⁾，己不然者，韩愈氏而已。如孟、韩者，可谓术素修而志素定也，不以时胜道也，惜也不得志于君，使真儒之效不白于当世，然其于众人也卓矣。呜呼！予观今之世，圆冠峨如，大裾襜如⁽⁷⁾，坐而尧言，起而舜趋，不以孟、韩之心为心者，果异众人乎？

予官于扬，得友曰孙正之。正之行古之道，又善为古文，予知其能以孟、韩之心为心而不已者也。夫越人之望燕，为绝域也⁽⁸⁾。北辕而首之⁽⁹⁾，苟不已，无不至。孟、韩之道去吾党⁽¹⁰⁾，岂若越人之望燕哉？以正之之不已，而不至焉，予未之信也。一日得志于吾君，而真儒之效不白于当世，予亦未之信也。正之之兄官于温，奉其亲以行，将从之，先为言以处予。予欲默，安得而默也？庆历二年闰九月十一日送之云尔。

【注释】

（1）时然而然：时势、潮流怎样就怎样。

（2）己然而然：自己认为应该怎样就怎样。

（3）诎：同屈。从时：跟随时势潮流。

（4）变时而之道：改变时势潮流而遵从圣道。

（5）杨墨：杨朱和墨翟。

（6）释老：佛教和老子的学说。这两种思想在唐朝中期，都有很大的影响，当时的士大夫大部分不信佛则从老，只有韩愈排佛斥老，写了文章，以继承和维护儒家圣道自任。

（7）大裾襜如：大裾是官员所穿之下裳；襜如谓大裾摇摆的样子。

（8）绝域：绝远的地方。

（9）北辕而首之：北辕，车辕向着北方；首，向着。

（10）吾党：我们这些志同道合的人。

伍子胥庙铭

予观子胥(1)出死亡逋窜之中，以客寄之一身，卒以说吴，折不测之楚，仇执耻雪，名震天下，岂不壮哉！及其危疑之际，能自慷慨不顾万死，毕谏于所事，此其志与夫自恕以偷一时之利者异也。孔子论古之士大夫，若管夷吾(2)、臧武仲之属，苟志于善而有补于当世者，咸不废也。然则子胥之义曷可少耶？

康定二年(3)，予过所谓胥山(4)者，周行(5)庙庭，叹吴亡千有余年，事之兴坏废革者不可胜数，独子胥之祠不徒不绝，何其盛也！岂独神之事吴之所兴，盖亦子胥之节有以动后世，而爱尤在于吴也。后九年，乐安蒋公为杭使(6)，其州人力而新之，余与为铭也。

烈烈子胥，发节穷逋(7)。遂为册臣(8)，奋不图躯。谏合谋行，隆隆之吴。厥废不遂，邑都俄墟。以智死昏，忠则有余。胥山之巅，殿屋渠渠。千载之祠，如祠之初。孰作新之，民劝而趋。维忠肆怀，维孝肆孚(9)。我铭祠庭，示后不诬(10)。

【注释】

（1）子胥：即伍子胥，春秋时期楚国人，名员。其父伍奢为楚平

王太子建之太傅，遭谗被囚。伍子胥出逃于宋国，而其父兄俱被害。

（2）管夷吾：即管仲，相齐桓公成霸业。

（3）康定二年：1041年。

（4）胥山：胥山在江苏吴县、浙江嘉兴县、浙江杭州都有，此处指后者。

（5）周行：即环绕而行。

（6）为杭使：即任杭州知州。

（7）发节穷逋：在无路可走、出逃国外时立下志向。

（8）册臣：古时三品以上的官员由皇帝当面册封，称为册臣。谓伍子胥在吴国取得高位。

（9）孚：诚、信。

（10）不诬：即不假，言所传关于伍子胥的事是真实的。

鲧　说

尧咨[1]孰能治水，四岳[2]皆对曰："鲧。"然则在廷之臣可治水者，惟鲧耳。水之患不可留而俟[3]人，鲧虽方命圮族，而其才则群臣皆莫及，然则舍鲧而孰使哉？当此之时，禹盖尚少，而舜犹伏于下而未见乎上也。夫舜禹之圣也，而尧之圣也，群臣之仁贤也，其求治水之急也，而相遇之难如此。后之不遇者，亦可以无憾矣。

【注释】

(1) 咨：征徇。

(2) 四岳：主掌四时、方岳的官员。

(3) 俟：等待。

伯　夷

事有出于千世之前，圣贤辩之甚详而明，然后世不深考之，因以偏见独识，遂以为说⁽¹⁾，既失其本，而学士大夫共守之不为变者，盖有矣，伯夷是已。

夫伯夷，古之论有孔子孟子焉，以孔孟之可信而又辩之反复不一，是愈益可信也。孔子曰："不念旧恶，求仁而得仁，饿于首阳之下，逸民⁽²⁾也。"孟子曰："伯夷非其君不事，不立恶人之朝，避纣居北海之滨，目不视恶色，不事不肖，百世之师也。"故孔孟皆以伯

夷遭纣之恶，不念以怨，不忍事之，以求其仁，饿而避，不自降辱，以待天下之清，而号为圣人耳。然则司马迁以为武王[3]伐纣，伯夷叩马而谏，天下宗周[4]，而耻之[5]，义不食周粟而为《采薇之歌》，韩子因之[6]，亦为之颂，以为微二子[7]，乱臣贼子接迹于后世，是大不然也。

夫商衰而纣以不仁残天下，天下孰不病[8]纣？而尤者，伯夷也。尝与太公[9]闻西伯[10]善养老，则往归焉。当是之时，欲夷纣者，二人[11]之心岂有异邪？及武王一奋，太公相之，遂出元元于涂炭之中[12]，伯夷乃不与，何哉？盖二老[13]，所谓天下之大老，行年八十余，而春秋固已高矣。白海滨而趋文王之都[14]，计亦数千里之远，文王之兴以至武王之世，岁亦不下十数，岂伯夷欲归西伯而志不遂，乃死于北海邪？抑来而死于道路邪？抑其至文王之都而不足以及武王之世而死邪？如是而言伯夷，其亦理有不存者也。

且武王倡大义于天下，太公相而成之，而独以为非，岂伯夷乎？天下之道二，仁与不仁也。纣之为君，不仁也；武王之为君，仁也。伯夷固不事不仁之纣，以待仁而后出。武王之仁焉，又不事之，则伯夷何处乎？余故曰圣贤辩之甚明，而后世偏见独识者之失其本也。呜呼，使伯夷之不死，以及武王之时，其烈[15]岂减太公哉！

【注释】

（1）以为说：以自己的偏见独识对千世之前的人或事做出错误结论。

（2）逸民：德才兼备而不仕于朝的人。

（3）武王：周武王姬发。

（4）宗周：以周朝为宗主，即为诸侯的首领。

（5）耻之：指伯夷以天下宗周为可耻的事。

（6）因之：继承了司马迁的说法。

（7）微二子：如果没有伯夷和叔齐。

（8）病：痛恨。动词，"以……为病"。

（9）太公：姜尚。

（10）西伯：周文王姬昌。

（11）二人：指周文王姬昌与其弟武王姬发。

（12）出：拯救。元元：百姓。

（13）二老：指伯夷和叔齐。

（14）文王之都：即今陕西岐山县。

（15）烈：功业。

周　　公

甚哉，荀卿之好妄[1]也！载周公之言曰："吾所执贽而见者十人，还贽而相见者三十人，貌执者百有余人，欲言而请毕事千有余人。"是诚周公之所为，则何周公之小也！

夫圣人为政于天下也，初若无为于天下，而天下卒以无所不治者，其法诚修也。故三代之制，立庠于党，立序于遂，立学于国[2]，而尽其道以为养贤教士之法，是士之贤虽未及用者，而固无不见尊养者矣。

此则周公待士之道也。诚若荀卿之言，则春申(3)、孟尝(4)之行，乱世之事也，岂暇于游公卿之门哉？彼游公卿之门，求公卿之礼者，皆战国之奸民，而毛遂(5)、侯嬴之徒也。荀卿生于乱世，不能考论先王之法，著之天下，而惑于乱世之俗，遂以为圣世之事亦若是而已，亦过也。且周公之所礼者，大贤与，则周公岂唯执贽见之而见，固当荐之天子，而共天位(6)也。如其不贤，不足与共天位，则周公如何其与之为礼也？

子产听郑国之政，以其乘舆济人于溱洧(7)，孟子曰："惠而不知为政。"(8)盖君子之为政，立善法于天下，则天下治，立善法于一国，则一国治，如其不能立法，而欲人人悦之，则日亦不足(9)矣。使周公知为政，则宜立学校之法于天下矣；不知立学校而徒能劳身以待天下之士，则不唯力有所不足，而势亦有所不得，周公亦可谓愚也。

又曰："仰禄之士犹可骄，正身之士不可骄也。"夫君子之不骄，虽暗室不敢自慢，岂为其人之仰禄而可以骄乎？

呜呼，所谓君子者，贵其能不易乎世也。荀卿生于乱世，而遂以乱世之事量圣人。后世之士，尊荀卿以为大儒而继孟子者，吾不之信(10)矣。

【注释】

(1) 妄：荒诞不经。

(2) 庠、序、学：古代不同等级、规模的学校。党、遂：古代五百家为一"党"，城市郊外的行政区域谓之"遂"。

(3) 春申：即春申君黄歇，战国楚人。楚顷襄王之时，使秦，止秦攻楚。考烈王即位，以黄歇为相，封春申君，曾救赵却秦，攻灭鲁国。相楚25年，有门客三千。与齐国孟尝君、魏国信陵君、赵国平原君并称战国四公子。

(4) 孟尝：即孟尝君田文。

(5) 毛遂：战国赵平原君食客。赵孝成王九年，秦攻赵，平原君赵胜求救于楚，毛遂自请随往。平原君与楚王言合纵，半日不决。毛遂按剑迫楚王，说以利害，遂成纵约。平原君称毛遂"以三寸之舌，强于百万之师"，遂为上客。

(6) 共天位：共掌朝政。

(7) "济人于溱洧"句：郑国相子产用他的车轿来帮助别人渡河。溱洧：郑国今河南省内的两条河流。

(8) 此句谓：子产乐于助人，却不知如何治国。

(9) 日亦不足：一天也维持不下去。

(10) 不之信：不相信这种说法。

子　贡

予读史所载子贡事，疑传⁽¹⁾之者妄⁽²⁾，不然子贡安得为儒哉？夫所谓儒者，用于君则忧君之忧，食于民则患民之患，在下而不用则修身而已。当尧之时，天下之民患于洚水⁽³⁾，尧以为忧，故禹于九年之间三过其门而不一省⁽⁴⁾其子也。回之生⁽⁵⁾，天下之民患有甚于洚水，天下之君忧有甚于尧，然回以禹之贤，而独乐陋巷之间，曾不以天下忧患介其意也。夫二人者，岂不同道哉？所遇之时则异矣。盖生于禹之时而由⁽⁶⁾回之行，则是杨朱⁽⁷⁾也；生于回之时而由禹之行，则是墨翟⁽⁸⁾也。故曰贤者用于君则以君之忧为忧，食于民则以民之患为患，在下而不用于君则修其身已，何忧患之与哉？夫所谓忧君之忧、患民之患者，亦以义⁽⁹⁾而后可以为之谋也；苟不义而以能释君之忧、除民之患，贤者亦耻为之矣。

《史记》曰：齐伐鲁，孔子闻之，曰："鲁，坟墓之国⁽¹⁰⁾，国危如此，二三子何为莫出？"子贡因行，说⁽¹¹⁾齐伐吴，说吴以救鲁，复说越，复说晋，五国由是交兵，或强，或破，或乱，或霸，卒以存鲁。观其言，迹其事，乃与夫仪、秦、轸、代⁽¹²⁾无以异也。嗟乎，孔子曰"己所不欲，勿施于人"，己以坟墓之国而欲全之，则齐、吴之人岂无是心哉，奈何使之乱欤？吾所以知传者之妄，一也。于史考之，当是时，孔子、子贡穷为匹夫，非有卿相之位、万钟⁽¹³⁾之禄也，何以忧患为哉？然则异于颜回之道矣。吾所以知其传者之妄，二也。坟墓之国，虽君子之所重，然岂有忧患为谋之义哉？借使有忧患为谋之义，则可以变诈之说⁽¹⁴⁾亡人之国而求自存哉？吾所以知其传者之妄，三也。子贡之行虽不能尽当⁽¹⁵⁾于义，然孔子之贤弟子也。孔子之贤弟子之所为固不宜至于此，矧⁽¹⁶⁾曰孔子使之也。

太史公曰："学者多称七十子之徒，誉者或过其实，毁者或损其真。"子贡虽好辩，讵⁽¹⁷⁾至于此邪？亦所谓毁损其真者哉！

【注释】

(1) 传：为人作传记。

(2) 妄：虚妄，无根据。

(3) 洚水：即洪水。

(4) 省：顾视。

(5) 回之生：在颜回的年代。

(6) 由：遵从。

(7) 杨朱：战国时魏人，其说重在爱己，不为物累。与墨子"兼爱"相反，主张"拔一毛以利天下而不为"，被儒家斥为异端。

(8) 墨翟：即墨子，战国鲁人，主张兼爱、非攻、尚同、尚贤，反对儒家的繁礼厚葬，提倡薄葬、节俭。此句意为如果大禹的行为处在颜回的时代，无疑是简慢无礼的。

(9) 义：指儒家的君臣之义。

(10) 坟墓之国：即祖国，父母之邦。因祖先世代死葬于此，故称。

(11) 说：劝说。

(12) 仪、秦、轸、代：张仪、苏秦、陈轸、苏代。

(13) 钟：一种容器，六石四斗为一钟。

(14) 变诈之说：狡诈善变的言语。

(15) 当：相称。

(16) 矧：何况。

(17) 讵：难道，哪里。

三不欺

昔论者曰："君任德[1]，则下不忍欺；君任察，则下不能欺；君任刑，则下不敢欺，而遂以德察刑为次[2]。"盖未之尽也。此三人者之为政，皆足以有取于圣人矣，然未闻圣人为政之道也。夫未闻圣人为政之道，而足以有取于圣人者，盖人得圣之一端耳。且子贱之政使人不忍欺，古者任德之君宜莫如尧也，然则驩兜犹或以类举于前，则德之使人不忍欺岂可独任也哉[3]？子产[4]之政使人不能欺，夫君子可欺以其方[5]，故使畜鱼而校人烹之，然则察之使人不能欺岂可独任也哉？西门豹[6]之政使人不敢欺，夫不及于德而任刑以治，是孔子所谓"民免而无耻"者也，然则刑之使人不敢欺岂可独任也哉？故曰此三人者未闻圣人为政之道也。

然圣人之道有出此三者乎？亦兼用之而已。昔者尧舜之时，比屋[7]之民皆足以封，则民可谓不忍欺矣。放齐以丹朱称于前，曰："嚚讼可乎？"则民可谓不能欺矣。四罪而天下咸服，则民可谓不敢欺矣。故任德则有不可化[8]者，任察则不可周者[9]，任刑则有不可服者。然则子贱之政无以正暴恶，子产之政无以周隐微，西门豹之政无以渐柔良，然而三人者能以治者，盖足以治小具而高乱世耳，使当尧舜之时所大治者，则岂足用哉？盖圣人之政，仁足以使民不忍欺，智足以使民不能欺，政足以使民不敢欺，然后天下无或欺之者矣。

或曰："刑亦足任以治乎？"曰："所任者，盖亦非专用之而足以治也。"豹治十二渠以利民，至乎汉，吏不能废，民以为西门君所为，不从吏以废也，则豹之德亦足以感于民心矣。然则尚刑，故曰任刑焉耳。使无以怀之而惟刑之见，则民岂得或不能欺之哉？

【注释】

（1）任德：以德治天下。

（2）遂以德察刑为次：意为任刑不如任察，任察不如任德。

（3）此句意为：意为仅仅以德治天下是不够的。

（4）子产：即公孙侨，春秋时期郑国宰相。

（5）欺以其方：用合乎人情的方法来欺骗他。

（6）西门豹：战国时期魏国人，复姓西门，名豹，曾任魏相，以严刑密法治国。

（7）比屋：挨家挨户。

（8）不可化者：以德教化不了的人。

（9）不可周者：察不到的。

三圣人

孟子曰："可欲之谓善，有诸己之谓信，充实之谓美，充实而有光辉之谓大，大而化之之谓圣(1)。"圣之为名，道之极、德之至也。非礼勿动，非礼勿言，非礼勿视，非礼勿听(2)，此大贤者之事也。贤者之事如此，则可谓备矣，而犹未足以钻圣人之坚，仰圣人之高，以圣人观之，犹太山之于岗陵，河海之于陂泽，然则圣人之事可知其大矣。《易》曰："与天地合其德，与日月合其明，与鬼神合其吉凶。"此盖圣人之事也。德苟不足以合于天地，明苟不足以合于日月，吉凶苟不足以合于鬼神，则非所谓圣人矣。

孟子论伯夷、伊尹、柳下惠，皆曰圣人也，而又曰伯夷隘，柳下惠不恭。隘与不恭，君子不由也。夫动、言、视、听，苟有不合于礼者，则不足以为大贤人，而圣人之名非大贤人之所得拟也，岂隘与不恭者所得僭哉(3)？

盖闻圣人之言行不苟而已，将以为天下法也。昔者，伊尹制其行于天下，曰："何事非君，何使非民，治亦进，乱亦进。"而后世之士多不能求伊尹之心者，由是多进而寡退，苟得而害义，此其流风末世之弊也。圣人患其弊，于是伯夷出而矫之，制其行于天下，曰："治则进，乱则退，非其君不事，非其民不使。"而后世之士多不能求伯夷之心者，由是多退而寡进，过廉而复刻(4)，此其流风末世之弊也。圣人又患其弊，于是柳下惠出而矫之，制其行于天下，曰："不羞污君，不辞小官，遗逸而不怨，厄穷而不悯。"而后世之士多不能求柳下惠之心者，由是多污而寡洁(5)，恶异而尚同(6)，此其流风末世之弊也。此三人者，因时之偏而救之(7)，非天下之中道也(8)，故久必弊。至孔子之时，三圣人之弊，各极于天下矣，故孔子集其行而制成法于天下，曰："可以速则速，可以久则久，可以仕则仕，可以处则处。"然后圣人之道大具，而无一偏之弊矣。其所以大具而无弊者，岂孔子一人之力哉，四人者相为终始也。故伯夷不清不足以救伊尹之弊，柳下惠不和不足以救伯夷之弊。圣人之所以能大过人者，盖能以身救弊于天下耳。如皆欲为孔子之行而忘天下之弊,则恶在其为圣人哉?

是故使三人者当孔子之时,则皆足以为孔子也,然其所以为之清、为之任、为之和者,时耳,岂滞于此一端而已乎?苟在于一端而已,则不足以为贤人也,岂孟子所谓圣人哉?孟子之所谓隘与不恭,君子不由者,亦言其时尔。且夏之道岂不美哉,而殷人以为野,殷之道岂不美哉,而周人以为鬼,所谓隘与不恭者,何以异于是乎?

当孟子之时,有教孟子枉尺直寻者,有教孟子权以援天下者,盖其俗有似于伊尹之弊时也(9)。是以孟子论是三人者,必先伯夷,亦所以矫天下之弊耳。故曰圣人之言行,岂苟而已,将以为天下法也。

【注释】

(1) 孟子曰:"可欲之谓善,……"

(2) 非礼勿动,非礼勿言,非礼勿视,非礼勿听:此四勿,颜渊问仁,子曰克己复礼,颜渊请问其目,孔子言四勿。

(3) 僭:越分。超过名分。

(4) 过廉而复刻:过廉,谓过于廉隅;复刻,谓又加上严刻。

(5) 多污而寡洁:多有羞污而缺少洁身自爱之道。

(6) 恶异而尚同:异,谓异于流俗,异于众人;同,同于众人。恶异尚同,谓人们厌恶标新立异而崇尚随俗同众。

(7) 因时之偏而救之:时之偏,时势、时尚、时俗之偏颇。因,由于、根据。因时之偏而救之,谓根据时俗之偏颇弊端而采取措施补救。

(8) 中道:正道,执中之道,不偏不倚之道。

(9) 盖其俗有似于伊尹之弊时也:当时的风俗时势就像伊尹时流

风末俗的弊端一样。此是言战国时人们多进寡退，苟得害义，这是以儒家礼教观念对战国时社会状况的概括。

荀　卿

荀卿载孔子之言曰："'由，智者若何？仁何若何？'子路曰：'智者使人知己，仁者使人爱己。'子曰：'可谓士矣。'子曰：'赐，智者若何？仁者若何？'子贡曰：'智者知人，仁者爱人。'子曰：'可谓士君子矣。'曰：'回，智者若何？仁者若何？'颜渊曰：'智者知己，仁者爱己。'子曰：'可谓明君子矣。'"(1)是诚孔子之言欤？吾知其非也。夫能近见而后能远察，能利狭而后能泽广(2)，明天下之理也。故古之欲知人者必先求知己，欲爱人者必先求爱己，此亦理之所必然，而君子之所不能易者也。请以事之近而天下之所共知者谕(3)之。

今有人于此，有能见太山于咫尺之内者，则虽天下之至愚，知其不能察秋毫于百步之外也，盖不能见于近则不能察于远明矣。而荀卿以谓知己者贤于知人者，是犹能察秋毫于百步之外者为不若见太山于咫尺之内者之明也。今有人于此，食不足以厌(4)其腹、衣不足以周其体者，则虽天下至愚，知其不能以赡足乡党(5)也，盖不能利于狭则不能泽于广明矣。而荀卿以谓爱己得贤于爱人者，是犹以赡足乡党为不若食足以厌腹、衣足以周体者之富也。由是言之，荀卿之言，其不察理已甚矣。故知己者，智之端也，可推以知人也；爱己者，仁之端也，可推以爱人也。夫能尽智、仁之道，然后能使人知己、爱己，是故能使人知己、爱己者，未有不能知人、爱人者也。今荀卿之言，一切反之，吾是以知其非孔子之言而为荀卿之妄矣。

杨子曰："自爱，仁之至⁽⁶⁾也。"盖言能自爱之道，则足以爱人耳，非谓不能爱人而能爱己者也。噫，古之人爱人不能爱己者有之矣，然非吾所谓爱人，而墨翟之道也。若夫能知人而不能知己者，亦非吾所谓知人矣。

【注释】

（1）由：孔子弟子子路。赐：端木赐，孔子弟子。颜渊：即颜回，孔子弟子。

（2）利狭：给与自己最近的人带来利益。泽广：施恩于广大的人群。

（3）谕：告诉，说明白。

（4）餍：饱，足。

（5）乡党：邻里乡亲。

（6）仁之至：仁者的最高境界。

杨　墨

杨墨之道，得圣人之一而废其百者是也。圣人之道，兼杨墨而无可无不可者是也。墨子之道，摩顶放踵⁽¹⁾以利于天下，而杨子之道，利天下拔一毛而不为也。夫禹之于天下，九年之间三过其门，闻呱呱之泣而不一省其子，此亦可谓为人矣。颜回之于身，箪食瓢饮以独乐于陋巷之间，视天下之乱若无见者，此亦可谓为己矣。杨墨之道，独以为人、为己得罪于圣人者，何哉？此盖所谓得圣人之一而废其百者也。是故由杨子之道则不义，由墨子之道则不仁，于仁义之道无所遗而用之不失其所者，其唯圣人之徒欤？

二子之失于仁义而不见天地之全，则同矣，及其所以得罪，则又有可论者也。杨子之所执者为己，为己，学者之本也。墨子之所学者为人，为人，学者之末也。是以学者之事必先为己，其为己有余而天下之势可以为人矣，则不可以不为人。故学者之学也，始不在于为人，而卒所以能为人也。今夫始学之时，其道未足以为己，而其志已在于为人也，则亦可谓谬用其心矣。谬用其心者，虽有志于为人，其能乎哉？由是言之，杨子之道虽不足以为人，固知为己矣。墨子之志虽在于为人，吾知其不能也。呜呼，杨子知为己之为务，而不能达于大禹之道也，则亦可谓惑矣。墨子者，废人物亲疏之别，方以天下为己任，是其所欲以利人者，适所以为天下害患也，岂不过甚哉？故杨子近于儒，而墨子远于道，其异于圣人则同，而其得罪则宜有间也。

【注释】

（1）摩顶放踵：从头到脚都受到损伤。

老　子

道有本有末⁽¹⁾。本者⁽²⁾，万物之所以生也；末者⁽³⁾，万物之所以成也。本者，出之自然，故不假乎人之力而万物以生也；末者，涉乎形器⁽⁴⁾，故待人力而后万物以成也。夫其不假人之力而万物以生，则是圣人可以无言也、无为也；至乎有待于人力而万物以成，则是圣人之所以不能无言也、无为也。故昔圣人之在上而以万物为己任者，必制四术⁽⁵⁾焉。四术者，礼、乐、刑、政是也，所以成万物者也。故圣人唯务修其成万物者，不言其生万物者，盖生者尸之于自然，非人力之所得与矣。

老子者，独不然，以为涉乎形器者皆不足言也、不足为也，故抵去礼乐刑政而唯道之称焉。是不察于理而务高之过矣。夫道之自然者，又何预乎？唯其涉乎形器，是以必待于人之言也、人之为也。其书⁽⁶⁾曰："三十辐共一毂，当其无，有车之用。"夫毂辐之用，固在于车之无用，然工之琢削未尝及于无者，盖无出于自然之力，可以无与也。今之治车者知治其毂辐，而未尝及于无也，然而车以成者，盖毂辐具，则无必为用矣。如其知无为用而不治毂辐，则为车之术固已疏矣⁽⁷⁾。

今知无之为车用，无之为天下用，然不知所以为用也。故无之所以为用者，以有毂辐也；无之所以为天下用者，以有礼乐刑政也。如其废毂辐于车⁽⁸⁾，废礼乐刑政于天下，不坐⁽⁹⁾求其无之为用也，则亦近于愚矣。

【注释】

(1) 道有本有末:"道"有根本(原始)的和具体后来生成的两种。

(2) 本者,万物之所以生也:根本的道,是用以生成万物的元气。

(3) 末者,万物之所以成也:具体的道,是元气变化、运动而生成的万事万物。

(4) 涉乎形器:涉及到了具体可感的事物。

(5) 术:治国手段。

(6) 其书:指老子的《道德经》,即《老子》。

(7) 为车之术:造车的技巧。疏:不对头。

(8) 废毂辐于车:取消了车子的毂和辐。

(9) 坐:徒然。

庄周上

世之论庄子者不一,而学儒者曰:"庄子之书,务诋孔子以信其邪说,要焚其书、废其徒而后可,其曲直⁽¹⁾固不足论也。"学儒者之言如此,而好庄子之道者曰:"庄子之德,不以万物干其虑⁽²⁾而能信其道者也。彼非不知仁义也,以为仁义小而不足行已;彼非不知礼乐也,以为礼乐薄而不足化天下。故老子曰:'道失后德,德失后仁,仁失后义，义失后礼。'是知庄子非不达⁽³⁾于仁义礼乐之意也，彼以为仁义礼乐者，道之末也，故薄之云耳。"夫儒者之言善也，然未尝求庄子之意也；好庄子之言者固知读庄子之书也，然亦未尝求庄子之意也。

昔先王之泽⁽⁴⁾，至庄子之时竭矣，天下之俗，谲诈大作，质朴并散，虽世之学士大夫，未有知贵己贱物之道者也。于是弃绝乎礼义之绪，夺攘乎利害之际，趋利⁽⁵⁾而不辱，殒身而不以为怨，渐渍陷溺，以至乎不可救已。庄子病⁽⁶⁾之，思其说以矫天下之弊而归之于正也。其心过虑⁽⁷⁾，以为仁义礼乐皆不足以正之，故同是非，齐彼我，一利害，而以足乎心为得，此其所以矫天下之弊者也。既以其说矫弊矣，又惧来世之遂实⁽⁸⁾吾说而不见天地之纯、古人之大体也，于是又伤其心于卒篇⁽⁹⁾以自解⁽¹⁰⁾。故其篇曰："《诗》以道志，《书》以道事，《礼》以道行，《乐》以道和，《易》以阴阳，《春秋》以道名分。"由此而观之，庄子岂不知圣人者哉？又曰："譬如耳目鼻口，皆有所明，不能相通，犹百家众技，皆有所长，时有所用。"用是以明圣人之道其全在彼而不在此，而亦自列其书于宋钘、慎到、墨翟、老聃之徒⁽¹¹⁾，俱为不该不遍⁽¹²⁾一曲之士⁽¹³⁾，盖欲明吾之言有为⁽¹⁴⁾而作，非大道之全云耳。然则庄子岂非有意于天下之弊而存圣人之道乎？伯夷之清，柳下惠之和，皆有矫于天下者也，庄子用其心亦二⁽¹⁵⁾圣人之徒矣。然而庄子之言不得不为邪说比者，盖其矫之过矣。夫矫枉者，欲其直也，矫之过则归于枉矣。庄子亦曰："墨子之心则是也。墨子之行则非也。"推庄子之心以求⁽¹⁶⁾其行，则独何异于墨子哉？

后之读庄子者，善⁽¹⁷⁾其为书之心，非其为书之说⁽¹⁸⁾，则可谓善读矣，此亦庄子之所愿于后世之读其书者也。今之读者，挟庄以谩⁽¹⁹⁾吾儒曰："庄子之道大哉，非儒之所能及知也。"不知求其意，而以异于儒者为贵，悲夫！

【注释】

(1) 曲直：指庄周主张的正确与乖谬。

(2) 不以万物干其虑：他的思想不受混乱现实的干扰。

(3) 达：通晓。

(4) 先王之泽：指三代时期圣贤君王的教化恩泽。

(5) 趋利：追逐财利。

(6) 病：痛恨。

(7) 其心过虑：庄子的思考超过了合适的分寸。

(8) 实：核对。

(9) 卒篇：最后一篇。

(10) 自解：为自己辩解。

(11) 宋钘：战国宋人，与孟子同时，老聃，即老子。

(12) 不该不遍：指他们的学说不精深、全面。

(13) 一曲之士：处于沟坑之内的人。意为宋钘、慎到、墨子、老聃等人见识不广。

(14) 有为：有目的，有所针对。

(15) 二：不同于，有别于。

(16) 求：推究。

(17) 善：称赞，以……为善。

(18) 非其为书之说：排斥庄子书中的主张。

(19) 谩：诋毁。

庄周下

学者诋周非尧、舜、孔子⁽¹⁾,余观其书,特有所寓⁽²⁾而言耳。孟子曰:"说《诗》者,不以文害辞,不以辞害意,以意逆志,是为得之。"读其文而不以意原之⁽³⁾,此为周者之所以讼也。

周曰:"上必无为而用天下,下必有为而为天下用。"又自以为处昏上乱相之间⁽⁴⁾,故穷而无所见其材。孰谓周之言皆不可措乎君臣父子之间,而遭世遇主终不可使有为也?及其引太庙牺以辞楚之聘使,彼盖危言⁽⁵⁾以惧⁽⁶⁾衰世之常人也。夫以周人才,岂迷出处之方⁽⁷⁾而专畏牺⁽⁸⁾者哉?盖孔子所谓隐居放言者,周殆其人也。然周之说,其于道既反之,宜其得罪于圣人之徒也。

夫中人之所及者,圣人详说而谨行之,说之不详,行之不谨,则天下弊。中人之所不及者,圣人藏乎其心而言之略,不略而详,则天下惑。且夫谆谆而后喻⁽⁹⁾、诪诪而后服者⁽¹⁰⁾,岂所谓可以语上者⁽¹¹⁾哉?惜乎,周之能言而不通乎此也!

【注释】

(1) 学者因为庄子的主张不同于尧、舜、孔子而低毁他。

(2) 有所寓:有所寄托。

(3) 原之：推测庄周文章的本义。

(4) 处昏上乱相之间：谓庄子自己处在君主和宰相昏暗不明的乱世。

(5) 危言：高出于世俗的言语。

(6) 惧：惊醒。

(7) 出处之方：即做官与隐居之道。

(8) 畏牺：害怕像当作祭品的牛那样被羁縻、利用而不得自由。

(9) 谆谆而后喻：耐心开导而后才明白。

(10) 诡诡而后服者：经过反复开导、辩论才服气的人。

(11) 可以语上者：可以和他谈论高深道理的人。

曾巩卷

贾昌衡知邓州制

敕[1]：记旧俗者[2]，称南阳之民夸奢[3]，上气力，难制御。今其余习殆尚有存者，故有邦[4]之任，朕不轻以属人。具官[5]某，中外践更，令闻惟旧，兹用考择，往分彼土。盖穰淯之间[6]，虽俗杂难治，然教民敦本[7]，兴于好善，召信臣[8]、杜诗之遗迹在焉。使农桑劝而风俗厚，尔尚思继于前人。其往懋[9]哉、无替[10]朕命。

【注释】

（1） 敕：天子发布诏令曰敕。

（2） 记旧俗者：记载各地风俗的人。

(3) 夸奢：好大不实且性习奢侈。

(4) 有邦：此邦，指南阳。

(5) 具官：唐宋以来，称具备官爵履历为具官。

(6) 穰淯之间：穰，即南阳。

(7) 敦本：勤于务农。

(8) 召信臣：汉寿昌人，曾任南阳太守，迁河南太守，以能治闻名。

(9) 懋：勉励。

(10) 替：荒废。

梅福封寿春真人制

敕某：在汉之际[1]，数以孤远[2]，极言天下之事，其志壮哉。晚而家居，读书养性。卒遗俗高蹈[3]，世传为仙。今大江之西，实存庙像。祷祠辄应，能泽吾民。有司上闻[4]，是用锡[5]兹显号。光灵不泯，其服[6]朕恩。

【注释】

(1) 在汉之际：指汉朝王莽当政前后。

(2) 孤远：指梅福补南昌府，职卑地远。

(3) 遗俗高蹈：即抛弃俗世而遐举飞升。

(4) 上闻：奏闻朝廷。

(5) 锡：即"赐"。

(6) 服：领受。

劝学诏

朕惟先王兴庠序以风⁽¹⁾四方，所以使学士大夫明其心也。夫心无蔽⁽²⁾，故施之于己，则身治而家齐⁽³⁾；推之于人，则官修而政举。其流及远，则化民成俗，常必由之。古之所以长⁽⁴⁾人材、厚人伦者，本是而已。朕甚慕之，故设学校，重学官之选，而厚其禄。凡欲以诱诲学者，庶几于古也。而在位者无任职之心，承业者无慕善之志。至于师生相冒⁽⁵⁾，挟赂为奸，嚻讼⁽⁶⁾嚣然，骇于众听，而况欲倡率训导，洽⁽⁷⁾于礼义；磨砻陶冶，积于人心。使方闻修洁之士，充于朝廷；孝悌忠笃之风，行于乡邑，其可得乎？朕甚悯焉。故更制博士⁽⁸⁾，而讲求所以训厉之方。定著于令⁽⁹⁾，以为学制。予乐育天下之材，而庶几先王之治者，可谓至矣。自今有敦行谊、谨名节、肃政教、出入无悖⁽¹⁰⁾、明于经术者，有司其以次升之，使闻于朕，将考而用之，以劝于尔众士。有偷懦怠惰，不循于教，学不通明者，博士吾所属也。其申之以诱导，使其能有易于志，而卒归于善，固吾之所受也。予既明立学之教，具为科条⁽¹¹⁾，其于学者，有奖进退黜之格，以昭劝戒。至于学官，其能明于教率，而详于考察，有得人之称，则待以信赏。若训授无方，而取舍失实，亦将论其罚焉。明以告尔，朕言不欺。尚其懋^(12)哉，无诒^(13)尔悔。

【注释】

(1) 风：教化。

(2) 蔽：遮挡，不明。

(3) 齐：整齐、一致。引申为治理。

(4) 长：培育、培养。

(4) 师生相冒：冒，顶、替。师生相冒，即失师生之礼。

(6) 嚚讼：奸诈而好争辩。

(7) 洽：和。

(8) 更制博士：在太学设置博士职事。

(9) 定著于令：将它定为长期性的政令。

(10) 无悖：指不违背礼节。

(11) 具为科条：制定完备的条例。

(12) 懋：勉励。

(13) 诒：招致，带来。

劝农诏

夫农，衣食之所由出也。生民之业莫重焉。一夫之力，所耕百亩，养生送死，与夫出赋税、给公上者，皆取具焉。不幸水旱螟螣^(1)之灾，往往而有，可谓劳且艰矣。从政者知其如此，故不违其时，不夺其力以使之，明时之因析以授之，差地之腴瘠⁽²⁾以处之，春省⁽³⁾耕、秋省敛以助之。《诗》曰："馌彼南亩，田畯至喜。"言上所以劳⁽⁴⁾之也。又曰："骏发尔私，终三十里。"言上所以劝⁽⁵⁾之也。其奖励成就之者如此。朕自承天序⁽⁶⁾，内重司农之官，外遣劝农之使。为之弛力役⁽⁷⁾，均地征⁽⁸⁾，修水利。或一雨愆期⁽⁹⁾，则忧见于色；或一谷不成，则为加恻怛⁽¹⁰⁾。有复除⁽¹¹⁾之科，有赈恤⁽¹²⁾之令。夙夜孜孜，焦心劳思者，凡以为农也。今耕者众矣，而尚有未勉；垦田广矣，而尚有未辟。岂拊循劝率有所未备与？抑吏怠而忽，不能宣究⁽¹³⁾与？有司其于农桑之务，益思所以除害兴利。诏令已具者，无或壅阏⁽¹⁴⁾；所未尽者，勿惮以闻⁽¹⁵⁾。要使缘南亩之民，举欣欣然乐职安业，洽于富足，称朕意焉。

【注释】

（1）螟螣：农作物害虫。螟，昆虫。螣，稻子上一种小青虫，爱吃稻苗。

（2）腴瘠：地力的丰厚与贫瘠。

（3）省：检查，察看。

（4）劳：慰劳。

（5）劝，鼓励。

（6）朕，自承天序：朕，天子自称。承天序，即承蒙上天的安排。

（7）弛力役：减轻徭役。

（8）均地征：平均地税。

（9）愆期：延误农期。

（10）恻怛：同情、忧伤。

（11）复除：免除徭役。

（12）赈恤：救济、抚恤。

（13）宣究：公开查办、追究。

（14）壅阏：阻滞、延误。

（15）勿惮以闻：尽可以上奏情况，不要担心。

请西北择将东南益兵札子

臣闻古者兵出于农，故三时耕稼，一时阅武。其于四时搜田，则又率之从事。然则农之用力于兵，以少言之，岁当两月。计其大概，则今之专力之兵一，当古之兼农之兵六。先王之制，天子六军，大国三军，次国二军，小国一军，军万二千五百人，其余夫以为羡卒(1)。周有天下，诸侯之国千有八百，以中数率之，通有兵二万五千，为兵四千五百万，而羡卒未在其数。以今之兵之一当其六，今有兵百万，为八、十倍少于古。以迹言之，其专力、兼农之势固异；以多少言之，其用人之力，费人之财，今可谓省矣。古者兵出于农，故干戈、车乘、马牛亦皆取具，而国无预(2)焉；今兵出于国，故干戈、车乘、马牛亦皆取具，而民无预焉。此今之兵又于民为便者也。秦既开阡陌，而亦兵出于民。其干戈屡动，则至于发闾左之戍。魏汉而下，亦皆以民为兵，其转徙杀戮之祸尝甚矣。至于后周、隋、唐修列府卫，而兵复近古。天宝以后，轸骑(3)立，而募兵之法行。自是之后，纲纪失序，天子之势屈于方镇(4)之兵，方镇之势屈于所部之兵。至其甚也，将之废置出于兵(5)。至于五代，而国之废置出于兵。兵之祸天下，未有甚于此也。宋兴，拨乱世反之正。太祖⁽⁶⁾外削藩服，而归之轨道；内操师旅，而束以法制。天下之恶子，非鳍⁽⁷⁾之以刑，而自列于行伍；非驱之以暴，而自就于绳墨⁽⁸⁾。以镇城邑，以戍疆埸⁽⁹⁾。非独为朝廷之用，其于天下之良民，得以乐职而安业者，实赖其力。况又其费少于古，其便多于民，近世以来，制兵之善，未有及此者也。陛下出众虑之表，起百职之废，其于常武，尤属圣心。今连营之士，训练精锐；武库之兵，缮治工巧。殆古所未有。臣诚不自揆，计今之事，窃以谓西北之宜当择将率，东南之备当益戍兵，庶几上副陛下威夷狄、守四方、不世出之大志。何以言也？昔太祖之世，其捍北狄则用李汉超于关南、马仁瑀于瀛州、韩令坤于常山、贺惟忠于易州、何继筠于棣州；其御太原，则用郭进于西山、李谦溥于隰州、李继勋于昭义；其备西戎，则用姚内斌于庆州、董遵诲于环州、王彦升于原州、冯继业于灵州。大抵如内斌、遵诲之兵，率不过五六千人，皆责之以自守其地。今士之精锐，兵之工巧，无以复加矣，在乎得人，属之统督之寄⁽¹⁰⁾而已。故臣以谓西北之宜西北之宜当择将率，付之一州一路，任之以战守之责，陛下明考核、信赏罚，以驭之而已。以此制胜，则何求而不得也？臣又窃以古者百里之地，为千乘之国，有兵三万七千五百人。今州小者，非特百里而已。士徒之众，虽不必尽如古制，然今东南之隅，地方万里，有山海江湖险绝之势、溪洞林麓深僻之虞，而此诸路之兵，名不过数千人而已。其于防逻，常患不足。万一有追胥⁽¹¹⁾讨捕之事，理必乏人。向者邕州⁽¹²⁾之不守，盖患于救援之不继。至于廖恩之鼠窃，而能稽诛于时月者⁽¹³⁾，盖由追讨之兵不足。恩已自归，而所遣北兵，犹在道路。则东南之寡弱，盖可知也。以陛下之明，纲理天下，无所不备。其于东南之兵，计今之宜，虽不必如古者千乘之法，然稍增兵屯，使缓急足用，以销奸萌，除患于未然，亦治体之所宜及。臣故以谓东南之备当益戍兵。区区忧国之心,惟陛下之所裁择,取进止。

【注释】

(1) 羡卒:古代军役制度,凡丁壮,以每家一人为正卒。

(2) 预:预备、准备。

(3) 䠒骑:即兵马。䠒,张满弓。骑,骑马的军人。

(4) 方镇:即藩镇。

(5) 将之废置出于兵:谓将军的废置之权把握在军人手中,而朝廷则被架空。

(6) 太祖:宋太祖赵匡胤。

(7) 鳛:陵逼。

(8) 绳墨:木匠取直用的工具,指规矩。

(9) 场:边境。

(10) 属之统督之寄:寄,寄托,托付。

(11) 胥:官府中的小吏。

(12) 邕州:治所在今广西南宁市。指侬智高从广南西路起兵反宋,攻破邕州之事。

(13) 稽诛:追捕法办之意。此句意为,像廖恩这样的小股贼,追捕法办起来还得好些个日子。

议经费札子

臣闻古者以三十年之通制国用⁽¹⁾，使有九年之蓄。而制国用者，必于岁杪⁽²⁾，盖量入而为出。国之所不可俭者，祭祀也，然不过用数之仂⁽³⁾，则先王养财之意可知矣。盖用之有节，则天下虽贫，其富易致也。汉唐之始，天下之用常屈⁽⁴⁾矣，文帝、太宗⁽⁵⁾能用财有节，故公私有余，所谓天下虽贫，其富易致也。用之无节，则天下虽富，其贫亦易致也。汉唐之盛时，天下之用常裕矣，武帝、明皇⁽⁶⁾不能节以制度，故公私耗竭，所谓天下虽富，其贫亦易致也。宋兴，承五代之敝，六圣⁽⁷⁾相继，与民休息，故生齿既庶⁽⁸⁾，而财用有余。且以景德、皇祐、治平校之：景德户七百三十万，垦田一百七十万顷；皇祐户一千九十万，垦田二百二十五万顷；治平户一千二百九十万，垦田四百三十万顷。天下岁入，皇祐、治平皆一亿万以上，岁费亦一亿万以上。景德官一万余员，皇祐二万余员，治平并幕职⁽⁹⁾、州县官三千三百余员，总二万四千员。景德郊费⁽¹⁰⁾六百万，皇祐一千二百万，治平一千三百万，以二者校之，官之众一倍于景德，郊之费亦一倍于景德。官之数不同如此，则皇祐、治平用财之端，多于景德也。诚诏有司按导载籍，而讲求其故，使官之数、入者之多门可考而知，郊之费、用财之多端可考而知，然后各议其可罢者罢之，可损者损之。使天下之入，如景祐、治平之盛，而天下之用、官之数、郊之费皆同于景德，二者所省者盖半矣。则又以类而推之，天下之费、有约⁽¹¹⁾于旧而浮于今者，有约于今而浮⁽¹²⁾于旧者。其浮者必求其所以浮之自⁽¹³⁾而杜⁽¹⁴⁾之，其约者必本其所以约之由而从之。如是而力行，以岁入一亿万以上计之，所省者十之一，则岁有余财一万万。驯致不已，至于所省者十之三，则岁有余财三万万。以三十年之通计之，当有余财九亿万，可以为十五年之蓄。自古国家之富，未有及此也。古者言九年之蓄者，计每岁之入存十之三耳，盖约而言之也。今臣之所陈，亦约而言之。今其数不能尽同，然要其大致，必不远也。前世于雕敝⁽¹⁵⁾之时，犹能易贫而为富。今吾以全盛之势，用财有节，其所省者一，则吾之一也，其所省者二，则吾之二也。前世之所难，吾之所易，可不论而知也，伏惟陛下冲静质约⁽¹⁶⁾，天性自然。乘舆器服，尚方⁽¹⁷⁾所造，未尝用一奇巧。嫔嫱左右，掖庭⁽¹⁸⁾之间，位号多阙。躬履节俭，为天下先。所以忧悯元元⁽¹⁹⁾、更张庶事⁽²⁰⁾之意，诚至恻怛，格⁽²¹⁾于上下。其于明法度以养天下之财，又非陛下之所难也。臣诚不自揆⁽²²⁾，敢献其区区之愚，惟陛下裁择⁽²³⁾，取进止。

【注释】

（1）通制国用：全盘安排国家财政收支。

（2）岁杪：年终。杪，树枝细梢。引伸为年、月、季的最后。

（3）仂：余数。

（4）屈：竭、尽。

（5）文帝、太宗：指汉文帝和唐太宗。

（6）武帝、明皇：指汉武帝和唐玄宗。

（7）六圣：六代君主，即太祖、太宗、真宗、仁宗、英宗、神宗。

(8) 生齿：百姓人口。庶，众多。

(9) 幕职：地方长官的属吏。

(10) 郊费：天子去郊庙祭祀天地活动的费用。

(11) 约：节省。

(12) 浮：奢侈。

(13) 浮之自：奢侈从哪里来的。

(14) 杜：堵塞、杜绝。

(15) 雕敝：同凋敝，指财政、民生不景气。

(16) 冲静质约：虚静淡泊，性情简约。

(17) 尚方：掌管供应制造帝王所用器物的官员。

(18) 掖庭：即后宫妃嫱女官等居所，因其位处正殿两侧，如在掖中，故称掖庭。

(19) 元元：指百姓。

(20) 庶事：众多的事情。

(21) 格：严格要求。

(22) 揆：揣测，度量。

(23) 裁择：裁断、抉择。

请减五路城堡札子

臣尝议今之兵，以谓西北之宜在择将帅，东南之备在益戍兵。臣之妄意，盖谓西北之兵已多，东南之兵不足也。待罪三班[1]，修定陕西河东城堡之赏法，因得考于载籍。盖秦凤、鄜鄘延、泾原、环庆、并代五路[2]，嘉祐[3]之间，城堡一百一十有二，熙宁[4]二百一十有二，元丰二年二百七十有四。熙宁较于嘉祐为一倍，元丰较于嘉祐为再倍。而熙河城堡又三十有一。虽故有之城，始籍在于三班者，或在此数，然以再倍言之，新立之城固多矣。夫将之于兵，犹弈之于棋。善弈者置棋虽疏，取数[5]必多，得其要已。故敌虽万变，涂虽百出，而形势足相援，攻守足相赴，所保者必其地也。非特如此，所应者又合其变，故用力少而得算多也。不善弈者，置棋虽密，取数必寡，不得其要而已。故敌有他变，涂有他出，而形势不得相援，攻守不能相赴，所保者非必其地也。非特如此，所应者不能合其变，故用力多而得算少也。守边之臣，知其要者，所保者必其地，故立城不多，则兵不分，兵不分，则用士少，所应者又能合其变，故用力少而得算多，犹之善弈也。不得其要者，所保非必其地，故立城必多，立城多，则兵分，兵分，则用士众，所应者又不能合其变，故用力多而得算少，犹之不善弈也。昔张仁愿度河筑三受降城[6]，相去各四百余里，首尾相应，由是朔方以安，减镇兵数万。此则能得其要，立城虽疏，所保者必其地也。仁愿之建三城，皆不为守备。曰："寇至当并力出战，回顾望城，犹须斩之，何用守备？"自是突厥遂不敢度山，可谓所应者合其变也。今五路新立之城，十数岁中，至于再倍，则兵安得不分？士安得不众？殆疆场之吏，谋利害者不得其要也，以弈棋况之，则立城不必多。臣言不为无据也，以他路况之，则北边之备胡，以遵誓约之故，数十年间，不增一城一堡，而不患戍守之不足，则立城不必多，又已事之明验也。臣以此窃意城多则兵分，故谓西北之兵已多，而殆恐守边之臣，未有称其任者也。今守边之臣，遇陛下之明，常受成算以从事，又不敢不奉法令，幸可备驱策。然出万全之画，常逮于上，人臣之于职，苟简而已，固非体理之所当然。况由其所保者未得其要，所应者未合其变，顾使西北之兵独多，而东南不足。在陛下之时，方欲事无不当其理，官无不称其任，则因其旧而不变，必非圣意之所取也。夫公选天下之材，而属之以三军之任，以陛下之明，圣虑之绪余，足以周此。臣历观世主，知人善任使，未有如宋兴太祖之用将英伟特出者也。故能拨唐季、五代数百年之乱，使天下大定，四夷轨道，可谓千岁以来不世出之盛美，非常材之君、拘牵常见者之所能及也。以陛下之聪明睿圣，有非常之大略，同符(7)太祖；则能任天下之材以定乱，莫如太祖；能继太祖之志以经武，莫如陛下。臣诚不自揆(8)，得太祖任将之一二，窃尝见于斯文，敢缮写以献。万分之一，或有以上当天心，使西北守边之臣，用众少而得算多，不益兵而东南之备足，有助圣虑之纤芥(9)，以终臣前日之议，惟陛下之所裁择。

【注释】

（1）待罪三班：元丰三年（1080），曾巩结束了十二年的州官生涯，来朝廷三班院供事。三班，即三班院，指台院、察院、殿院。

（2）路：宋代的一级行政区域。

（3）嘉祐：宋仁宗年号，从1056至1064年。

（4）熙宁：宋神宗年号，从1068至1078年。

（5）取数：得胜的把握。

（6）受降城：东城在腾州，中城在朔州，西城在灵州，唐代张仁愿筑三城之事在唐中宗神龙三年，即707年。

（7）同符：相等于。

（8）揆：度量、考察。不自揆，不自量力，不知深浅之意。谦词。

（9）纤芥：细微、很少之意。

上欧阳学士第一书

学士执事：夫世之所谓大贤者，何哉？以其明圣人之心于百世之上，明圣人之心于百世之下。其口讲之，身行之，以其余者，又书存之，三者必相表里。其仁与义，磊磊然横天地，冠古今，不穷也。其闻与实，卓卓然轩士林[(1)]，犹雷霆震而风飙驰，不浮也。则其谓之大贤，与穹壤等高大，与《诗》《书》所称无间宜矣。夫道之难全也，周公之政不可见，而仲尼生于干戈之间，无时无位存帝王之法于天下，俾学者有所依归。仲尼既没，析辨诡词，骊驾塞路。观圣人之道者，宜莫如于孟、荀、扬、韩四君子之书也，舍是醨矣[(2)]。退之[(3)]既没，骤登其域，广开其辞，使圣人之道复明于世，亦难矣哉。近世学士，饰藻缋以夸诩，增刑法以趋向，析财利以拘曲者，则有闻矣。仁义礼乐之道，则为民之师表者，尚不识其所为，而况百姓之蚩蚩[(4)]乎！圣人之道泯泯没没，其不绝若一发之系千钧也，耗矣哀哉！非命世大贤，以仁义为己任者，畴[(5)]能救而振之乎？巩自成童，闻执事之名，及长，得执事之文章，口诵而心记之。观其根极理要，拨正邪僻，掎挈[(6)]当世，张皇大中。其深纯温厚，与孟子、韩吏部之书为相唱和，无半言片辞踳驳[(7)]于其间，真六经之羽翼，道义之师祖也。既有志于学，于时事，万亦识其一焉。则又闻执事之行事，不顾流俗之态，卓然以体道扶教为己务。往者推吐赤心，敷[(8)]建大论，不与高明，独援摧缩。俾蹈正者有所稟法[(9)]，怀疑者有所问执，义益坚而德益高，出乎外者合乎内，推于人者诚于己。信所谓能言之，能行之，既有德而且有言也。韩退之没，观圣人之道者，固在执事之门矣。天下学士，有志于圣人者，莫不攘袂引领，愿受指教，听诲谕，宜矣。窃计将明圣人之心于百世之下者，亦不以语言退托而拒学者也。巩性朴陋，无所能似，家世为儒，故不业(10)他。自幼迄长，努力文字间，其心之所得庶不凡近，尝自谓于圣人之道，有丝发之见焉。周游当世，常斐然有扶衰救缺之心，非徒嗜皮肤，随波流，搴枝叶而已也。惟其寡与俗人合也，于公卿之门未尝有姓名，亦无达者之车回顾其疏贱，抱道而无所与论，心常愤愤悱悱，恨不得发也。今者，乃敢因简墨布腹心于执事，苟得望执事之门而入，则圣人之堂奥室家，巩自知亦可以少分万一于其间也。执事将推仁义之道，横天地，冠古今，则宜取奇伟闳通之士，使趋理不避荣辱利害，以共争先王之教于衰灭之中。谓执事无意焉，则巩不信也。若巩者，亦粗可以为多士先(11)矣，执事其亦受之而不拒乎？伏惟不以己长退人，察愚言而矜怜之，知巩非苟慕执事者，慕以同圣人之道于执事者也，是其存心亦不凡近矣。若其以庸众待之，寻常拒之，则巩之望于世者愈狭(12)，而执事之循诱(13)亦未广矣。窃料有心于圣人者，固不如是也。觊少垂意而图之，谨献杂文时务策两编，其传缮不谨，其简帙大小不均齐，巩贫故也，观其内而略其外可也。干浼清重(14)，悚仄悚仄(15)。不宣。巩再拜。

【注释】

（1）轩士林：轩，高昂的样子。士林，泛称有士身份的人。

（2）醨：薄酒，引申为淡薄。舍是醨矣：除了孟轲、荀卿、扬雄、韩愈的书，其余的便淡如薄酒了。

（3）退之：韩愈，字退之。

（4）蚩蚩：无知的样子。

（5）畴：谁。

（6）掎挈：指摘之意。

（7）蹖驳：错谬杂乱。

（8）敷：铺陈、扩张。

（9）禀法：掌握规则。

（10）业：经营、从事。

（11）为多士先：即先于多士，超出一般读书人。

（12）望于世者愈狭：社会给他施展才华的机会将越来越少。

（13）循诱：引导。

（14）干浼清重：干，冒犯；浼，污染；清重，清名重位。

（15）悚仄：恐惧战栗的样子。谦词。

上欧阳学士第二书

学士先生执事：伏以执事好贤乐善，孜孜于道德，以辅时及物为事，方今海内未有伦比。其文章、智谋、材力之雄伟挺特，信韩文公以来一人而已。某之获幸于左右，非有一日之素；宾客之谈，率然自进于门下，而执事不以众人待之。坐而与之言，未尝不以前古圣人之至德要道，可行于当今世者，使巩薰蒸渐渍⁽¹⁾，忽不自知其益，而及于中庸之门户，受赐甚大，且感且喜。重念巩无似，见弃于有司，环视其中所有，颇识涯分，故报罢⁽²⁾之初，释然不自动，岂好大哉？诚其材资召取之如此故也。道中来，见行有操瓢囊、负任挽车、挈携老弱而东者，曰：某土之民，避旱暵⁽³⁾饥馑与征赋徭役之事，将徙占他郡，觊得水浆藜糗⁽⁴⁾，窃活旦暮。行且戚戚，惧不克如愿。昼则奔走在道，夜则无所容寄焉。若是者，所见殆不减百千人。因窃自感，幸生长四方无事时，与此民均被朝廷德泽涵养，而独不识袯襫锄耒⁽⁵⁾辛苦之事，旦暮有衣食之给。及一日有文移发召之警，则又借世德，不蒙矢石⁽⁶⁾，备战守，驭车仆马，数千里馈饷。自少至于长，业乃以《诗》《书》文史，其夙暮思念，皆道德之事，前世当今之得失，诚不能尽解，亦庶几识其一二远者大者焉。今虽群进于有司，与众人偕下，名字不列于荐书，不得比数于下士，以望主上之休光，而尚获收齿⁽⁷⁾于大贤之门。道中来，又有鞍马仆使代其劳，以执事于道路。至则可力求箪食瓢饮，以支旦暮之饥饿，比此民绰绰有余裕，是亦足以自慰矣。此事屑屑不足为长者言，然辱爱幸之深，不敢自外于门下，故复陈说，觊执事知巩居之何如。所深念者，执事每曰："过吾门者百千人，独于得生为喜。"及行之日，又赠序引，不以规而以赏识其愚，又叹嗟其去。此巩得之于众人，尚宜感知己之深，恳恻不忘，况大贤长者，海内所师表，其言一出，四方以卜其人之轻重？某乃得是，是宜感戴欣幸，倍万于寻常可知也。然此实皆圣贤之志业，非自知其材能与力能当之者，不宜受此。此巩既黍缘⁽⁸⁾幸知少之所学，有分寸合于圣贤之道，既而又敢不自力于进修哉？日夜克苦，不敢有愧于古人之道，是亦为报之心也。然恨资性短缺，学出己意，无有师法。觊南方之行李，时枉笔墨，特赐教诲，不惟增疏贱之光明，抑实得以刻心思，铭肌骨，而佩服矜式焉。想惟循诱之方，无所不至，曲借恩力，使终成人材，无所爱惜，穷陋之迹，故不敢望于众人，而独注心于大贤也。徒恨身奉甘旨(9)，不得旦夕于几枝之侧，禀教诲，俟讲画，不胜驰恋偻偻(10)之至。不宣。巩再拜。

【注释】

（1）薰蒸渐渍：逐渐陶冶、濡染。

（2）报罢：接到没有考中的通知。

（3）暵：干燥。

（4）水浆藜糗：干的或稀的食物，糗，干粮。

（5）被襫锄耒：被襫，蓑衣之类的防雨工具；锄耒，耕种用农具。

（6）蒙矢石：冒受矢石之袭。指参加战事。

（7）获收齿：受到（大贤）的收教。

（8）夤缘：攀附，向上。含拉拢、巴结权势人物之意。

（9）甘旨：美味，引伸为美好的道义。

（10）偻偻：诚恳、恭谨。

上欧阳舍人书

舍人先生：当世之急有三：一曰急听贤之为事，二曰急裕民之为事，三曰急力行之为事。一曰急听贤之为事。夫主之于贤，知之未可以已也。进之未可以已也。听其言，行其道于天下，然后可以已也。能听其言，行其道于天下，在其心之通且果⁽¹⁾也。不得其通且果，未可以有为也。苟有为，犹膏肓之不治，譬癥痞⁽²⁾之老也。以古今治乱成败之理入告之，不解则极论之，其心既通也；以事之利害是非，请试择之，能择之，试请行之，其心既果也，然后可以为也。其为计虽迟，其成大效于天下必速。欲其如此，莫若朝夕出入在左右，而不使邪人、庸人近之也。朝夕出入在左右，侍臣之任也，议复之其可也。一不听，则再进而议之，再犹未也，则日进而议之，待其听而后已可也。置此虽有他事，未可以议也。昔汉杀萧望之，是亦有罪焉。宣帝使之傅太子，其不以圣人之道导之邪？则何贤乎望之也？其导之未信而止也，则望之不得无罪焉。为太子责备于师傅，不任其责也，则责备于侍臣而已矣。虽艰而勤，其可以已也欤？与世贤士，上已知而进之矣，然未免于庸人、邪人杂然而处也，于事之益损张驰有戾焉⁽³⁾。不辨之则道不明，肆力而与之辨，未必全也，不全，则人之望已矣，是未易可忽也。就其所能而为之，则如勿为而已矣。如是者，非主心通且果，则言未可望听，道未可望行于天下也。寻其本，不如愚人之云尔，不可以有成也。二曰急裕民之为事。夫古以来可质也⁽⁴⁾，未有民富且安而乱者也。其乱者，率常民贫而且不安也，天下为一殆八、九十年矣，靡靡然食民之食者，兵佛老⁽⁵⁾也。或曰削之则怨且戾，是以执事望风惮言所以救之之策。今募民之集而为兵者，择旷土而使之耕，暇而肄武⁽⁶⁾，递入而为卫，因驰⁽⁷⁾旧兵。佛老也，止今之为者，旧徒之尽也不日矣。是不召怨与戾而易行者也。则又量上之用而去其浮，是大费可从而减也。推而行之，则末利可驰，本务可兴，富且安可几而待也。不然，恐今之民一二岁而为盗者，莫之能御也，可不为大忧乎？他议纷纷，非救民之务也。求救民之务，莫大于此也，不谋此，能致富且安乎？否也。三曰急力行之为事。夫臣民、父子、兄弟、夫妇、朋友，皆不为其所宜乱之道。今之士悖理甚矣。故官之不治不易而使能，则国家虽有善制不行也。欲其而使能，则一之士[8]。以士之如此，而况民之没没，与一有骇而动之者，欲其效死而不为非，不得也。今者更[9]贡举法数十百年弊，可谓盛矣。书下之日，戾夫惧，怠夫自励，近世未有也。然此尚不过强之于耳目而已，未能心化也。不心化，赏罚一不振焉，必解矣。欲洽之于其心，则顾上与大臣之所力行如何尔。不求之本，斯已矣[10]；求之本，斯不可不急也。或曰适时而已耳，是不然，今时谓之耻且格[11]焉，不急其本可也。不如是，未见适于时也。凡此三务，是其最急。又有号令之不一，任责不明，当亦速变者也。至于学者策之经义当矣。然九经[12]言数十万余，注义累倍之[13]，旁又贯联他书，学而记之乎，虽明者不能尽也。今欲通策之，责人之所必不能也。苟然，则学者必不精，而得人必滥。欲反之，则莫若使之人占一经也。夫经于天地人事，无不备者也，患不能通，岂患通之而少邪？况诗赋论兼出于他经，世务待子史而后明[14]，是学者亦无所不习也。此数者近皆为蔡学士[15]道之，蔡君深信，望先生共成之。孟子称：乡邻斗，被发缨冠而往救之则惑。然观孟子周行天下，欲以其道及人，至其不从而去，犹曰：王庶几改之，则必召予。此其心汲汲何如也。何独孟子然？孔子亦然也。而云云者盖以谓颜子既不得位，不可以不任天下之事责之耳。故曰：禹、稷、颜子易地则皆然[16]是也，不得位则止乎？不止也。其止者，盖止于极[17]也，非谓士者固若狙猿然，无意于物也。况巩于先生，师仰已久，不宜有间[18]，是以望其贱而言也。愿赐之采择，以其意少而施焉。巩闲居江南，所为文无愧于四年时，所欲施于事者，亦有待矣。然亲在忧患中，祖母日愈老，细弟妹多，无以资衣食，恐不能就其学，况欲行其他耶？今者欲奉亲数千里而归先生，会须就州学，欲入太学，则日已迫，遂弃而不顾，则望以充父母养者，无所勉从，此岂得已哉？韩吏部云：诚使屈原、孟轲、扬雄、司马迁、相如进于是选，仆知其怀渐，乃不自进而已尔，此言可念也。失贤师长之镌切[19]，而与众人处，其不陷于小人也，其几矣。早而兴，夜而息，欲须臾惬然于心不能也。先生方用于主上，日入谋议天下，日夜待为相，其无意于巩乎？故附所作通论杂文一编、先祖述文一卷以献。先祖困以殁，其行事非先生传之不显，愿假辞刻之神道碑，敢自抚州佣仆夫往伺于门下。伏惟不罪其愚而许之，以永赍其子孙[20]，则幸甚幸甚。巩之友王安石，文甚古，行甚称文，虽已得科名，居今知安石者尚少也。彼诚自重，不愿知于人，尝与巩言："非先生无足知我也"。如此人古今不常有。如今时所急，虽无常人千万不害也，顾如安石不可失也。先生倘言焉，进之于朝廷，其有补于天下。亦书其所为文一编，进左右，幸观之，庶知巩之非妄也。鄙心惓惓[21]，其大抵虽如此，其详可得而具邪。不宣。巩再拜。

【注释】

（1）通且果：通达而充实。

（2）癃痹：衰弱多病，麻木不觉。

（3）于事之益损张驰有戾焉：有悖于为事的益损张驰之道。戾，乖张，违背。

（4）质：对证。

（5）靡靡然：浪费、奢侈的样子。

（6）肄武：练兵。肄，练习。

（7）驰：废驰，废除。

(8) 一之士：用圣人之道统一读书人的思想。

(9) 更：改变。

(10) 斯已矣：也就罢了。

(11) 耻且格：知耻而又守法。

(12) 九经：宋代九经指《周易》、《尚书》、《诗经》、《左传》、《礼记》、《仪礼》、《周礼》、《论语》、《孟子》。

(13) 注义累倍之：校注和引义累加起来又超过九经字数的几倍。

(14) 世务待子史而后明：经世之务学了诸子之书和各代史书也就明了了。

(15) 蔡学士：蔡襄，字君谟，兴化仙游人。

(16) 禹、稷、颜子易地则皆然：颜回同禹和稷一样，达到了相当高的道德水准，可堪天下重任。

(17) 其止者，盖止于极：如果止的话，也是止于最高境界。

(18) 不宜有间：不应该有隔阂。

(19) 镌切：加工，打磨。此处谓指点、教诲。

(20) 赉其子孙：留给子孙。赉，送给人。

(21) 惓惓：诚恳的样子。

上蔡学士书

庆历四年五月日，南丰曾巩谨再拜上书谏院学士执事。朝廷自更两府谏官来，言事者皆为天下贺得人而已。贺之诚当也，顾不贺则不可乎？巩尝静思天下之事矣。以天子而行圣贤之道，不古圣贤然者否也[1]。然而古今难之者，岂无异焉？邪人以不己利也，则怨；庸人以己不及也，则忌。怨且忌，则造饰以行其间。人主不寐其然，则贤才必疏而殆矣。故圣贤之道，往往而不行也，东汉之末是已。今主上至圣，虽有庸人、邪人，将不入其间。然今日两府谏官之所陈，上已尽白而信[2]邪？抑未然邪？其已尽白而信也，尚惧其造[3]之未深，临事而差也。其未尽白而信也，则当屡进而陈待其尽白而信，造之深，临事而不差而后已也。成此美者，其不在于谏官乎？古之制[4]善矣。夫天子所尊而听者，宰相也。然接之有时，不得数[5]且入矣。惟谏官随宰相入奏事，奏已，宰相退归中书，盖常然矣。至于谏官，出入言动相缀接，蚤暮相亲，未闻其当退也。如此，则事之得失，蚤思之不待暮而以言可也，暮思之不待越宿而以言可也，不谕[6]则极辨之可也。屡进而陈之，宜莫若此之详且实也。虽有邪人、庸人，不得而间焉。故曰：成此美者其不在于谏官乎？今谏官之见也有间矣。其不能朝夕上下议亦明矣。禁中之与居，女妇而已尔。舍是则寺人而已尔。其于冥冥之间，议论之际，岂不易行其间哉？如此，则巩见今日两府谏官之危，而未见国家天下之安也。度[7]执事亦已念之矣。苟念之，则在使谏官侍臣复其职而已,安有不得其职而在其位者欤?噫!自汉降戾⁽⁸⁾后世,士之盛亦未有若今也。唐太宗有士之盛而能成治功,今有士之盛,能行其道,则前数百年之敝无不除也,否则后数百年之患,将又兴也,可不为深念乎!巩生于远,厄⁽⁹⁾于无衣食以事亲。今又将集于乡学,当圣贤之时,不得抵京师而一言。故敢布⁽¹⁰⁾于执事,并书所作通论杂文一编以献。伏惟执事,庄士⁽¹¹⁾也,不拒人之言者也,愿赐观览,以其意少施焉。巩之友王安石者,文甚古,行称其文,虽已得科名,然居今知安石者尚少也。彼诚自重,不愿知于人。然如此人,古今不常有。如今时所急,虽无常人千万不害也,顾如安石,此不可失也。执事倘进于朝廷,其有补于天下。亦书其所文一编进左右,庶知巩之非妄也。

【注释】

(1) 不古圣贤然者否也:不否定古圣贤认为对的事情。

(2) 白而信:查清并落实。

(3) 造:达到、深入。

(4) 制:制度,体制。

(5) 数:多次、屡次。

(6) 谕:明白,清楚。

(7) 度:思忖,考虑。

(8) 戾:至、到。

(9) 厄:穷困、灾难。此处为名词动用。

(10) 布:公开、告诉。

(11) 庄士:即"正人君子"之意。

与抚州知州书

士有与一时之士相参错而居⁽¹⁾，其衣服食饮语默止作之节无异也。及其心有所独得者，放之天地而有余，敛之秋豪之端而不遗。望之不见其前，蹑⁽²⁾之不见其后。峛乎其高，浩乎其深，烨乎其光明。非四时而信⁽³⁾，非风雨雷电霜雪而吹嘘泽润。声鸣严威，列之乎公卿彻官而不为泰，无匹夫之势而不为否。天下吾赖，万世吾师，而不为大；天下吾违，万世吾异，而不为贬也。其然也，岂蒴蒴然而为洁，婞婞然而为谅哉？岂沾沾者⁽⁴⁾所能动其意哉？其与一时之士相参错而居，岂惟衣服食饮语默止作之节无异也？凡与人相追接相恩爱之道，一而已矣⁽⁵⁾。若夫食于人之境，而出入于其里，进焉而见其邦之大人，亦人之所同也，安得而不同哉？不然，则立异矣。蒴蒴然而已矣，婞婞然而已矣，岂其所汲汲⁽⁶⁾为哉？巩方慎此以自得也，于执事之至，而始也自疑于其进焉，既而释然。故具道其本末，而为进见之资，伏惟少赐省察。不宣。巩再拜。

【注释】

(1) 士有与一时之士相参错而居：有这样一个读书人，他与普通士子杂居共处。

（2）蹑：紧随其后。

（3）非四时而信：不依四季之节气而生长。信，同"伸"。

（4）沾沾者：自矜自许的人。

（5）一而已矣：相同罢了。

（6）汲汲：心情急切的样子。

与孙司封⁽¹⁾ 书

运使司封阁下：窃闻侬智高⁽²⁾未反时，已夺邕地而有之。为吏者不能御，因不以告。皇祐三年，邕有白气起廷中，江水横溢，司户孔宗旦⁽³⁾以为兵象⁽⁴⁾，策⁽⁵⁾智高必反，以书告其将陈拱⁽⁶⁾。拱不听，宗旦言不已。拱怒，诋之曰："司户狂邪？"四年，智高出横山，略其寨人，因其仓库而大赈之。宗旦又告曰："事急矣，不可以不戒。"拱又不从。凡宗旦之于拱，以书告者七，以口告者多至不可数。度拱终不可得意，即载其家走桂州，曰："吾有官守不得去⁽⁷⁾，吾亲毋为与死此。"既行之二日，智高果反，城中皆应之。宗旦犹力守南门，为书召邻兵，欲拒之。城亡，智高得宗旦，喜欲用之。宗旦怒曰："贼！汝今立死，吾岂可污邪！"骂不绝口。智高度终不可下⁽⁸⁾，乃杀之。当其初，使宗旦言不废，则邕之祸必不发。发而吾有以待之，则必无事。使独有此一善，固不可不旌⁽⁹⁾，况其死节堂堂如是，而其事未白于天下。比⁽¹⁰⁾见朝廷所宠赠南兵以来伏节死难之臣，宗旦乃独不与，此非所谓"曲突徙薪无恩泽，焦头烂额为上客"邪？使宗旦初无一言，但贼至而能死不去，固不可以无赏。盖先事以为备，全城而保民者，宜责之陈拱，非宗旦事也。今猥⁽¹¹⁾令与陈拱同戮，既遗其言，又负其节。为天下者，赏善而罚恶；为君子者，乐道人之善，乐成人之美。岂当如是邪？凡南方之事，卒至于破十余州，覆军杀将，丧元元之命，竭山海之财者，非其变发于隐伏，而起于仓卒也。内外上下有职事者，初莫不知，或隐而不言，或忽而不备，苟且偷托，以至于不可御耳。有一人先能言者，又为世所侵蔽，令与罪人同罚，则天下之事其谁复言耶？闻宗旦非独以书告陈拱，当时为使者于广东西者，宗旦皆历告之。今彼既不能用，惧重为己累，必不肯复言宗旦尝告我也。为天下者，使万事已理，天下已安，犹须力开言者之路，以防未至之患。况天下之事，其可忧者甚众，而当世之患，莫大于人不能言与不肯言，而甚者或不敢言也。则宗旦之事，岂可不汲汲载之天下视听，显扬褒大其人，以惊动当世耶？宗旦喜学《易》，所为注有可采者。家不能有书，而人或质问以《易》，则贯穿驰骋，至数十家，皆能言其意。事祖母尽心，贫几不能自存。好议论，喜功名。巩尝与之接⁽¹²⁾，故颇知之。则其所立，亦非一时偶然发也。世多非其在京东⁽¹³⁾时不能自重，至为世所指目，此固一眚⁽¹⁴⁾。今其所立，亦可赎矣。巩初闻其死之事，未敢决然信也。前后得言者甚众，又得其弟自言，而闻祖袁州⁽¹⁵⁾在广东亦为之言，然后知其事，使虽有小差，要其大概不诬也。况陈拱以下皆覆⁽¹⁶⁾其家，而宗旦独先以其亲遁，则其有先知之效可知也。以其性之喜事，则其有先言之效亦可知也。以阁下好古力学，志乐天下之善，又方使南方，以赏罚善恶为职，故敢以告。其亦何惜须臾之听，尺纸之议，博问而极陈之。使其事白，固有补于天下，不独一时为宗旦发也。伏惟少留意焉。如有未合，愿赐还答。不宣。巩顿首。

【注释】

(1) 孙司封：姓孙名抗，字和叔。徽州黟县人。

(2) 侬智高：广源州少数民族。侬氏自唐初世代为首领。

(3) 孔宗旦：鲁（今山东）人，当时为邕州司户参军，主管居民百姓户籍。

(4) 兵象：即将打仗的预兆。

(5) 策：分析，思谋。

(6) 陈拱：宋仁宗时为邕州知州，侬智高破邕州，陈拱被执，诚惶诚恐呼"万岁"，以图苟活。

(7) 不得去：不能离开。

(8) 终不可下：最终也不能屈其节操。

(9) 旌：表彰。

(10) 比：近来。

(11) 猥：助词，与"乃"通。

(12) 接：交往。

(13) 京东：宋所设京东路。

(14) 眚：眼睛上长膜，此处引伸为"过失"。

(15) 祖袁州：即祖无择，字择之。

(15) 覆：倾。

答范资政书

巩启：王寺丞至，蒙赐手书及绢等。伏以阁下贤德之盛，而所施为在于天下。巩虽不熟于门，然于阁下之事，或可以知。若巩之鄙，窃伏草茅[1]，阁下于羁旅[2]之中，一见而已。令巩有所自得者，尚未可以致阁下之知。况巩学不足以明先圣之意，识古今之变，材不足以任中人之事，行不足以无愧于心。而流落寄寓，无田畴屋庐匹夫之业，有奉养嫁送百事之役，非可以责思虑之精，诏道德之进也。是皆无以致阁下之知者。而拜别期年间，相去数千里之远，不意阁下犹记其人，而不为年辈爵德之间[3]，有以存之。此盖阁下乐得天下之英材，异于世俗之常见。而如巩者，亦不欲弃之，故以及此，幸甚幸甚。夫古之人，以王公之势而下贫贱之士者，盖惟其常。而今之布衣之交，及其穷达毫发之殊，然相弃者有之[4]。则士之愚且贱，无积素之义[5]，而为当世有大贤德、大名位君子先之以礼，是岂不于衰薄[6]之中，为有激于天下[7]哉？则其感服，固宜如何？仰望门下，不任区区之至。

【注释】

(1) 窃伏草茅：潜藏于草舍茅屋之中。

(2) 羁旅：寄居作客。

(3) 不为年辈爵德之间：不因为年龄、辈份、爵位、德行之间的

差异而疏远我。

（4）及其穷达毫发之殊，然相弃者有之：平民百姓如在穷困与发达之间有些微差异，便相与离弃不顾。

（5）积素之义：平时积累的交往之谊。

（6）衰薄：谓先王之道与三代淳朴世情的衰与薄。

（7）有激于天下：矫正、匡正时下较薄的世风人情。

寄欧阳舍人书

巩顿首再拜舍人先生(1)：去秋人还，蒙赐书及所撰先大父墓碑铭。反覆观诵，感与渐并。夫铭志之著于世，义近于史，而亦有与史异者。盖史之于善恶无所不书，而铭者，盖古之人有功德材行志义之美者，惧后世之不知，则必铭而见之。或纳于庙，或存于墓，一也。苟其人之恶，则于铭乎何有？此其所以与史异也。其辞之作，所以使死者无有所憾，生者得致其严。而善人喜于见传，则勇于自立，恶人无有所纪，则以愧而惧。至于通材达识，义烈节士，嘉言善状，皆见于篇，则足为后法。警劝之道，非近乎史，其将安近？及世之衰，为人之子孙者，一欲褒扬其亲而不本乎理。故虽恶人，皆务勒[2]铭以夸后世。立言者既莫之拒而不为，又以其子孙之所请也，书其恶焉，则人情之所不得，于是乎铭始不实。后之作铭者，当观其人[3]。苟托之非人，则书之非公与是，则不足以行世而传后。故千百年来，公卿大夫至于里巷之士，莫不有铭，而传者盖少。其故非他，托之非人，书之非公与是故也。然则孰为其人而能尽公与是欤？非畜道德而能文章者无以为也。盖有道德者之于恶人，则不受而铭之，于众人则能辨焉。而人之行，有情善而迹非[4]，有意奸而外淑，有善恶相悬[5]而不可以实指，有实大于名，有名侈于实[6]。犹之用人，非畜道德者恶能辨之不惑，议之不徇[7]？不惑不徇，则公且是矣。而其辞之不工，则世犹不传。于是又在其文章兼胜焉。故曰非畜道德而能文章者无以为也。岂非然哉？然畜道德而能文章者，虽或并世而有，亦或数十年或一二百年而有之。其传之难如此，其遇之难又如此。若先生之道德文章，固所谓数百年而有者也。先祖之言行卓卓，幸遇而得铭其公与是，其传世行后无疑也。而世之学者，每观传记所书古人之事，至其所可感，则往往盡然[8]不知涕之流落也，况其子孙也哉？况巩也哉？其追睎[9]祖德而思所以传之之繇，则知先生推一赐于巩而及其三世，其感与报，宜若何而图之？抑又思若巩之浅薄滞拙，而先生进之；先祖之屯蹶否塞[10]以死，而先生显之。则世之魁闳豪杰不世出之士，其谁不愿进于门？潜遁幽抑之士，其谁不有望于世？善谁不为？而恶谁不愧以惧？为人之父祖者，孰不欲教其子孙？为人之子孙者，孰不欲宠荣其父祖？此数美者，一归于先生。既拜赐之辱，且敢进其所以然。所谕世族之次[11]，敢不承教而加详焉。幸甚，不宣。巩再拜。

【注释】

（1）舍人先生：欧阳修于庆历年间在中书省为起居舍人，负责记录皇帝言行，同时负责起草皇帝诏诰，故称舍人。

（2）勒：刻。

（3）当观其人：其人，即后文"所托之人"，指受托撰碑文的人。

（4）情善而迹非：实际善良而外象不佳。

（5）善恶相悬：善恶俱存且都很明显。

（6）名侈于实：即名声超过实际情况。

（7）议之不徇：所发议论不出于徇私之情。

（8）蛊然：伤痛的样子。

（9）睎：暴露。此处为"光大"之意。

（10）屯蹶否塞：意为颠连困顿。

（11）世族之次：即撰写墓铭所需罗列之家族谱序。

上杜相公书(1)

庆历七年九月日，南丰曾巩再拜上书致政相公阁下(2)：巩闻夫宰相者，以己之材为天下用(3)，则用天下而不足；以天下之材为天下用，则用天下而有余。古之称良宰相者，无异焉，知此而已矣。

舜尝为宰相矣，称其功则曰"举八元八凯"，称其德则曰"无为而治者，其舜也与。"卒之为宰相者⁽⁴⁾，无与舜为比也。则宰相之体⁽⁵⁾，其亦可知也已。

或曰："舜，大圣人也。"或曰："舜远矣，不可尚也⁽⁶⁾。"请言近之可言者⁽⁷⁾，莫若汉与唐。汉之相曰陈平。对文帝曰："陛下即问决狱，责廷尉；问钱谷，责治粟内史。"对周勃曰："且陛下问长安盗贼数，又可强对邪？"问平之所以为宰相者，则曰"使卿大夫各得任其职也。"观平之所自任者如此，而汉之治莫盛于平为相时，则其所守者可谓当矣。

降而至于唐，唐之相曰房、杜。当房、杜之时，所与共事则长孙无忌、岑文本，主谏诤则魏郑公、王珪⁽⁸⁾，振纲维则戴胄、刘洎⁽⁹⁾，持宪法则张元素、孙伏伽⁽¹⁰⁾，用兵征伐则李勣、李靖⁽¹¹⁾，长民守土则李大亮⁽¹²⁾。其余为卿大夫，各任其事，则马周、温彦博、杜正伦、张行成、李纲、虞世南、褚遂良之徒⁽¹³⁾，不可胜数。夫谏诤其君，与正纲维、持宪法、用兵征伐、长民守土，皆天下之大务也，而尽付之人，又与人共宰相之任，又有他卿大夫各任其事，则房、杜者，何为者邪？考于其传，不过曰：闻人有善，若己有之，不以求备取人，不以己长格物，随能收叙，不隔卑贱而已。卒之称良宰相者，必先此二人。然则著于近者，宰相之体，其亦可知也已。

唐以降，天下未尝无宰相也。称良相者，不过有一二大节可道语而已。能以天下之材为天下用，真知宰相体者，其谁哉？

数岁之前，阁下为宰相⁽¹⁴⁾。当是时，人主方急于致天下治，而当世之士，豪杰魁垒者⁽¹⁵⁾，相继而进，杂逯于朝⁽¹⁶⁾。虽然，邪者恶之，庸者忌之，亦甚矣。独阁下奋然自信，乐海内之善人用于世，争出其力，以唱而助之⁽¹⁷⁾，惟恐失其所自立⁽¹⁸⁾，使豪杰者皆若素繇门下以出⁽¹⁹⁾。于是与之佐人主，立州县学，为累日之格以励学者；课农桑⁽²⁰⁾，以损益之数为吏升黜之法；重名教⁽²¹⁾，以矫衰弊之俗⁽²²⁾；变苟且，以起百官众职之坠。革任子之滥⁽²³⁾，明赏罚之信，一切欲整齐法度，以立天下之本，而庶几三代之事⁽²⁴⁾。虽然，纷而疑且排其议者亦众矣。阁下复毅然坚金石之断，周旋上下，扶持树植，欲使其有成也。及不合矣，则引身而退，与之俱否。呜呼！能以天下之材为天下用，真知宰相体者，非阁下其谁哉！使充其所树立，功德可胜道哉！虽不充其志，岂愧于二帝、三代、汉唐之为宰相者哉？

若巩者，诚鄙且贱⁽²⁵⁾，然常从事于书，而得闻古圣贤之道，每观今贤杰之士，角立并出⁽²⁶⁾，与三代、汉唐相侔⁽²⁷⁾，则未尝不叹其盛也。观阁下与之反复议而更张庶事之意⁽²⁸⁾，知后有圣人作⁽²⁹⁾，救万事之弊，不易此矣⁽³⁰⁾，则未尝不爱其明也。观其不合而散逐消藏，则未尝不恨其道之难行也。以叹其盛、爱其明、恨其道之难行之心，岂须臾忘其人哉！地之相去也千里，世之相后也千载，尚慕而欲见之，况同其时，过其门墙之下也欤？今也过阁下之门⁽³¹⁾，又当阁下释衮冕而归⁽³²⁾，非干名蹈利者所趋走之日⁽³³⁾，故敢道其所以然，而并书杂文一编，以为进拜之资，蒙赐之一见焉，则其愿得矣。

噫！贤阁下之心，非系于见否也，而复汲汲如是者，盖其忻慕之志而已耳⁽³⁴⁾。伏惟幸察。不宣。巩再拜。

【注释】

（1）杜相公：指杜衍。衍字世昌，越州山阴（今浙江省绍兴市）人。　相公：指宰相、丞相。

（2）致政：归还政事，去职还乡。

（3）材：才能。

(4) 卒之：总之。 卒：尽，都。

(5) 体：准则，法式。

(6) 尚：加，超过。

(7) 之：一作"近"。另作"近之"二字。"之"字当从元刻本作"近"。

(8) 魏郑公：即魏征。因封郑国公，故称魏郑公。 王珪：字叔玠，太原祁（今山西省祁县）人。仕唐，拜谏议大夫。

(9) 纲维：本指总纲和四维，此指法度。 纲：提网的绳。 维：结物的大绳。 戴胄：字玄胤，相州安阳（今河南省安阳市）人。 刘洎：字思道，荆州江陵（今湖北省江陵县）人。

(10) 宪法：国法，根本大法。

(11) 李勣：曹州离狐（今山东省曹县）人。隋末徙居滑州之卫南（今河南省滑县）。本姓徐氏，名世勣。

(12) 长：养育，抚养。

(13) 马周：字宾王，清河茌平（今山东省茌平县）人。

(14) 数岁二句：杜衍于庆历四年（1044年）、五年（1045年）为宰相。

(15) 魁垒：杰出，卓著。

(16) 杂遝：众多纷杂貌。

(17) 唱：通"倡"。

(18) 自立：谓以己力有所建树。

(19) 素：常。 繇：通"由"，从。

(20) 课：督促。

(21) 名教：以正名定分为中心的封建礼教。

(22) 弊：破败，衰败。

(23) 任子：因父兄的功绩，得保任授予官职的人。

(24) 庶几：接近。　三代：夏、商、周三朝。

(25) 鄙：鄙陋。　贱：卑贱。

(26) 角立：卓然特立。

(26) 侔：相等，相称。

(28) 庶：众。

(29) 作：兴起。

(30) 不易此矣：意谓后世圣人也不会改变杜衍所制定的法度、措施。　易：改变。

(31) 今也句：指曾巩途经南都，过杜衍之门。

(32) 释衮冕：脱去卿相官服，告老还乡。　衮冕：衮服和官帽，是古代帝王和上公的礼服。

(33) 干：谋求。

(34) 忻慕：欢欣仰慕。　忻：同"欣"。

与杜相公书

巩启：巩多难而贫且贱⁽¹⁾，学与众违，而言行少合于世，公卿大臣之门，无可藉以进⁽²⁾，而亦不敢辄有意于求闻⁽³⁾。阁下致位于天子而归，始独得望舄履于门下⁽⁴⁾。阁下以旧相之重，元老之尊，而猥自抑损⁽⁵⁾，加礼于草茅之中，孤茕之际。然去门下以来，九岁于此，初不敢为书以进，比至近岁⁽⁶⁾，岁不过得以一书之问荐于左右⁽⁷⁾，以伺侍御者之作止⁽⁸⁾。又辄拜教之辱⁽⁹⁾，是以滋不敢有意以干省察⁽¹⁰⁾，以烦贶施⁽¹¹⁾，而自以得不韪之诛，顾未尝一日而忘拜赐也⁽¹²⁾。

伏以阁下朴厚、清明、谠直之行⁽¹³⁾，乐善好义远大之心，施于朝廷而博见于天下，锐于强力而不懈于耄期。当今内自京师，外至岩野，宿师硕士⁽¹⁴⁾，杰立相望⁽¹⁵⁾，必将惫精疲思，写之册书⁽¹⁶⁾，磊磊明明⁽¹⁷⁾，宣布万世⁽¹⁸⁾，固非浅陋小生所能道说而有益毫发也。巩年齿益长，血气益衰，疾病人事，不得以休，然用心于载籍之文⁽¹⁹⁾，以求古人之绪言余旨⁽²⁰⁾，以自乐于环堵之内⁽²¹⁾，而不乱于贫贱之中，虽不足希盛德之万一⁽²²⁾，亦庶几不负其意。非自以谓能也，怀区区之心于数千里⁽²³⁾，因尺书之好，而惟所以报大君子之谊⁽²⁴⁾，不知所以裁⁽²⁵⁾，而恐欲知其趋⁽²⁶⁾，故辄及之也。

春暄，不审尊用如何，伏惟以时善保尊重⁽²⁷⁾，不胜鄙劣之望⁽²⁸⁾。不宣。巩再拜。

【注释】

（1）难：灾难，灾祸。　贫且贱：指经济贫困、社会地位卑贱。

（2）藉：通"借"。

（3）辄：擅自，随便。　求闻：追求声望。

（4）舄履：鞋。此用"舄履"表示卑贱而恭敬，不敢正视对方。

（5）猥：辱，谦词。　抑损：谦卑，降低身分。

（6）比：及，等到。

（7）问：问候。荐：进献，呈递。　左右：本指身边供服侍的人。对人不敢直称其名，只称左右，表示尊敬。古人书信中，多用以称呼对方。

（8）伺：探察，伺机。 侍御者：即左右服侍之人。 作止：劳作与休息。此为复音偏义词，指休闲时。

（9）又辄句：又常常拜受您在来信中的教诲。 辄：常常。 拜教：拜受教诲。 辱：敬词。

（10）滋：更加，越。 干：谋求。

（11）贶施：赠送，赐与。此指来信中的教诲。 贶：赠赐。

（12）顾：但，然而。 拜赐：拜受赐教。

（13）朴厚：质朴，淳厚。 清明：指神志清静明朗。 谠直：正直。

（14）宿师：老成博学的儒士。 宿：老成。 硕士：博学之士。

（15）杰立：特出卓越。

（16）册书：史册，史书。

（17）磊磊明明：高大而分明貌。

（18）宣布：公开于世，使之传播。 宣：扬。

（19）载籍：书籍。

（20）绪言余旨：指深入搜求、探讨其意旨。 绪：余，剩余。

（21）环堵：四壁，此指房屋。

（22）希：期望达到。 盛德：美德，此指有美德之人，即杜衍。

（23）区区：诚挚。

（24）所以：用以。 大君子：道德高尚而又年长的著名人物，此指杜衍。

（25）裁：裁断，处理。

（26）趋：旨趣，志向。

（27）以时：按照时令特征。 尊重：珍重，保重。

(28) 不胜句：纸短情深，说不尽我对您的景仰。　胜：尽。　鄙劣：卑贱，作者自谦之词。　望：仰视，景仰。

与王介甫第二书

巩顿首介甫⁽¹⁾足下：比辱书，以谓时时小有案举，而谤议已纷然矣。足下无怪其如此也。夫我之得行其志而有为于世，则必先之以教化，而待之以久，然后乃可以为治，此不易之道⁽²⁾也。盖先之以教化，则人不知其所以然，而至于迁善而远罪，虽有不肖，不能违也。待之以久，则人之功罪善恶之实自见，虽有幽隐，不能掩也。故有渐磨陶冶之易，而远按致操切之难；有恺悌忠笃之纯，而无偏听摘抉之苛。己之用力也简，而人之从化也博⁽³⁾。虽有不从而俟之以刑⁽⁴⁾者，固少矣。古之人有行此者，人皆悦而恐不得归之。其政已熄而人皆思，而恨不得见之，而岂至于谤且怒哉？今为吏于此，欲遵古人之治，守不易之道，先之以教化，而待之以久，诚有所不得为也⁽⁵⁾。以吾之无所于归，而不得不有负冒⁽⁶⁾于此，则姑汲汲乎于其厚者，徐徐乎于其薄者，其亦庶几乎其可也。顾反不然，不先之以教化，而遽欲责善于人⁽⁷⁾；不待之以久，而遽欲人之功罪善恶之必见。故按致操切之法用，而怨忿违倍⁽⁸⁾之情生；偏听摘抉之势行，而潜诉告讦⁽⁹⁾之害集。己之用力也愈烦，而人之违己也愈甚。况今之士非有素厉之行⁽¹⁰⁾，而为吏者又非素择之材⁽¹¹⁾也。一日卒然除去，遂欲齐之以法，岂非左右者之误而不为无害也哉？则谤怒之来，诚有以召之。故曰足下无怪其如此也。虽然，致此者岂有他哉？思之不审而已矣。顾吾之职而急于奉法，则志在于去恶，务于达人言而广视听，以谓为治者当如此。故事至于已察，曾不思夫志于去恶者，俟之之道已尽矣，则为恶者不得不去也。务于达人言而广视听者，己之治乱得失，则吾将于此而观之，人之短长之私，则吾无所任意于此也。故曰思之不审而已矣。足下于今最能取于人以为善(12)，而比闻有相晓者(13)，足下皆不受之，必其理未有以夺足下之见也(14)。巩比懒作书，既离南康，相见尚远，故因书及此，足下以为如何？不宣。巩顿首。

【注释】

（1）介甫，王安石字。王安石熙宁二年（1069）任参知政事，在神宗支持下，推行熙宁变法。条令一出，朝野议论纷然，保守派乘势造谣诽谤。

（2）不易之道：不可更改的规律。

（3）从化：服从教化。

（4）俟之以刑：用刑罚等着他。

（5）诚有所不得为也：实在有致使不能急切行事的原因。

（6）负冒：冒犯。

（7）遽欲责善于人：匆忙地责备人们速归于善。

（8）倍：同"悖"。

（9）谮诉告讦：诬陷、投诉、告状、揭短。

（10）素厉之行：平时磨炼出的品行。

（11）素择之材：经正常考核选拔的人才。

（12）为善：从事利国利民的政举。

（13）比闻有相哓者：近来听说有相与争辩的。哓，争辩。

（14）必其理未有以夺足下之见也：一定是他们的理由驳不倒您所持的见解与立场。

答李沿书

巩顿首李君足下：辱示书及所为文，意向甚大。且曰"足下以文章名天下，师其职也"，顾巩也何以任此！足下无乃盈其礼而不情⁽¹⁾乎？不然，不宜若是云⁽²⁾也。足下自称有悯时病俗之心，信如是，是足下之有志乎道，而予之所爱且畏者也。末曰"其发愤而为词章，则自谓浅俗而不明，不若其始思之锐也"，乃欲以是质于予⁽³⁾。夫足下之书，始所云者欲至乎道也，而所质者则辞也，无乃务其浅，忘其深，当急者反徐之欤！夫道之大归⁽⁴⁾非他⁽⁵⁾，欲其得诸心，充诸身，扩而被之国家天下而已，非汲汲乎辞⁽⁶⁾也。其所以不已乎辞者，非得已也。孟子曰："予岂好辨哉？予不得已也。"此其所以为孟子也。今足下其自谓已得诸心、充诸身欤？扩而被之国家天下而有不得已欤？不然，何遽急于辞⁽⁷⁾也？孔子曰："古之学者为己，今之学者为人。"足下其得无己病⁽⁸⁾乎？虽然，足下之有志乎道，而予之所爱且畏者不疑也。姑思其本而勉充之，则予将后足下，其奚师之敢⁽⁹⁾？不宣。巩再拜。

【注释】

（1）盈其礼而不情：礼太过而且不符合实际。盈，溢出；不情，不合实情。

（2）不宜若是云：不应这样说。

（3）质于予：求我来印证。

（4）道之大归：（儒家正统之）道的根本宗旨。

（5）非他：不是别的。

（6）汲汲乎辞：以辞采为先。汲汲，急切貌。

（7）遽急于辞：同上"汲汲乎辞"。

（8）得无己病：得了"无己"（即孔子所说"为人"）的病。

（9）奚师之敢：哪里敢称师于人呢？

谢杜相公书⁽¹⁾

伏念昔者⁽²⁾，方巩之得祸罚于河滨⁽³⁾，去其家四千里之远。南向而望，迅河大淮⁽⁴⁾，埭堰湖江⁽⁵⁾，天下之险，为其阻厄⁽⁶⁾。而以孤独之身，抱不测之疾⁽⁷⁾，茕茕路隅，无攀缘之亲、一见之旧⁽⁸⁾，以为之托。又无至行⁽⁹⁾，上之可以感人利势，下之可以动俗。惟先人之医药⁽¹⁰⁾，与凡丧之所急，不知所以为赖⁽¹¹⁾，而旅榇之重大，惧无以归者。明公独于此时，闵闵勤勤，营救护视，亲屈车骑，临于河上。使其方先人之病⁽¹²⁾，得一意于左右，而医药之有与谋。至其既孤，无外事之夺其哀，而毫发之私，无有不如其欲；莫大之丧，得以卒致而南。其为存全之恩⁽¹³⁾，过越之义如此⁽¹⁴⁾。

窃惟明公相天下之道，吟颂推说者穷万世⁽¹⁵⁾，非如曲士汲汲一节之善。而位之极，年之高，天子不敢烦以政，岂乡闾新学危苦之情、丛细之事(16)，宜以彻于视听而蒙省察(17)？然明公存先人之故，而所以尽于巩之德如此。盖明公虽不可起而寄天下之政，而爱育天下之人材，不忍一夫失其所之道(18)，出于自然，推而行之，不以进退(19)。而巩独幸遭明公于此时也。在丧之日，不敢以世俗浅意越礼进谢。丧除，又惟大恩之不可名，空言之不足陈，徘徊迄今，一书之未进。顾其惭生于心，无须臾废也。伏惟明公终赐亮察。夫明公存天下之义而无有所私，则巩之所以报于明公者，亦惟天下之义而已。誓心则然，未敢谓能也(20)。

【注释】

(1) 相公：对宰相、丞相的称呼。

(2) 伏念：俯伏思念。与"伏惟"，义同，均为敬词。

(3) 祸罚：灾祸。此指丧父。　河滨：黄河岸边。此指南都，即今河南商丘。今商丘市北尚有废黄河。

(4) 迅：湍急。　河：颍河。　淮：淮河。

(5) 埭堰：拦河坝。

(6) 阻厄：险阻。

(7) 抱不句：身患难以预料其结果的疾病。

(8) 攀缘：攀附，依靠。

(9) 至行：崇高的道德。

(10) 先人：亡父。

(11) 所以：凭借何人、何物。

(12) 方：正当。

(13) 存全之恩：使他人得以存活，得以保全的恩德，即救命、救难之恩。

(14) 过越之义：超越寻常的情谊。 义：恩谊，情谊。义，通"谊"。

(15) 吟颂句：意谓千秋万代的人都会歌颂议论您的"相天下之道"。

(16) 新学：初学者。 危苦：悲苦。 危：困苦。 丛细：繁杂、琐细。

(17) 彻：达，传达。 省察：察看。

(18) 不忍句：不忍心让天下任何一人失去其相宜处境的做法。

(19) 不以句：谓不因个人官职的晋升或贬退而有所改变。

(20) 誓心二句：谓内心立誓要这样做，不敢说真地就能做到。

答袁陟书

巩顿首世弼(1)足下：辱书说介甫(2)事，或有以为矫者(3)，而叹自信独立之难，因以教巩，以谓不仕未为非得计者(4)。非足下爱我之深，处我之重，不至于此。虽亲戚之于我，未有过此者。然介甫者，彼其心固有所自得，世以为矫不矫，彼必不顾之，不足论也。至于仕进之说，则以巩所考于书，常谓古之仕者，皆道德明备，已有余力，而可以治人，非苟以治人而不足于己。故子使漆雕开仕，对曰："吾斯之未能信。"子说。然世不讲此久矣。故当孔子之时，独颜子者未尝仕，而孔子称之曰"好学"。其余弟子见于书者，独开之言如此。若巩之愚，固已不足者，方自勉于学，岂可以言仕不仕邪？就使异日有可仕之道，而仕不仕固自有时。古之君子，法度备于身，而有仕有不仕者是也，岂为呶呶⁽⁵⁾者邪？然巩不敢便自许不应举者，巩贫不得已也。亦不敢与古之所谓为贫者比，何则？彼固所谓道德明备而不遇于世者⁽⁶⁾，非若巩之鄙，遽舍其学而欲谋食也，此其心愧于古人。然巩之家苟能自足，便可以处而一意于学。巩非好进而不知止者，此其心固无愧于古人。辱足下爱之深，处之重，不敢不报答。所示诗序及答杨生书，甚善甚善。不宣。巩顿首。

【注释】

（1）世弼：袁陟之字。

（2）介甫：王安石之字。

（3）有以为矫者：有人以为王安石矫揉造作。

（4）不仕未为非得计：不当官未必不是好事。

（5）呶呶：多嘴的样子。

（6）不遇于世：不被世人所认可。

与王深父书

巩再拜：与深父⁽¹⁾别四年矣，向往之心，固不可以书道⁽²⁾。而比得深父书，辄反覆累纸示谕，相存之勤，相语之深，无不尽者。读之累日，不能释手，故亦欲委曲自叙已意以报[3]。而怠惰因循，经涉岁月，遂使其意欲周而反略，其好欲密而反疏，以迄于今。顾深父所相与者[4]，诚不在于书之疏数。然向往之心，非书则无以自解，而乖谬若此，不能不欿然[5]也。不审幸见察否？比得介甫书，知数到京师，比已还亳[6]，即日不审动止如何？计太夫人在颍[7]，子直代归，与诸令弟应举，皆在京师，各万福。巩此侍亲幸无恙。宜和日得书，四弟应举，今亦在京师。去年第二妹嫁王补之者，不幸疾不起。以二女甥之失其所依，而补之欲继旧好，遂以第七妹归之，此月初亦已成姻。巩质薄[8]，去朋友远且久，其过失日积，而思虑日昏，其不免于小人之归者，将若之何？在官折节[9]于奔走，悉力于米盐之末务，此固任小者之常，无不自安之意。顾初至时，遇在势者横逆，又议论数不合，常恐不免于构陷[10]。方其险阻艰难之时，常欲求脱去，而卒无由。今于势者已更[11]，幸自免于悔咎。而巩至此，亦已二年矣。比承谕及[12]介甫所作王令志文[13]，以为扬子[14]不过，恐不然也。夫学者，其心笃于仁，其视听言动由于礼，则无常产而有常心，乃所履[15]之一事耳，何则？使其心笃于仁，其视听言动由于礼，然而无常产也，则其于亲也，生事之以礼，故啜菽饮水之养，与养以天下一也；死葬之以礼，故敛手足形旋葬之葬，与葬以天下一也；而况于身乎？况于妻子乎？然其心笃于仁，其视听言动由于礼者，非尽于此也。故曰乃所履之一事耳。而孟子亦以谓无常产而有常心者，唯士为然，则为圣贤者不止于然也。介甫又谓士诚有常心，以操群圣人之说而力行之，此孔、孟以下，所以有功于世也。夫学者苟不能其心笃于仁，其视听言动由于礼，则必不能不失其常心，此后之学者之患也。苟能其心笃于仁，其视听言动由于礼，则必不失其常心，且既已皆中于礼矣，而复操何说而力行之哉？此学者治心修身，本末先后自然之理也。所以始乎为士，而终乎为圣人也。颜子三月不违仁，盖谓此也。人不堪其忧而不改其乐，盖乐此也。凡介甫之所言，似不与孔子之所言者合，故曰以为扬子不过，恐不然也。此吾徒所学之要义，以相去远，故略及之，不审以为如何？其他未及子细，剧寒(16)自重，书至幸报答。不宣。巩再拜。

【注释】

(1) 深父：王回之字。河南汝阴人，以进士补亳州卫真县主簿，后自免去。

(2) 不可以书道：不能用书信来抒陈，意即书信不足以表达"向往之心"。

(3) 报：回报，即复信。

(4) 所相与者：相互倾许的。即深父所倾许于我的。

(5) 欿然：不满的样子。

(6) 数：几次，多次。比，近来；亳，亳州。

(7) 颍：颍州。

(8) 质薄：体质薄弱。

(9) 折节：把气节埋藏起来，屈己下人。

(10) 构陷：被人罗织罪名，设陷阱。

(11) 今于势者已更：时势已经变化。

(12) 比承谕及："近来承蒙告诉我……"。

(13) 介甫所作王令志文：王安石为王令所写的墓志铭。

(14) 扬子：即扬雄。

(15) 履，实践，有"坚持"意。

(16) 剧寒：即天气很冷。

答王深父论扬雄书

蒙疏示巩,谓扬雄[1]处王莽[2]之际,合于箕子[3]之明夷[4]。常夷甫以谓纣为继世[5]。箕子乃同姓之臣,事与雄不同。又谓《美新》之文,恐箕子不为也。又谓雄非有求于莽,特于义命有所未尽。巩思之恐皆不然。方纣之乱,微子、箕子、比干三子者,盖皆谏而不从则相与谋,以谓去之可也,任其难可也,各以其所守自献于先王,不必同也。此见于《书》[6]三子之志也。三子之志,或去或任其难,乃人臣不易之大义,非同姓独然者也。于是微子去之,比干谏而死,箕子谏而不从,至辱于囚奴。夫任其难者,箕子之志也,其谏而不从,至辱于囚奴,盖尽其志矣,不如比干之死,所谓各以其所守自献于先王,不必同也。当其辱于囚奴而就之,乃所谓明夷也,然而不去,非怀禄[7]也;不死,非畏死也;辱于囚奴而就之,非无耻也。在我者,固彼之所不能易也。故曰内难而能正其志,又曰箕子之正,明不可息也。此箕子之事,见于《书》《易》《论语》,其说不同,而其终始可考者如此也。雄遭王莽之际,有所不得去,又不必死,辱于仕莽而就之,固所谓明夷也。然雄之言著于书,行著于史者,可得而考。不去非怀禄也,不死非畏死也,辱于仕莽而就之,非无耻也。在我者亦彼之所不能易也,故吾以谓与箕子合者如此,非谓合其事纣之初也。至于《美新》之文,则非可已[8]而不已者也。若可已而不已,则乡里自好者[9]不为也,况若雄者乎?且较其轻重,辱于仕莽为重矣。雄不得已而已,则于其轻者，其得已哉！箕子者至辱于囚奴而就之，则于《美新》，安知其不为？而为之亦岂有累⁽¹⁰⁾哉？不曰"坚乎，磨而不磷"；不曰"白乎，涅而不淄"？顾在我者如何耳。若此者，孔子所不能免。故于南子，非所欲见也；于阳虎，非所欲敬也⁽¹¹⁾。见所不见，敬所不敬⁽¹²⁾，此《法言》所谓诎身所以伸道者也⁽¹³⁾。然则非雄所以自见者欤？孟子有言曰：天下有道，小德役大德，小贤役大贤；天下无道，小役大，弱役强⁽¹⁴⁾。二者皆天也，顺天者存，逆天者亡。而孔子之见南子，亦曰："予所否者，天厌之！天厌之！"则雄于义命，岂有不尽哉？又云：介甫以谓雄之仕合于孔子，无不可之义。夷甫之谓无不可者，圣人微妙之处，神而不可知者也。雄德不逮⁽¹⁵⁾圣人，强学力行，而于义命有所未尽，故于仕莽之际，不能无差。又谓以《美新》考之，则投阁之事，不可谓之无也。夫孔子所谓无不可者，则孟子所谓圣之时也。而孟子历叙伯夷以降，终曰乃所愿，则学孔子⁽¹⁶⁾。雄亦为《太玄赋》。称夷齐之徒，而亦曰："我异于是，执太玄兮。荡然肆志，不拘挛兮。"以二子之志，足以自知而任己者如此，则无不可者，非二子之所不可学也。在我者不及二子，则宜有可有不可，以学孔子之无可无不可，然后为善学孔子。此言有以瘠⁽¹⁷⁾学者，然不得施于雄也。前世传者，以谓伊尹以割烹要汤，孔子主痈疽瘠环，孟子皆断以为非伊尹、孔子之事。盖以理考之，知其不然也。观雄之所自立，故介甫以谓世传其投阁者妄⁽¹⁸⁾，岂不亦犹孟子之意哉？巩自度学每有所进，则于雄书每有所得。介甫亦以为然。则雄之言，不几于⁽¹⁹⁾测之而愈深、穷之而愈远者乎？故于雄之事有所不通，必且求其意。况若雄处莽之际，考之于经而不缪⁽²⁰⁾，质之于圣人而无疑，固不待议论而后明者也。为告夷甫，或以为未尽，愿更疏示⁽²¹⁾。

【注释】

(1) 扬雄：(公元前53年—公元18年)西汉成都人，字子云，少好学，长于辞赋。

(2) 王莽：(公元前45年—公元23年)汉元城人，字巨君。元帝皇后之侄。

(3) 箕子：商纣之诸父，封国于箕，称箕子。

(4) 明夷：《易》卦名。

(5) 继世：子袭父位。

(6) 《书》：《尚书》。

(7) 怀禄：贪恋利禄。

(8) 可已：可以中止。

(9) 自好者：谓洁身自好之人。

(10) 有累：即为之所累。指名声为之所累。

(11) 于阳虎，非所欲敬也：参见《论语》"子见南子"、"阳货"两篇。

(12) 见所不见，敬所不敬：句谓眼虽见而心不见，貌敬而心不敬。

(13) 《法言》：扬雄所著。诎身所以伸道：委屈自身以换取

"道"之光大。

（14）小役大，弱役强：前边之"役"为"受役于"，为被动用法；后边之"役"为"役使、驱使"，为主动用法。

（15）不逮：不及，赶不上。

（16）则学孔子：即以孔子之言行为自己言行之准则。

（17）寤：开悟。

（18）妄：无根据的编造。

（19）几于：接近。

（20）缪：同"谬"。

（21）为告夷甫，或以为未尽，愿更疏示：替我转告常夷甫：如果以为我说得不透，希望他另外来信说明。

答孙都官书

提刑都官阁下(1)：伏承赐书，及示盛制六编，凡三千首，盛矣哉！文之多，工之深，且专以久也。其于君臣、父子、兄弟、夫妇、朋友、天地、三辰(2)、鬼神、山川、地理、四夷(3)、中国、风俗、万物、治乱、善恶、通塞、离合、忧欢、怨怼(4)，无不毕载，而其语则博而精，丽而不浮，其归要不离于道(5)。视昔以文名于天下者，夫岂易至于是邪？

巩之愚且懒，且为事物、疾病所侵(6)，以不专而且未久于学也，使之观若于海⁽⁷⁾，不见其涯涘⁽⁸⁾；于深山长谷，不见其形势之所极⁽⁹⁾，而敢议其大小高下邪？而阁下不以其所深且专以久者励巩，博而精、丽而不浮、其归本于道者教巩，乃告之曰："其详择而去其非是者焉。"巩诚怪阁下自处之过，而为以赐巩者，乃所以怠且蔽之也。

凡巩之学，盖将以学乎为身⁽¹⁰⁾，以至于可以为人也，方愚且懒，且不专以久之病也，惟阁下之仁，岂欲怠且蔽之也？其欲使知阁下之贵而长，其业之富而成，而犹不止如是，能下于后辈如是⁽¹¹⁾，是所以教之也。孟子曰："吾不屑其教诲，是亦教诲之而已矣。"敢不拜赐也？盛编尚且借观，而先以此谢，惶恐惶恐。不宣。巩再拜。

【注释】

（1）提刑都官：官名，即提点刑狱公事，掌察一路刑狱，详见《宋史·职官志七》。

（2）三辰：即"三光"，指日、月、星。

（3）四夷：指居住于四方边远之地的少数民族。

（4）怨怼：怨恨。

（5）归要：要领，大旨。　道：指儒家学说。

（6）且为句：曾巩于庆历六年（1046年），二十八岁时患肺病，历二年左右始愈。其父病逝于庆历七年（1047年）。

（7）若：句中助词，无义。

（8）涯涘：水边。

（9）形势：地形地势。　极：尽，边际。

（10）盖将句：意谓求学是为进行自身修养。

（11）下：尊重。即"礼贤下士"之义。

福州上执政书

巩顿首再拜上书某官：窃以先王之迹，去今远矣，其可概见者，尚存于《诗》。《诗》存先王养士之法，所以抚循待遇之者，恩意可谓备矣。故其长育天下之材，使之成就，则如萝蒿之在大陵，无有不遂。其宾而接之，出于恳诚，则如《鹿鸣》之相呼召，其声音非自外至也。其燕之，则有饮食之具；乐之，则有琴瑟之音。将其厚意，则有币帛箱筐之赠；要其大旨，则未尝不在于得其欢心。其人材既众，列于庶位，则如《棫朴》之盛，得而薪之。其以为使臣，则宠其往也，必以礼乐，使其光华皇皇于远近；劳其来也，则既知其功，又本其情而叙其勤[1]。其以为将率[2]，则于其行也，既送遗之，又识薇蕨之始生，而恐其归时之晚；及其还也，既休息之，又追念其悄悄之忧，而及于仆夫之瘁[3]。当此之时，后妃之于内助，又知臣下勤劳，其忧思之深，至于山脊、石砠、仆马之间；而志意之一，至于虽采卷耳，而心不在焉。盖先王之世，待天下士，其勤且详如此。故称周之士也贵，又称周之士也肆[4]，而《天保》亦称"君能下下，以成其政；臣能归美，以报其上[5]"。其君臣上下相与之际如此，可谓至矣。所谓必本其情而叙其勤者，在《四牡》之三章曰："王事靡盬，不遑将父[6]。"四章曰："王事靡盬，不遑将母。"而其卒章则曰："岂不怀归？是用作歌，将母来谂。"释者以谓："谂，告也。君劳使臣，叙述其情，曰：女岂不诚思归乎？故作此诗之歌，以养父母之志，来告于君也。"既休息之，而又追叙其情如此。繇是观之，上之所以接下，未尝不恐失其养父母之心；下之所以事上，有养父母之心，未尝不以告也。其劳使臣之辞则然，而推至于戍役之人，亦劳之以"王事靡盬，忧我父母"，则先王之政，即人之心，莫大于此也。及其后世，或任使不均，或苦于征役，而不得养其父母，则有《北山》之感，《鸨羽》之嗟；或行役不已，而父母兄弟离散，则有《陟岵》之思。诗人皆推其意，见于《国风》，所谓"发乎情，止乎礼义"者也。伏惟吾君有出于数千载之大志，方兴先王之治，以上继三代。事相于时，皆同德合谋，则所以待天下之士者，岂异于古？士之出于是时者，岂有不得尽其志邪？巩独何人，幸遇兹日。巩少之时，尚不敢饰其固陋之质，以干[7]当世之用。今齿发日衰，聪明日耗[8]，令其至愚，固不敢有徼进之心，况其少有知邪？转走五郡[9]，盖十年矣，未尝敢有半言片辞，求去邦域之任，而冀陪[10]朝廷之仪。此巩之所以自处，窃计已在听察[11]之日久矣。今辄以其区区之腹心，敢布于下执事者，诚以巩年六十，老母年八十有八，老母寓食京师，而巩守闽越，仲弟守南越[12]。二越者，天下之远处也。于著令[13]，有一人仕于此二邦者，同居之亲当远仕者，皆得不行。巩固不敢为不肖之身，求自比于是也。顾以道里之阻，既不可御[14]老母而南，则非独省晨昏，承颜色，不得效其犬马之愚。至于书问往还，盖以万里，非累月逾时不通。此白首之母子，所以义不可以苟安，恩不可以苟止者也。方去岁之春，有此邦之命[15]，巩敢以情告于朝，而诏报不许。属[16]闽有盗贼之事，因不敢继请。及去秋到职，闽之余盗，或数十百为曹伍者，往往蚁聚于山谷。桀黠能动众为魁首者，又以十数，相望于州县。闽之室闾莫能宁，而远近闻者，亦莫不疑且骇也。州之属邑，又有出于饥旱之后。巩于此时，又不敢以私计自陈。其于寇孽，属前日之屡败，士气既夺，而吏亦无可属者。其于经营，既不敢以轻动迫之，又不敢以少纵玩之。一则谕以招纳，一则戒以剪除。既而其悔悟者自相执拘以归，其不变者亦为士吏之所系获。其魁首则或縻而致之，或歼而去之。自冬至春，远近皆定。亭无枹鼓⁽¹⁷⁾之警，里有室家之乐。士气始奋，而人和始洽。至于风雨时若⁽¹⁸⁾，田出自倍。今野行海涉，不待朋俦。市粟四来，价减什七⁽¹⁹⁾。此皆吾君吾相至仁元泽覆冒所及。故寇旱之余，曾未期岁⁽²⁰⁾，既安且富，至于如此。巩与斯民，与蒙其幸。方地数千里，既无一事，系官于此⁽²¹⁾，又已弥年，则可将以母之心⁽²²⁾，告于吾君吾相，未有易于此时也。伏惟推古之所以待士之详，思劳归之诗；本士大夫之情，而及于其亲，逮之以即乎人心之政，或还之阙下⁽²³⁾，或处以闲曹⁽²⁴⁾，或引之近畿⁽²⁵⁾，属以一郡，使得谐其就养之心，慰其高年之母。则仁治之行，岂独昏愚得蒙赐于今日，其流风余法，传之永久。后世之士，且将赖此。其无《北山》之怨，《鸨羽》之讥，《陟岵》之叹，盖行之甚易，而为德⁽²⁶⁾于士类者甚广。惟留意而图之。不宣。巩顿首。

【注释】

（1）情而叙其勤：指《诗·小雅·四牡》篇。

（2）将率：即"将帅"。

（3）悄悄之忧，而及于仆夫之瘁：《诗·小雅·出车》小序云："《出车》，劳还帅也。"

（4）周之士也肆：言出自扬雄《法言》。肆，放纵。

（5）臣能归美，以报其上：《天保》，《诗经·小雅》篇目，"君能下下……"四句为该诗小序中语。

（6）"王事靡盬，不遑将父"：此句谓言王事无暇，无法奉养父母。

(7) 干：求。

(8) 聪明日耗：听力、视力日益下降。

(9) 转走五郡：曾巩进士及第后调太平州司法参军，后通判越州，不久知齐州，襄州、洪州。

(10) 陪：同"背"。

(11) 听察：被朝廷观察、考察。

(12) 仲弟守南越：曾布（字子宣）于元丰初年以龙图阁待制知桂州。

(13) 于著令：于，根据。著令，王朝之成法，即天子之法永著为令者。

(14) 御：迎也。

(15) 去岁：指熙宁十年（1077）。

(16) 属：适，正值。

(17) 枹鼓：古代有盗贼便击枹鼓以相援救。

(18) 风雨时若：风调雨顺。

(19) 什七：即十分之七。

(20) 曾未期岁：不到一年。

(21) 系官于此：被官职束缚在这里。

(22) 将以母之心：奉养老母的想法、心情。

(23) 阙下：皇城之内。

(24) 闲曹：清闲职位。

(25) 近畿：皇城附近。

(26) 为德：布施德泽。

上田正言书

伏闻诏书⁽¹⁾以执事⁽²⁾直谏院⁽³⁾，不胜喜贺。夫以执事蓄才美，知古今，力学，善论得失法度，朝廷固以公卿待执事，不止为谏官也。然巩区区致喜贺者，亦有云也。方今内外⁽⁴⁾居位之士以千数，贵者贱者举措趋向一本于苟且⁽⁵⁾，天下没没⁽⁶⁾，日就衰缺，虑终不可更兴起，四方每见用一伟人，则皆曰："是人也，天子特达用之，其能使古道庶几可复见乎？"群臣颙颙，思见其为国家兴太平也。天下既以此望之，而又为公卿大夫侍从司计谋持纪纲之臣，是宜朝拜职而夕建言⁽⁷⁾，使四方闻之，皆曰："天子明于知人，而群君子不负天子之知、天下之望矣。"其久而默默而自欺也，岂国家用贤者意适然哉？四方有司⁽⁸⁾论而疑，且叹息者矣。始者执事为天子主军画⁽⁹⁾在外，朝之士大夫，每禁林台阁有虚位，则人人皆意执事宜为之，至今而乃为谏官，非大位，然论议一皆司之，则非大位，乃大任也。谏官刚果有气节，不浮沉，则得失利病，上无不闻，下无不达也。谏官与时俯仰，则天下之事，上欲闻而不悉⁽¹⁰⁾，下欲言而不通矣。非直如此，又且导其恶闻下之言，畏言上之事矣。历观前世之得失，而察当时谏官有言与否，则为谏官贤不肖立定是则：凡居其职者，固以一人之身而系天下之得失，当万世之是非也，其重较然⁽¹¹⁾者。于内外之利病，主虽力行之，其事不可，则宜争而舍之；主虽力止之，其事当然，则论而行之。不听，则继言之。又不听，至于再三，则释其位而去^(12)矣可也，固非谓从时重而乡背^(13)者也。今世有为谏官者，设曰^(14)："吾某日言某事，吾塞责^(15)矣。"及章下而省^(16)其言，不过趑趄簿书畦陇间浅事，一纸之中尚十七八^(17)避就时人喜怒，不然则迂僻诞幻而不可世用者也。又有居其位而不听^(18)，又不引去^(19)者，天下以为是非固不论而易明也。今如执事者，始自举^(20)曰贤而能谏诤，天子以为然而遂用之。今用矣，虽欲因循畏避自同于众人，固不可也。然世傥^(21)有不顾其不可而为之者，则执事岂曰："是人也，是徒以一时文字声名倾四海而取进耳，乃世之以浮道相悦附而蹈利^(22)者之所为，非有志者所忍肆也。"昔汉有公孙、杜钦、杜邺、谷永，皆贤良选用，计其一时之名迹，不减于今世也，其才岂尽不及今人哉？当时既得名位，而终于无所开陈，以至于泯泯^(23)其始于人而以为安矣。由今观之，则谀之迹固不可掩也，后人已见其如此，又忍循其邪径乎？窃计须自择也。天下自唐天宝以来，上下汲汲^(24)，以谋相倾，才力相长，雄兵相制伏。百姓靡靡^(25)，日入于困穷。生于困穷，欲勿为罪戾^(26)，不可得也。今刑日烦，而民愈薄，利愈竭，而用不足，人益困，而敛未休，可为太息。执事既居得言之任，将终为身谋而已，则巩言虽切何用？若欲兴太平，报国家，则愿无容容^(27)而随俗也。矧^(28)执事计当世之得失已详矣。忿世俗之垢玩^(29)有素矣，士君子用舍、去就、轻重之分，又岂不尽知而熟晓也？巩是以闻成命而不觉喜，且以为贺也，想日夕当有言，故陈区区，少助思虑。今世布衣^(30)多不谈治道，巩未尝一造^(31)而辄吐情实，诚有所发愤也。伏惟不甚怪怒而省察之。

【注释】

（1）诏书：朝廷的命令、文告。

（2）执事：古人对第二人称"你"的尊称。

（3）谏院：掌谏诤的言官如谏议大夫、司谏、正言等办公的官署。

（4）内外：指朝廷内外。

（5）一本于苟且：都以苟且从事为指归。

（6）没没：沉溺衰萎的样子。

（7）朝拜职而夕建言：早晨当上言官，傍晚就应该有谏诤补失之言。

（8）有司：主管部门。

（9）军画：军队参谋人员。画，策划、计谋。

（10）悉：了解，知晓。

（11）较然：同"皎然"，意即十分清楚明白。

（12）释其位而去：放弃言官之位而离开朝廷。

（13）从时重而乡背：随着时势所向而决定自己的取舍，即随俗浮沉之意。乡，同"向"。

（14）设曰：假如说。

（15）塞责：应付差使。

（16）章：奏章，谏言书。省，品味，省察。

（17）十七八：十有七八。

（18）听：处理事情。

（19）引去：引咎去职。

（20）自举：自荐。

（21）傥：同"倘"，假如。

（22）以浮道相悦附而蹈利：浮道，浮华不经的学说、主张。附，依附、附集。蹈利，趋利，看重物质享受。

（23）泯泯：隐没不彰。

（24）汲汲：心情急切的样子。

（25）靡靡：困顿潦倒。

（26）罪戾：违法犯罪。

（27）容容：变化不定的样子。指随俗俯仰。

（28）矧：况且。

（29）垢玩：污秽而浮靡。

（30）布衣：普通百姓。

（31）造：登门拜访。

上欧蔡书

巩少读《唐书》及《贞观政要》⁽¹⁾，见魏郑公、王珪⁽²⁾之徒在太宗左右，事之大小，无不议论谏诤。当时邪人庸人相参者少。虽有如封伦、李义府辈，太宗又能识而疏之，故其言无不信听。卒能成贞观太平，刑置不以⁽³⁾，居成、康⁽⁴⁾上。未尝不反复欣慕，继以嗟惜，以谓三代君臣，不知曾有如此周旋议论否？虽皋陶、禹、稷与唐舜上下谋谟载于书者，亦未有若此委曲备具⁽⁵⁾。颇意三代唐舜去今时远，其时虽有谋议如贞观间，或尚过之，而其史不尽存，故于今无所闻见，是不可知，所不敢臆定。繇汉以降至于陈⁽⁶⁾、隋，复繇高宗以降至于五代⁽⁷⁾，其史甚完，其君臣无如此谋议决也。故其治皆出贞观下，理势然尔。窃自恨不幸不生于其时，亲见其事，歌颂推说，以饱足其心。又恨不得升降进退于其间，与之往复议论也。自长以来，则好问当世事,所见闻士大夫不少,人人惟一以苟且畏慎阴拱默处[8]为故,未尝有一人见当世事仅若毛发而肯以身任之,不为回避计惜者。况所系安危治乱有未可立睹,计谋有未可立效者,其谁肯奋然迎为之虑而已当邪?则又谓所欣慕者已矣,数千百年间,不可复及。昨者[9],天子[10]赫然独见于万世之表,既更两府,复引二公为谏官。见所条下[11]及四方人所传道,知二公在上左右,为上论治乱得失。群臣忠邪,小大无所隐,不为锱铢计惜,以避怨忌毁骂谗构之患。窃又奋起,以谓从古以来,有言责者自任其事,未知有如此周详恻[12]至,议论未知有如此之多者否?虽郑公、王珪又能过是耶?今事虽不合,亦足暴之万世,而使邪者惧,懦者有所树矣,况合乎否,未可必也。不知所谓数百千年已矣不可复有者,今幸遇而见之,其心欢喜震动,不可比说。日夜庶几[13],虽有邪人、庸人如封、李者,上必斥而远之,惟二公之听,致今日之治,居贞观之上,令巩小者得歌颂推说,以饱足其心;大者得出于其间,吐片言片辞,以托名于千万世。是所望于古者不负,且令后世闻今之盛,疑唐舜、三代不及远甚,与今之疑唐太宗时无异。虽然,亦未尝不忧一日有于冥冥之中、议论之际而行谤者,使二公之道未尽用,故前以书献二公[14],先举是为言。已而果然,二公相次出,两府亦更改。而怨忌毁骂谗构之患,一日俱发,翕翕万状。至于乘女子之隙,造非常之谤,而欲加之天下之大贤,不顾四方人议论,不畏天地鬼神之临己,公然欺诬,骇天下之耳目,令人感愤痛切,废食与寝,不知所为。噫!二公之不幸,实疾首蹙额之民之不幸也!虽然,君子之于道也,既得诸内,汲汲[15]焉而务施之于外。汲汲焉务施之于外,在我者也;务施之于外而有可不可,在彼者也。在我者,姑肆力[16]焉至于其极而后已也;在彼者,则不可必得吾志焉。然君子不以必得之难而废其肆力者,故孔子之所说[17]而聘者七十国,而孟子亦区区于梁、齐、滕、邾之间。为孔子者,骋六十九国尚未已。而孟子亦之梁之齐二大国,不可,则犹俯而与邾、滕之君谋。其去齐也,迟迟而后出昼[18],其言曰:"王庶几改之,则必召予。如用予,则岂惟齐民安,天下之民举安。"观其心若是,岂以一不合而止哉?诚不若是,亦无以为孔孟。今二公固一不合者也,其心岂不曰"天子庶几召我而用之",如孟子之所云乎?肆力焉于其所在我者,而任其所在彼者,不以必得之难而已,莫大于斯时矣。况今天子仁恕聪明,求治之心未尝怠,天下一归,四方诸侯承号令奔走之不暇。二公之言,如朝得于上,则夕被于四海,夕得于上,则不越宿而被于四海,岂与聘七十国,游梁、齐、邾、滕之区区难艰比耶?姑有待而已矣。此非独巩之望,乃天下之望,而二公所宜自任者也。岂不谓然乎!感愤之不已,谨成《忆昨诗》一篇,《杂说》三篇,粗道其意。后二篇并他事,因亦写寄。此皆人所厌闻,不宜为二公道,然欲启告觉悟天下之可告者,使明知二公志。次亦使邪者庸者见之,知世有断然自守者,不从己于邪,则又庶几发于天子视听,有所开益。使二公之道行,则天下之嗷嗷者[19],举被其赐,是亦为天下计,不独于二公发也,则二公之道何如哉?尝窃思更贡举法,责之累日于学,使学者不待乎按天下之籍,而尽须土著以待举行,悖者[20]不能籍以进,此历代之思虑所未及,善乎,莫与为善也[21]。故诗中善学尤具,伏惟赐省察焉!

【注释】

(1)《贞观政要》:记载唐太宗与诸大臣就治国等诸方面问题之对话。

(2) 魏郑公:唐太宗时谏议大夫魏征。王珪,字叔玠,任谏议大夫,同魏征、房玄龄、杜如晦等共佐朝政。

(3) 刑置不以:有刑律而措置不用。

(4) 成、康:西周成王、康王。

(5) 委曲备具:详备入微。

(6) 陈:南朝国号之一,始于陈霸先,终于陈后主,历五主,共三十二年。

(7) 高宗:唐高宗李治。五代:唐以后之梁、唐、晋、汉、周五个朝代。

(8) 阴拱默处:以默处无为为事,即默处其间不求作为。

(9) 昨者:即最近,前不久。

(10) 天子:指仁宗。

(11) 见所条下:见到颁发下来的新政条令。

(12) 悃:诚恳。

(13) 庶几:期望。

(14) 故前以书献二会:指此前所写《上欧阳舍人书》及《上蔡学士书》。

(15) 汲汲:急切的样子。

(16) 肆力:用全力,极力。

(17) 说:劝说。宣传、鼓励。

(18) 昼:地名。齐国西南一小邑。

(19) 嗷嗷者:《诗经》:"鸿雁于飞,哀鸣嗷嗷。"这里比喻流离失所而渴望兴致太平的百姓。

(20) 悖者:乖戾悖谬之人。

(21) 莫与为善也:谓此法乃善之尤者,意善莫大于此者。

代上蒋密学书

夫蜀之奢⁽¹⁾闻天下,蜀之守⁽²⁾前后相望,皆遂其俗⁽³⁾而已。岂以俭为不美耶?盖蜀之守既贵重,而奢者人情之所便也,遂其俗者蜀人悦,而美名之所归也。彼席⁽⁴⁾贵重之势,行所便而得美名,盖常人之所奔走也,夫谁肯舍而为俭哉?然不知夫推理而行俭者亦乐也。变其俗而治,其始也,民虽疑且恐,且指日以谤⁽⁵⁾;其终也,必化以服⁽⁶⁾,则美名安得而不归哉?是其为美名也,君子之所名,穷万世不灭者也。然世不推其所以然,而相与立论曰:"蜀易恐以动,俗既久以固,其不可以更也。"是大不然,夫不知民之难与虑始也,当事之更也必怨,岂惟蜀?子产之治郑也,三年,郑人有欲杀子产者,夫非怨哉?然郑卒以大治,戴⁽⁷⁾子产卒以如父母,其终也,化且服云。此其效尤章章⁽⁸⁾者也,岂患其易动哉?蜀也,皆天下之人也,一而治之⁽⁹⁾,安有不同乎?至于俗也,有不变而治者,有变而治者。所宜所向⁽¹⁰⁾,不变而治者也;非礼义之归,变而治者也。若蜀之奢,岂礼义之归乎,奚而不变也?必也,久且固焉,则遂之而已。世之事入于乱者众矣,去治古远矣,举⁽¹¹⁾将遂之耶?必不然也。然世所以莫或为与或为之而无其效者,是亦有二说,非如向之所云者一也。今之为吏者,势不得专且久,不专则谤易行,不久则化且服不可以俟也。是其所以莫或为⁽¹²⁾与或为之而无其效也,可为太息也已。及昨者执事之入蜀也,独欲出数百年之表，修之于躬⁽¹³⁾而化其俗。某闻之喜且慕，不知其至也。既而卒以不专则谤易行，不久则化且服不可以俟也而罢。天下之望者，至今以为过。某闻之嗟且恨，亦不知其至也。虽然，执事之推是心也，好古而非俗之愿也可知。夫好古而非俗之愿者，行于此亦必均于彼，推于一亦必应于万。今执事之来余杭⁽¹⁴⁾也，其由是心欤？某也仰声义之旧，而其心有所迫切者，常人既不可以语，是以千里为近，以险途畏暑为广厦清凉，而自致于执事之门，以归计焉。岂惟以执事好古而非俗之愿为可望也？抑亦以某人尝望辉光被收纳，有一日之素，而藉口以来，伏惟少垂听。某之家本穷空，迨⁽¹⁵⁾某人而始得禄，不十年而某人没，没之日赖于友以葬。既葬，而其孥⁽¹⁶⁾流离于乡，数期之间，疾疠死丧，十口之所存者，唯老母与某也二而已。无田而耕也，无货与技以为商与工也，无力以佣⁽¹⁷⁾也，无屋庐以居也，奉老母而寓食于人者，迨⁽¹⁸⁾十年矣。噫！是诚子之不孝者也，人之天穷者也。每观古人啜菽饮水⁽¹⁹⁾亦养之说，而己尚不得有此，则昼而行，夜而卧，矍然⁽²⁰⁾而思，蠹然⁽²¹⁾而不知涕之交颐⁽²²⁾也，在上之君子闻是言也，知是人也，其哀之乎，抑不哀也？不哀之而曰仁可乎？哀之而不救之可乎？今某也得有屋庐以居，十数亩之田以业⁽²³⁾，老农女之妻以爨⁽²⁴⁾，而身耕于外，以觊得菽水之资，而奉老母，给祭祀，则志愿足矣。其为事至细，其为求至易与也，不过执事一器一会之所费而足济之矣，其忍有惜欤？十年而无可告者，今也遇执事，好古而非俗之愿者也，有一日之素者也。若告而又不见哀，哀而又不见赈焉，则斯人也卒穷而死耳，岂有望于此哉？伏惟少留意而念焉。

【注释】

（1）奢：奢侈，浪费。

(2) 守：行政长官。

(3) 遂其俗：顺从蜀地奢侈、浪费的陋俗。

(4) 席：乘，坐。

(5) 指日以谤：指着太阳诅咒诽谤。

(6) 化以服：归化而且顺服。

(7) 戴：感恩戴德。

(8) 章章：显著之意。

(9) 一而治之：用与天下相同的道理，办法去治理它。

(10) 所宜所向：用什么办法合适便采取什么办法。

(11) 举：全，都。

(12) 莫或为：没有人去做。

(13) 躬：自身。

(14) 余杭：即杭州。

(15) 迨：等到。

(16) 孥：妻子和儿女。

(17) 佣：受雇，出卖劳动力。

(18) 迨：到现在。

(19) 啜菽饮水：吃豆饮水。指最基本的养生饮食。

(20) 瞿然：惊慌的样子。

(21) 蠢然：忧伤的样子。

(22) 涕之交颐：泪流满面。

(23) 业：耕作，经营。

(24) 爨：即"炊"也。

代人上石中允书

人之去教化，不为盗也其几⁽¹⁾矣！数十百年，公卿大夫无完人，即材与艺或薄于自修。即今之所谓自修，或薄于材，细谨细忠⁽²⁾。今之所谓自修也，大节大行不如是其已也，而能者止于是。故自朝廷至于四方无治官⁽³⁾，上虽有善意令不能行，民之穷濒于死无所告⁽⁴⁾，天下之未治无他焉，由是而已耳。群下相渐⁽⁵⁾，靡靡成俗，所为戾道⁽⁶⁾过计者⁽⁷⁾乃取士于是焉，其无得⁽⁸⁾也明矣。一有骇而动之者，不比而盗也其几矣。噫！可怪也！可惧也！今者列贡举法，善矣。人相从观诏书，戾者⁽⁹⁾瞿然有意于惧，怠者幡然自强矣，数百年来未有此举也。然吏趣⁽¹⁰⁾修其文耳，未有能力行者也；士趣强其外耳，未有能心通者也。不心通，赏罚一不振焉，必解矣。有圣人作，不易是法矣。然而云尔何也⁽¹¹⁾？圣人之为教，以己为之先，以法制之助。不以己为之先，虽有善制，圣人不能行也。今能为之先，不在于吾君与吾民之所耳目者，吾君固能为之先矣。吾民之所耳目者，朝则公卿大夫，外则长若师，然而可法⁽¹²⁾者殆少矣。太学化枢也⁽¹³⁾，得执事为之先，蔡学士过此，言太学之行渐行矣，诚甚盛矣。不识通之于心者为谁，而能广之于朝廷天下乎？某四年时太学生也，今者欲往而依执事，会学之令，不五百日，则不得举⁽¹⁴⁾。某贫，父母待某然后养，不蚤得往也。今欲往焉，则恐后时不得举，则望旦夕而事亲者，毋所图焉，遂未能依执事而学也。某之所就亦鄙矣，所不足于心亦大矣，某岂肯屑然⁽¹⁵⁾哉？顾诚有不得已，谨书所作通论杂文一编以献，并叙太学得执事之盛，以为天下望。

【注释】

(1) 几：接近，差不多。

(2) 细谨细忠：即小的谨慎和浮浅的忠心。

(3) 无治官：没有精于政事的官吏。

(4) 无所告：没有申诉的地方。

(5) 群下相渐：大量无能的官吏互相浸染。

(6) 戾道：有悖于儒家道统。

(7) 过计者：谬于谋划的人。

(8) 无得：得不到人才。

(9) 戾者：所学悖于圣人之道的人。

(10) 趣：同"趋"。

(11) 云尔何也：为什么这样说呢？

(12) 法：师法，仿效。

(13) 太学化枢也：即太学，化之枢也，意为：太学，是国家以先王之道化育万民的关键部门。

(14) 会：正值。学之令，朝廷有关太学的政策、条令。

(15) 屑然：小瞧的样子。

熙宁转对疏⁽¹⁾

准御史台告报臣寮朝辞日具转对⁽²⁾，臣愚浅薄，恐言不足采。然臣窃观唐太宗即位之初⁽³⁾，延群臣与图天下之事，而能绌封伦，用魏郑公之说，所以成贞观之治。周世宗初即位⁽⁴⁾，亦延群臣，使陈当世之务⁽⁵⁾，而能知王朴之可用⁽⁶⁾，故显德之政⁽⁷⁾，亦独能变五代之因循⁽⁸⁾。夫当众说之驰骋，而以独见之言，陈未形之得失⁽⁹⁾，此听者之所难也。然二君能辨之于群众之中而用之⁽¹⁰⁾，以收一时之效，此后世之士，所以常感知言之少，而颂二君之明也。今陛下始承天序，亦诏群臣，使以次对，然且将岁余，未闻取一人，得一言，岂当世固乏人，不足以当陛下之意与⁽¹¹⁾？抑所以延问者，特用累世之故事，而不必求其实欤？臣愚窃计殆进言者，未有以当陛下之意也。陛下明智大略，固将比迹于唐虞三代之盛⁽¹²⁾，如太宗、世宗之所至，恐不足以望陛下，故臣之所言，亦不敢效二臣之卑近⁽¹³⁾。伏惟陛下超然独观于世俗之表⁽¹⁴⁾，详思臣言而择其中，则二君之明，岂足道于后世，而士之怀抱忠义者，岂复感知言之少乎？臣所言如左。

臣伏以陛下恭俭慈仁，有能承祖宗之德⁽¹⁵⁾，聪明睿知，有能任天下之材。即位以来，早朝晏罢⁽¹⁶⁾，广问兼听，有更制变俗、比迹唐虞之志，此非群臣之所能及也。然而所遇之时，在天则有日食、星变之异，在地则有震动陷裂、水泉涌溢之灾，在人则有饥馑流亡、讹言相惊之患，三者皆非常之变也。及从而察今之天下，则风俗日以薄恶，纪纲日以弛坏[17],百司庶务[18],一切文具而已[19]。内外之任,则不足于人材;公私之计,则不足于食货。近则不能不以盗贼为虑,远则不能不以夷狄为忧。海内智谋之士,常恐天下之势不得以久安也。以陛下之明,而所遇之时如此,陛下有更制变俗、比迹唐虞之志,则亦在正其本而已矣。《易》曰:正其本,万事理。臣以谓正其本者,在陛下得之于心而已。

臣观《洪范》所以和同天人之际[20],使之无间,而要其所以为始者[21],思也;《大学》所以诚意、正心、修身[22],治其国家天下,而要其所以为始者,致其知也。故臣以谓正其本者,在得之于心而已。得之于心者,其术非他,学焉而已矣。此致其知所以为大学之道也。古之圣人,舜、禹、成、汤、文、武,未有不由学而成,而傅说、周公之辅其君,未尝不勉之以学。故孟子以谓学焉而后有为,则汤以王,齐桓公以霸,皆不劳而能也。盖学所以成人主之功德如此。诚能磨砻长养[23],至于有以自得,则天下之事在于理者,未有不能尽也。能尽天下之理,则天下之事物接于我者,无以累其内;天下之以言语接于我者,无以蔽其外。夫然则循理而已矣,邪情之所不能入也;从善而已矣,邪说之所不能乱也。如是而用之以持久,资之以不息,则积其小者必至于大,积其微者必至于显。古之人自可欲之善,而充之至于不可知之神,自十五之学,而积之至于从心之不逾距,岂他道哉?由是而已矣。故曰:"念终始典于学[24]。"又曰:"学,然后知不足[25]。"孔子亦曰:"吾学不厌。"盖如此者,孔子之不能已也。夫能使事物之接于我者不能累其内,所以治内也;言语之接于我者不能蔽其外,所以应外也。有以治内,此所以成德化也;有以应外,此所以成法度也。德化法度既成,所以发育万物,而和同天人之际也。

自周衰以来,道术不明。为人君者,莫知学先王之道以明其心;

为人臣者，莫知引其君以及先王之道也。一切苟简，溺于流俗末世之卑浅，以先王之道为迂远而难遵。人主虽有聪明敏达之质，而无磨砻长养之具，至于不能有以自得，则天下之事，在于理者有所不能尽也。不能尽天下之理，则天下之以事物接于我者，足以累其内；天下之以言语接于我者，足以蔽其外。夫然，故欲循理而邪情足以害之，欲从善而邪说足以乱之。如是，而用之以持久，则愈甚无补；行之以不息，则不能见效。其弊则至于邪情胜而正理灭，邪说长而正论消，天下之所以不治而有至于乱者，以是而已矣。此周衰以来，人主之所以可传于后世者少也。可传于后世者，若汉之文帝、宣帝，唐之太宗，皆可谓有美质矣。由其学不能远而所知者陋，故足以贤于近世之庸主矣，若夫议唐虞三代之盛德，则彼乌足以云乎(26)？由其如此，故自周衰以来，千有余年，天下之言理者，亦皆卑近浅陋，以趋世主之所便，而言先王之道者，皆绌而不省。故以孔子之圣，孟子之贤，而犹不遇也。

今去孔孟之时又远矣，臣之所言，乃周衰以来千有余年，所谓迂远而难遵者也。然臣敢献之于陛下者，臣观先王之所已试，其言最近而非远，其用最要而非迂，故不敢不以告者，此臣所以事陛下区区之志也。伏惟陛下有自然之圣质，而渐渍于道义之日又不为不久，然臣以谓陛下有更制变俗、比迹唐虞之志，则在得之于心。得之于心，则在学焉而已者。臣愚以谓陛下宜观《洪范》、《大学》之所陈，知治道之所本不在于他；观傅说、周公之所戒，知学者非明主之所宜已也。陛下有更制变俗、比迹唐虞之志，则当恳诚恻怛(27)，以讲明旧学而推广之，务当于道德之体要(28)，不取乎口耳之小知，不急乎朝夕之近效，复之熟之，使圣心之所存，从容于自得之地，则万事之在于理者，未有不能尽也。能尽万事之理，则内不累于天下之物，外不累于天下之言。然后明先王之道而行之，邪情之所不能入也；合天下之正论而用之，邪说之所不能乱也。如是而用之以持久，资之以不息，则虽细必巨，虽微必显。以陛下之聪明，而充之以至于不可知之神；以陛下之睿知(29)，而积之以至于从心所欲之不逾距，夫岂远哉？顾勉强如何耳。夫然，故内成德化，外成法度，以发育万物，而和同天人之际，甚易也。若夫移风俗之薄恶，振纪纲之弛坏(30)，变百司庶务之文具，厉天下之士使称其位(31)，理天下之财使赡其用(32)，近者使之亲附，远者使之服从，海内之势使之常安，则惟陛下之所欲，何求而不得，何为而不成乎？未有若是而福应不臻，而变异不消者也。如圣心之所求，未及于此，内未能无秋毫之累，外未能无纤芥之蔽(33)，则臣恐欲法先王之政，而智虑有所未审；欲用天下之智谋材谞之士(34)，而议论有所未一，于国家天下愈甚无补，而风俗纲纪愈以衰坏也。非独如此，自古所以安危、治乱之几(35)，未尝不出于此。

臣幸蒙降问，言天下之细务(36)，而无益于得失之数者(37)，非臣所以事陛下区区之志也。辄不自知其固陋，而敢言国家之大体(38)。惟陛下审察而择其宜，天下幸甚。

【注释】

(1) 转对：宋代臣僚每隔数日，轮流上殿指陈时政得失，谓之"转对"，也称"轮对"。

(2) 准御句：准：古时公文用语，始于唐、五代。表示许可、依照等意思。 御史台：官署名。汉御史所居官署为御史府，东汉以来改称御史台，又名兰台寺，专司弹劾之职。

(3) 唐太宗：李世民。

(4) 周世宗：柴荣。周太祖郭威之养子，圣穆皇后之侄。父，柴守礼，太子少保致仕。

（5）务：事，政事。

（6）王朴：字文伯，东平（今山东省东平县）人。朴幼警慧好学，善属文。

（7）显德：五代时，后周世宗柴荣年号，自954年至960年。

（8）五代：唐以后，在中国北方先后出现了后梁、后唐、后晋、后汉和后周五个朝代，史称"五代"。因循：守旧法而不知变更。

（9）形：显现，显示。

（10）二君：指唐太宗、周世宗。群众：众多。

（11）与：通"欤"，语气助词，相当于"吗"。

（12）比迹：齐步，并驾。唐虞：即唐尧虞舜。三代：夏、商、周三朝。

（13）二臣：指魏征、王朴。卑近：格调低下而切近现实。

（14）超然：高超貌。表：外。

（15）祖宗：一作"宗庙"。

（16）早朝晏罢：早早上朝，很晚才散朝。晏：晚。罢：止。

（17）纪纲：法度。

（18）百司：朝廷大臣、王公以下百官的总称。

（19）文具：没有实际内容的空文。

（20）《洪范》：《尚书》中篇名。

（21）始：一作"本"。

（22）《大学》：《礼记》中篇名。

（23）磨砻：研磨，比喻锻炼。长养：培育，培养。

（24）念终句：典：经常从事。

（25）学然句：《礼记·学记》："是故学然后知不足，教然后知困。"

（26）乌：岂。

（27）恻怛：忧劳貌。《汉书·文帝纪》二年诏曰："今朕夙兴夜寐，勤劳天下，忧苦万民，为之恻怛不安，未尝一日忘于心。"

（28）体要：大体与纲要。

（29）睿知：智慧高明。

（30）纪纲：一作"纲纪"。

（31）厉：振奋，激励。 称：符合。

（32）赡：充足。

（33）纤芥：也写作"纤介"。细微。《春秋繁露·王道》："《春秋》纪纤芥之失。"

（34）材谞：才智。 谞：才智。

（35）几：事物的迹兆，征兆。

（36）细务：小事。

（37）数：道理。

（38）大体：大礼，原则。

怀友一首寄介卿

圣人之于道，非思得之，而勉及之，其间于贤大远矣。然圣人者不专己[1]蔽也，或师焉，或友焉，参[2]相求以广其道而辅其成。故孔子之师，或老聃、郯子[3]云；其友，或子产、晏婴[4]云。师友之重也，圣人然尔，不及圣人者，不师而传，不友而居，无悔也希矣。予少而学，不得师友，焦思焉而不中，勉勉焉⁽⁵⁾而不及，抑其望圣人之中庸而未能至者也。尝欲得行古法，度士与之居或游，孜孜为考予之失而切劘⁽⁶⁾之，庶于几而后已，予亦有以资之也。皇皇四海求若人⁽⁷⁾而不获。自得介卿，然后始有周旋激恳摘予之过而接之以道者，使予幡然其勉者有中，释然其思者有得矣，望中庸之域其可以策⁽⁸⁾而及也。使得久相从居与游，予知免于悔矣。而介卿官于扬⁽⁹⁾，予穷居极南，其合之日少而离别之日多，切劘之效浅而愚无知易懈，其可怀且忧矣。思而不释，已而叙之，相慰且相警也。介卿居今世行古道，其文章称⁽¹⁰⁾其行。今之人盖希古⁽¹¹⁾之人，固未易有为也。作《怀友》书两通，一自藏，一纳介卿家。

【注释】

（1）专己：刚愎自用。

（2）参：兼。

（3）老聃：即老子。相传孔子曾向老子请教周礼。郯子，郯，相传孔子曾问乐于师郯。

（4）子产：春秋时期郑国大夫，善理政，郑国赖以治。晏婴，春秋时齐国大夫。齐景公时为相国，政名显于诸侯。

（5）勉勉焉：勤奋的样子。

（6）切劘：切磋、琢磨。

（7）若人：这样的人。

（8）策：鞭策。

（9）扬：扬州。

(10) 称：匹配。

(11) 希古：希望追及古人。

类要序

晏元献公出东南⁽¹⁾，起童子，入秘阁读书，遂赞名，命入翰林为学士。真宗特宠待之，每进见劳问，及所以任属之者，群臣莫能及。皇太子就书学，公以选入侍。太子即皇帝位，是为仁宗。公遂管国枢要，任政事，位宰相。其在朝廷五十余年，常以文学、谋议为任，所为赋、颂、铭、碑、制、诏、册、命、书、奏、议、论之文传天下，尤长于诗⁽²⁾，天下皆吟诵之。

当真宗之世，天下无事，方辑福应，推功德，修封禅，及后土、山川、老子诸祠，以报礼上下。左右前后之臣，非工儒学⁽³⁾，妙于语言，能讨论古今，润色太平之业者⁽⁴⁾，不能称其位。公于是时为学者宗⁽⁵⁾，天下慕其声名。人见公应于外者之不穷，而不知公之得于内者深也。

及得公所为《类要》上中下帙⁽⁶⁾，总七十四篇，凡若干门，皆公所手抄。乃知公于六艺、太史、百家之言⁽⁷⁾，骚人墨客之文章，至于地志、族谱、佛老、方伎之众说⁽⁸⁾，旁及九州之外，蛮夷、荒忽、诡变、奇迹之序录，皆披寻绅绎⁽⁹⁾，而于三才、万物变化情伪⁽¹⁰⁾，是非兴坏之理，显隐细钜之委曲⁽¹¹⁾，莫不究尽。公之得于内者在此也。公之所以光显于世者⁽¹²⁾，有以哉⁽¹³⁾！

观公之所自致者如此，则知士不素学而处从官大臣之列，备文儒道德之任，其能不馁且病乎？此公之书所以为可传也。

公之子知止，能守其家者也，以书属余序。余与公仕不并时，然皆临川人，故为之论次，以为公书诸首。

【注释】

（1）晏元献公：即晏殊，字同叔，抚州临川（今江西省临川市）人。薨，赠司空兼侍中，谥元献。

（2）尤长于诗：含词。词为诗之余，故仅言"长于诗。"

（3）工：善于，擅长。

（4）润色：修饰文字，使事物生光添彩。

（5）宗：被尊崇的人或物。

（6）帙：包书的套子，用布帛制成。因即谓书一套为一帙。此指册或本而言。

（7）六艺：即六经：《诗》、《书》、《礼》、《乐》、《易》、《春秋》。太史：太史令，史官。司马迁为太史令，其所著《史记》，称为"太史公书"。此指史书。 百家：即诸子百家，此指诸子之书。

（8）地志：地理书。 佛老：佛教、道教。 方伎：即方技。古代指医、卜、星、相之术。

（9）披寻：翻阅书籍，仔细搜寻。 绅绎：理出头绪。 绅：抽引。 绎：抽丝。

（10）三才：指天、地、人。 情：通"诚"。

（11）隐：隐晦。 细：小。 钜：同"巨"。 委曲：细节。

(12) 光显：光耀，荣显。

(13) 以：原因，缘故。

赠黎安二生序

赵郡苏轼⁽¹⁾，余之同年友也⁽²⁾，自蜀以书至京师遗余，称蜀之士曰黎生、安生者。既而黎生携其文数十万言，安生携其文亦数千言，辱以顾余。读其文，诚闳壮隽伟，善反复驰骋，穷尽事理，而其才力之放纵，若不可极者也。二生固可谓魁奇特起之士，而苏君固可谓善知人者也。顷之，黎生补江陵府司法参军⁽³⁾，将行，请予言以为赠。余曰："余之知生，既得之于心矣，乃将以言相求于外邪？"黎生曰："生与安生之学于斯文，里之人皆笑以为迂阔，今求子之言，盖将解惑于里人。"余闻之，自顾而笑。夫世之迂阔，孰有甚于予乎？知信乎古而不知合乎世，知志乎道而不知同乎俗，此余所以困于今而不自知也。世之迂阔，孰有甚于予乎？今生之迂，特以文不近俗，迂之小者耳，患为笑于里之人。若余之迂大矣，使生持吾言归，且重得罪，庸讵⁽⁴⁾止于笑乎？然则若余之于生，将何言哉？谓余之迂为善，则其患若此；谓为不善，则有以合乎世，必违乎古，有以同乎俗，必离乎道矣。生其无急于解里人之惑，则于是焉，必能择而取之。遂书以赠二生，并示苏君，以为何如也。

【注释】

（1）赵郡苏轼：苏轼，字子瞻，四川眉山人，为宋文学大家。

（2）同年友：同举乡贡者之间称同年。苏轼与曾巩同于嘉祐二年进士。

（3）司法参军：郡守属下的刑法辅官。

（4）庸讵：同"岂"。

送傅向老令瑞安序

向老傅氏，山阴⁽¹⁾人。与其兄元老读书知道理。其所为文辞可喜。太夫人春秋高⁽²⁾，而其家故贫。然向老昆弟尤自守⁽³⁾，不苟取而妄交，太夫人亦忘其贫。余得之山阴，爱其自处之重，而见其进而未止也，特心与之⁽⁴⁾。向老用举者⁽⁵⁾令温之瑞安，将奉其太夫人以往。予谓向老学古，其为令当知所先后⁽⁶⁾。然古之道盖无所用于今，则向老之所守亦难合矣。故为之言，庶夫有知予为不妄者，能以此而易彼也。

【注释】

（1）山阴：今浙江绍兴。

（2）太夫人：即傅向老之母。春秋高，年事已高。

（3）自守：自己坚守节操。

（4）心与之：从心里喜爱他。

（5）用举者：因被人举荐。

（6）知所先后：明白为政的急缓顺序。

送蔡元振序

古之州从事，皆自辟士，士亦择所从，故宾主相得也⁽¹⁾。如不得其志，去之可也。今之州从事，皆命于朝，非惟守不得择士⁽²⁾，士亦不得择所从，宾主岂尽相得哉？如不得其志，未可以辄去也。故守之治，从事无为可也；守之不治，从事举其政⁽³⁾，亦势然也。议者不原其势⁽⁴⁾，以为州之政当一出于守，从事举其政，则为立异⁽⁵⁾，为侵官⁽⁶⁾。噫！从事可否其州事⁽⁷⁾，职也，不惟其同守之同，则舍己之是而求与之同⁽⁸⁾，可乎？不可也。州为不治矣⁽⁹⁾，守不自任其责，己亦莫之任也，可乎？不可也。则举其政，其孰为立异邪？其孰为侵官邪？议者未之思也。虽然，迹其所以然⁽¹⁰⁾，岂士之所喜然哉⁽¹¹⁾？故曰亦势然也。

今四方之从事，惟其守之同者多矣。幸而材⁽¹²⁾，从事视其政之缺，不过室于叹、途于议而已⁽¹³⁾，脱然莫以为己事⁽¹⁴⁾。反是焉则激，激亦奚以为也？求能自任其责者少矣。为从事乃尔⁽¹⁵⁾，为公卿大夫士于朝，不尔者其几邪？

临川蔡君从事于汀⁽¹⁶⁾，始试其为政也。汀诚为治州也⁽¹⁷⁾，蔡君可拱而坐也⁽¹⁸⁾；诚未治也，人皆观君也，无激也，无同也，惟其义而已矣。蔡君之任也，其异日官于朝⁽¹⁹⁾，一于是而已矣⁽²⁰⁾，亦蔡君之任也，可不懋欤⁽²¹⁾？其行也，来求吾文，故序以送之。

【注释】

（1）州从事：官名，亦称为从事史，州长官刺史之佐吏。　辟：征召。　相得：彼此投合。

（2）守：州太守。本文之"守"，皆指州太守。

（3）举其政：主持州政。

（4）原：推求其根本。

（5）立异：彼此对峙，另立新帜。

（6）侵官：越犯他人的职守。

（7）可否：赞成、反对。

（8）是：正确的见解。

（9）州为句：现在，州没有治理好。　为：语助词，无义。

（10）迹其句：推究其这样做的原因。　迹：推求，推究。　所以：原因。

（11）岂士句：难道做州从事的士喜欢这样做吗？

（12）幸而材：幸好遇上有才干的从事。

（13）室于叹、途于议：即"于室叹、于途议"。

（14）脱然句：超脱地不把州政看作自己职内之事。

（15）乃尔：竟然如此。

（16）临川：地名，宋属江南西路抚州，今江西省临川市。　汀：

汀州，地名，宋属福建路，今福建省长汀县。

(17) 诚：如果，果真。 治州：太平而繁荣的州。

(18) 拱而坐：拱手而坐，无为而治。

(19) 异日：他日，将来。

(20) 一于是而已矣：一切都遵照“无激、无同”这一原则去做就可以了。 于：归于。

(21) 懋：勤勉。

送周屯田序

士大夫登朝廷，年七十，上书去其位[(1)]，天子官其一子而听之[(2)]，亦可谓荣矣。然而有若不释然者。余为之言曰：古之士大夫倦而归者，安车几杖[(3)]，膳饈被服，百物之珍好自若，天子养以燕飨饮食乡射之礼。自比子弟，袒韝鞠脭[(4)]，以荐[(5)]其物。谘其辞说，不于庠序，则于朝廷。时节之赐，与缙绅[(6)]之礼于其家者，不以朝，则以夕。上之听其休，为不敢勤以事。下之自老[(7)]，为无为而尊荣也。今一日辞事还其庐，徒御[(8)]散矣，宾客去矣，百物之顺其欲者不足，人之群嬉属好之交不与，约居[(9)]而独游，散弃乎山墟林莽陋巷穷闾之间。如此，其于长者薄也，亦曷能使其不欿然[(10)]于心邪？虽然，不及乎尊事，可以委蛇[(11)]其身而益闲；不享乎珍好，可以窒烦除薄而益安；不去乎深山长谷，岂不足以易其庠序之位；不居其荣，岂有患乎其辱哉？然则古之所以殷勤奉老者，皆世之任事者所自为。于士之倦而归者，顾为烦且劳也，今之置古事者，顾有司为少耳。士之老于其家者，独得其自肆也，然则何为动其意邪？余为之言者，尚书屯田员外郎周君中复。周君与先人俱天圣二年(12)进士，与余旧且好也。既为之辩其不释然者，又欲其有以处而乐也。读余言者，可无异周君而病今之失矣。南丰曾巩序。

【注释】

（1）去其位：即致仕，辞官。

（2）官其一子而听之：封其子官位，且保留其议政言事之便利。

（3）几杖，助行之用。

（4）袒韛鞠跽：袒，露也；韛，皮质臂套；鞠韛，曲身长跪。跽，同"跽"。

（5）荐：进献。

（6）缙绅：有官职或做过官的人。

（7）下之自老：自己因年老而致仕。

（8）徒御：代步的车辇。

（9）约居：过简约的生活。

（10）欿然：不满的样子。

（11）委蛇：从容自得的样子。

（12）天圣二年：1024年。

送江任序

均⁽¹⁾之为吏，或中州之人，用于荒边侧境、山区海聚⁽²⁾之间，蛮夷异域之处；或燕荆越蜀、海外万里之人，用于中州，以至四遐之乡⁽³⁾。相易而往，其山行水涉沙莽之驰，往往则风霜冰雪瘴雾之毒之所侵加，蛟龙虺蜴⁽⁴⁾虎豹之群之所抵触，冲波急溅巅崖落石之所覆压。其进也，莫不籯粮⁽⁵⁾举药，选舟易马，刀兵曹伍⁽⁶⁾而后动；戒朝奔夜，变更寒暑而后至。至则官庐器械被服饮食之具、土风气候之宜，与夫人民谣俗语言习尚之务，其变难遵，而其情难得也，则多愁居惕处，叹息而思归。及其久也，所习已安，所蔽⁽⁷⁾已解，则岁月有期，可引而去矣。故不得专一精思修治具⁽⁸⁾，以宣布天子及下之仁，而为后世可守之法也。或九州之人，各用于其土，不在西封⁽⁹⁾，在东境。士不必勤，舟车舆马不必力，而已传其邑都，坐其堂奥。道途所次⁽¹⁰⁾，升降之倦，凌冒之虞，无有接于其形，动于其虑。至则耳目口鼻百体之所养，如不出乎其家；父兄六亲⁽¹¹⁾故旧之人，朝夕相见，如不出乎其里。山川之形，土田市井风谣习俗辞说之变，利害得失善恶之条贯，非其童子之所闻，则其少长之所游览；非其自得，则其乡之先生老者之所告也。所居已安，所有事之宜，皆已习熟，如此故能专虑致勤营职事，以宣上恩，而修百姓之急。其施为先后，不待旁谘久察，而予夺损益之几，已断于胸中矣。岂累夫孤客远寓之忧，而以苟且决事哉！

临川江君任为洪之丰城,此两县⁽¹²⁾者,牛羊之牧相交,树木果蔬五谷之垄相入也。所谓九州之人各用于其土者,孰近于此?既已得其所处之乐,而厌闻饫听⁽¹³⁾其人民之事,而江君又有聪明敏给之材、廉洁之行,以行其政,吾知其不去图书讲论之适,宾客之好,而所为有余矣。盖县之治,则民自得于大山深谷之中,而州以无为于上。吾将见江西之幕府⁽¹⁴⁾,无南向而虑⁽¹⁵⁾者矣。于其行,遂书以送之。南丰曾巩序。

【注释】

(1) 均:协调,平衡。

(2) 海聚:近海之处。

(3) 四遐之乡:四方很远的地方。

(4) 虺蜴:虺,毒蛇;蜴,蜥蜴。

(5) 籯粮:以竹器背负粮食。籯,可盛物的竹制器皿。

(6) 刀兵曹伍:军人成群结队。

(7) 所蔽:指不熟悉不了解的事物。

(8) 治具:为政之法则、方式。指政事。

(9) 西封:西域。封,边境。

(10) 次:休整,投宿。

(11) 六亲:即父、母、兄、弟、妻、子。

(12) 两县:即其家临川与其任所丰城。

(13) 厌闻饫听:听到很多。

(14) 江西之幕府:即洪州督都府。

送丁琰序

　　守令之于民近且重，易知矣⁽¹⁾。予尝论今之守令，有道而闻四方者⁽²⁾，不过数人。此数人者，非特任守令也⁽³⁾。过此数人，有千里者相接而无一贤守，有百里者相环而无一贤令。至天子大臣尝患其然，则任奉法之吏，严刺察之科，以绳治之。诸郡守、县令以罪不任职，或黜或罢者⁽⁴⁾，相继于外。于是下诏书，择廷臣，使各举所知以任守令。是天子大臣爱国与民而重守令之意，可谓无不至矣。而诏虽下，举者卒不闻。惟令或以旧制举，不皆循岁月而授。每举者有姓名，得而视之，推考其材行能堪其举者，卒亦未见焉。举者既然矣，则以余之所见闻，阴计其人之孰可举者，卒亦未见焉。犹恐予之愚且贱，闻与见焉者少，不足以知天下之材也，则求夫贤而有名位、闻与见之博者，而从之问其人之孰可举者，卒亦未见焉。岂天下之人固可诬⁽⁵⁾，而天固不生才于今哉？

　　使天子大臣患天下之弊，则数更法以御之。法日以愈密，而弊日以愈多，岂今之去古也远，治天下卒无术哉？盖古人之有庠有序，有师友之游，有有司之论，而赏罚之始于乡，属于天下，为教之详至此也。士也有圣人之道，则皆得行其教；有可教之质，则皆可为材且良，故古之贤也多。贤之多，则自公卿大夫，至于牛羊、仓廪贱官之选，咸宜焉⁽⁶⁾，独千里、百里之长哉？其为道岂不约且明⁽⁷⁾；其为致天下之材⁽⁸⁾，岂不多哉？其岂有劳于求而不得人，密于法而不胜其弊，若今之患哉？

今也，庠序、师友、赏罚之法非古也，士也有圣人之道，欲推而教于乡、于天下，则无路焉。人愚也，则愚矣！可教而贤者，卒谁教之哉？故今之贤也少。贤之少，则自公卿大夫，至于牛羊、仓廪贱官之选，常不足其人焉，独守令哉？是以其求之无不至，其法日以愈密，而不足以为治者，其原皆此之出也已。噫！奚重而不更也。

姑苏人丁君琰佐南城⁽⁹⁾，南城之政平⁽¹⁰⁾。予知其令，令曰："丁君之佐我。"又知其邑人，邑人无不乐道之者。予既患今之士，而常慕古之人，每观《良吏》一传，则反覆爱之。如丁君之信于其邑，予于旁近邑之所未见，故爱之特深。今为令于淮阴⁽¹¹⁾，上之人知其材而举用之也。于令也，得人矣。使丁君一推是心以往，信于此，有不信于彼哉⁽¹²⁾？

求余文者多矣，拒而莫之与也。独丁君之行也，不求余文，而余乐道其所尝论者以送之，以示重丁君，且勉之，且勉天下之凡为吏者也。

【注释】

(1) 守令二句：谓太守和县令，对于百姓而言，是十分切近而重要的，这是人们所容易理解的事。

(2) 有道：具有高尚的道德修养，有才艺的人。　闻四方：名闻天下。

(3) 特：仅仅，只。

(4) 黜：贬斥，降职。

(5) 固：确实，实在。　诬：抹杀。

(6) 咸：皆，全。

(7) 约：简约。

(8) 致：招致，引来。

(9) 佐：辅佐，做佐吏。　南城：地名，宋属江南西路建昌军，今江西省南城县。

(10) 平：公正。

(11) 淮阴：地名，宋属淮南东路楚州，今江苏省淮阴县。

(12) 有不信句：谓丁君既取信于此南城，难道还能不取信于彼淮阴吗？

送刘希声序

东明⁽¹⁾刘希声来临川，见之。其貌勉于礼，其言勉于义，其行亦然，其久亦坚。其读书为辞章日盛。从予游三年，予爱之。今年庆历五年⁽²⁾，还其乡，过予别。与之言曰：东明，汴邑⁽³⁾也，子之行，问道之所向者，以告子。子也一趋焉而不息，至乎尔⁽⁴⁾也。苟为一从焉，一违焉，虽不息，决不至也。子也好问，圣人之道，亦如是而已矣。五月四日序。

【注释】

（1）东明：县名，在今山东省，当时属河南。

（2）庆历五年：1045年。

（3）汴邑：汴州的一个城镇。

（4）至乎尔：来到这里。

送李材叔知柳州序

谈者谓南越偏且远，其风气与中州异，故官者皆不欲久居，往往车船未行，辄已屈指计归日。又咸小其官，以为不足事。其逆自为虑⁽¹⁾如此，故其至皆倾摇解驰，无忧且勤之心。其习俗从古而尔，不然，何自越与中国通已千余年，而名能抚循其民者，不过数人邪？故越与闽、蜀，始俱为夷，闽、蜀皆已变，而越独尚陋，岂其俗不可更与？盖吏者莫致其治教之意也。噫！亦其民之不幸也已。彼不知繇京师而之越，水陆之道皆安行，非若闽溪、峡江、蜀栈之不测。则均之吏于远，此非独优欤？其风气吾所谙之，与中州亦不甚异。起居不违其节，未尝有疾。苟违节，虽中州宁能不生疾邪？其物产之美，果有荔子、龙眼、蕉、柑、橄榄，花有素馨、山丹、含笑之属，食有海之百物，累岁之酒醋，皆绝于天下。人少斗讼，喜嬉乐。吏者唯其无久居之心，故谓之不可。如其有久居之心，奚不可邪？古之人为一乡一县，其德义惠爱尚足以薰蒸渐泽[2]。今大者专一州，岂当小其官而不事邪？令其得吾说而思之，人咸有久居之心，又不小其官，为越人涤其陋俗而驱[3]于治，居闽蜀上，无不幸之叹，其事出千余年之表，则其美之巨细可知也。然非其材之颖然迈于众人者不能也。官于南者多矣，予知其材之颖然迈[4]于众人，能行吾说者，李材叔而已。材叔又与其兄公翊仕同年，同用荐者为县，入秘书省，为著作佐郎[5]。今材叔为柳州，公翊为象州，皆同时，材又相若也。则二州交相致其政，其施之速、势之便，可胜道也夫！其越之人幸也夫！其可贺也夫！

【注释】

(1) 逆自为虑：预先替自己打算。

(2) 薰蒸渐泽：逐渐施以影响。

(3) 驱：即驱驰之意，引伸为奔走效力。

(4) 迈：超出。

(5) 秘书省，为著作佐郎：掌管图书资料的官署称秘书省；著作佐郎为著作郎的辅官，掌管修纂朝中每日政事所历。

送赵宏序

荆民[1]与蛮[2]合寇，潭[3]旁数州被其害。天子、宰相以潭重镇，守臣不胜任，为改用人。又不胜，复改之。守至，上书乞益兵。诏与抚兵⁽⁴⁾三百，殿直⁽⁵⁾天水赵君希道实护以往。希道雅与予接⁽⁶⁾，闲过予道潭之事。予曰：潭山川甲兵如何，食几何，贼众寡强弱如何，予不能知。能知书，书之载，若潭事多矣。或合数道⁽⁷⁾之兵以数万绝山谷而进，其势非不众且健也，然而卒歼焉者多矣。或单车独行，然而以克者相踵焉。顾其义信如何耳。致吾义信，虽单车独行，寇可以为无事，龚遂⁽⁸⁾、张纲⁽⁹⁾、祝良之类是也。义信不足以致之，虽合数道之兵，以数万卒歼焉，适重寇⁽¹⁰⁾耳，况致平邪？阳旻⁽¹¹⁾，裴行立⁽¹²⁾之类是也。则兵不能致平，致平者，在太守身也明矣。前之守者果能此，天子、宰相乌用易之？必易之，为前之守者不能此也。今往者复曰："乞益兵。"何其与书之云者异邪？予忧潭民之重困也，寇之益张也。往时潭吏与旁近郡蕲⁽¹³⁾力胜贼者，暴骸者、戮降者有之。今之往者将特不为是而已邪？抑犹不免乎为是也？天子、宰相任之之意其然邪？潭守近侍臣，使抚觇⁽¹⁴⁾潭者，郎吏、御史、博士相望。为我谂⁽¹⁵⁾其贤者曰：今之言古书往往曰迂，然书之事乃已试者也。事已试而施诸治，与时人之自用⁽¹⁶⁾，孰为得失耶？愚言倘可以乎？潭之患，今虽细，然大中、咸通⁽¹⁷⁾之间，南方之忧常剧矣，夫岂阶于大哉？为近臣、郎吏、御史、博士者，独得而不思也？希道固喜事者，因其行，遂次弟其语以送之。庆历六年五月日，曾巩序。

【注释】

（1）荆民：荆州这个地方的百姓。

（2）蛮：对南方少数民族的蔑称。

（3）潭：即潭州，今湖南长沙。

（4）抚兵：即镇乱之兵。

(5) 殿直：古代皇帝身边的侍从武官，即御前侍从。

(6) 接：交往。

(7) 道：即"路"，相当于今之省级建制。

(8) 龚遂：汉宣帝时任渤海太守，时值饥荒他单车独往，开仓济贫，劝为农桑。

(9) 张纲：东汉顺帝时任御史，后任广陵太守，曾成功地招降农民起义军张婴等人。

(10) 重寇：指不以"义信"安抚百姓，只顾血腥镇压，只会导致反抗的人越来越多。

(11) 阳旻：唐代人，字公素。历邢州刺史、易州刺史。宪宗时讨吴元济，累迁御史大夫。

(12) 裴行立：唐代人。任安南经略使。因平定少数民族起义有功，迁桂管观察使，安南都护。

(13) 蕲：即蕲州，今湖北蕲春县。

(14) 觇：侦伺。

(15) 谂：规谏，告知。

(16) 自用：谓不相信圣贤书中所说的，且已经被历史验证的话，而偏偏自以为是。

(17) 大中、咸通：唐懿宗两个年号，从859年至874年。

送王希序

巩庆历三年遇潜之⁽¹⁾于江西。始其色接吾目,已其言接吾耳,久其行接吾心,不见其非。吾爱也,从之游,四年间,巩于江西,三至焉。与之上滕王阁,泛东湖,酌马跑泉。最数游而久乃去者,大梵寺秋屏阁。阁之下百步为龙沙,沙之涯为漳水,水之西涯横出为西山,皆江西之胜处也。江西之州中,凡游观之可望者,多西山之见。见西山最正且尽者,唯此阁而已。使览登之美穷于此。乐乎,莫与为乐也。况龙沙漳水,水涯之陆陵⁽²⁾,人家园林之属⁽³⁾于山者莫不见,可见者不特西山而已,其为乐可胜道邪?故吾与潜之游其间,虽数且久不厌也。其计于心曰:奚独吾游之不厌也,将奉吾亲,托吾亲于是州,而游于是,以欢吾亲之心而自慰焉。未能自致也,独其情旦而作,夜而息,无顷焉忘也。病不游者期月矣,而潜之又遽去,其能不怃然⁽⁴⁾邪?潜之之将去,以书来曰:子能不言于吾行邪?使吾道潜之之美也,岂潜之相望意也?使以言相镌切⁽⁵⁾邪,视吾言不足进⁽⁶⁾也。视可进者,莫若道素与游之乐而惜其去,亦情之所不克已也,故云尔。嗟乎!潜之之去而之京师,人知其将光显也。光显者之心,于山水或薄,其异日肯尚从吾游于此乎?其岂独吾使也乎?六年八月日序。

【注释】

（1）庆历三年：1043年。潜之：王希，字潜之。

（2）陆陵：陆地和丘陵。

（3）属：连接。

（4）怃然：怅惘若失的样子。

（5）镌切：雕琢、凿刻。引申为勉励。

（6）不足进：不能够有所劝进。

喜似赠黄生序

五年⁽¹⁾时，某送别介卿⁽²⁾于洪州。黄生年十四五，在舟中出入吾二人之间，与众童子无异。其时从介卿于淮南，至者独言黄生敏且勤，自此黄生之能浸浸闻⁽³⁾。至介卿之门者，归⁽⁴⁾莫不爱其为人，而异其业之进⁽⁵⁾。介卿以书抵黄生之亲，亦骤称之。于是黄生之里人皆叹其善自致⁽⁶⁾，而畏且慕之。其大父虽已老，其母虽久寡居，闻黄生之进如此，虽在千里之外，犹朝夕侍其旁也。虽书信岁不过三四至，犹朝夕与之上下语也。非特如是也，其喜殆⁽⁷⁾甚于朝夕侍其旁，朝夕与之上下语也。何则？黄生在其家，无以异于众童子，一出而得大贤为之依归，遂以能闻于人，为其大父与母者，其独能勿喜乎？其不愈于朝夕侍其旁，朝夕与之上下语乎？予闻之亦喜甚。而予自洪州归，虽其身去介卿之侧，其心焦然，食息坐作，无顷焉不在介卿也。人有至自介卿之门者[8]，虽奴隶贱人，未尝不从之委曲反复问介卿起居状与其行事，得其所施为，虽小事皆识之，以自警且自慰也。初如此，时以谓介卿虽系职于扬[9]，不可以来视我，我幸布衣，有兄弟以养，可去而视介卿，或一年或二年，当复见之也。既别之明年，则欲经营家事而后去，不幸祖母病不起，遂不果行。明年返葬祖母于南丰，行事益以阔，而未之南丰时，予已病，虽病犹谓旦夕且愈，南丰归，可必于行也。既归，病几不可治，至于今且三年，虽幸可治，然气闭胸中，既食则不可坐，不可骑，而介卿方为县于鄞[10]，自抚之鄞，不可以舟通行，事愈未合也。然日孜孜念之，凡询介卿之事于人，虽奴隶贱人犹详焉。于奴隶贱人犹然，况衣冠降登，洁然为士者乎？况吾介卿朝夕所与居，教诲而称之者乎？故闻黄生之归也，日企而望之，庶乎其来视我也。居一日，黄生来，望其表，其步趋之节，揖让之容，固有似乎介卿者。入而视其色，听其言，其气愉愉而其音淳淳[11]，不似乎介卿者少矣。其学其归，得之乎介卿何多也。间而省其书，则又如出诸介卿之手。问介卿之事，皆能道其远者、大者焉。甚矣！黄生之似吾介卿也。吾得之，废食与寝而从之，吾喜也，惟恐其去我，而尚恨其来不早也！庄生[12]言见似人者而喜矣，信然哉！嗟乎黄生，岂特一时慰我也！于是知介卿之德，入人之深、化人之速也如此，使行其志于天下，何如哉？以从介卿于淮南者数人较之，不人人皆然，而黄生独然，则又知黄生之所自致者亦莘莘[13]绝众，使坚且久，其所至如何哉？因介卿之教诲、黄生之自致而思乎人莫不欲有立[14]，然而有贤父兄之渐泽[15]，而卒不入于善者，其自反于心如何也？亦思介卿之道德，于今为大备，而黄生为日进，独予断然不一二备而不尺寸进，比其少之时[16]缺且忘者众矣，其自愧于心如何也？以心之愧也，则欲重警戒自修。是介卿之教不独裕于黄生，黄生之自致不独裕于己，而皆有以及予也，其喜不又多乎？黄生勉之。如介卿者，方驾周孔之道行乎百代之下，而迫于百代之上者也，生之似介卿，宜求至乎是而止也。若予者，将从事于左右焉，介卿与生也，其能勿助乎[17]？因其然也，故历道之，作《喜似赠黄生》而示介卿，且将自省焉。

【注释】

（1）五年：即庆历五年，1045年。

（2）介卿：王安石，字介甫，爱之而称"介卿"。

（3）黄生之能浸浸闻：黄生的才能渐渐为人所知。

（4）归：回去之后。

（5）异其业之进：为他学业的迅速长进而感到惊奇。

（6）善自致：善于自我鞭策而达于某种境界。

（7）殆：大概，恐怕。

（8）人有至自介卿之门者：（一旦）有从王安石那里来的人。

（9）系职于扬：王安石当时任淮南节度判官，治所在扬州。

（10）为县于鄞：任鄞县县令。鄞县，今浙江宁波。

（11）愉愉：和颜悦色的神态。淳淳，朴实敦厚的样子。

（12）庄生：即庄子。

（13）荦荦：分明，明显。

（14）有立：有所成就。

（15）渐泽：逐渐润泽，浸染。

（16）少之时：少年时代。

（17）能勿助乎：能不帮助我吗？

叙　盗⁽¹⁾

盗三十人，凡十五发⁽²⁾。繇孙仙而下⁽³⁾，盗吴庆船者，杀人皆应斩；盗朱缟船者，赃重皆应绞，凡应死者十有八人。繇汤庆而下，或赃轻，或窃盗，或常自言⁽⁴⁾，凡应徒者⁽⁵⁾，十有二人。此有司之法也⁽⁶⁾。

今图之所见者，其名氏、税等、械器，与其发之日月，所盗之家、所取之财，至于人各别其凡若干发，皆旁行以见之。人各别其凡若干发者，又别之以朱⁽⁷⁾，欲览者之易晓也。吴庆之船，赃分为三，与吴庆、吴道之属有亲疏，居有异同。至于孙仙、汤庆之族属，以及十二人之所以得不死者，皆别见于图之上下，而狱之轻重详矣。

其创作兵仗⁽⁸⁾，合众以转劫数百里之间，至于贼杀良民⁽⁹⁾，此情状之尤可嫉者也⁽¹⁰⁾。

方五、六月之时，水之害甚矣，田畴既以荡溺矣⁽¹¹⁾，屋庐既以漂流矣。城郭之内，槖官粟以赈民⁽¹²⁾，而犹有不得食者。穷乡僻壤、大川长谷之间，自中家以上⁽¹³⁾，日昃持钱⁽¹⁴⁾，无告籴之所⁽¹⁵⁾，况于蹶短素困之人乎？方且结草苇以自托于坏堤毁埠之上⁽¹⁶⁾，有饥饿之迫，无乐生之情。其屡发而为盗，亦情状之有可哀者也。

《康诰》曰：杀越人于货，愍不畏死，凡民罔不憝。孟子以谓不待教而诛者也。是则杀人之盗，不待教而诛，此百王之所同，而未有知其所始者也。然而孔子曰："天下有道，盗其先变乎？"此谓养之既足⁽¹⁷⁾，导之既明，则为盗者知耻而自新。则非杀人之盗，有待教而诛者，此亦百王之所同，而未有知其所始者也。不待教而诛者，天下之所不得容也；待教而诛者，俟之之道既尽矣⁽¹⁸⁾，然后可以责之备也⁽¹⁹⁾。苟为养之既有不足，导之既有不明，俟之之道既有不尽矣。故凶年人食不足⁽²⁰⁾，而有起为盗贼者，天子尝密下宽大之令，许降其罪，而此非有司之法也。至杀人与赃重者亦不降，有司之法存焉，亦《康诰》之意也。

余当阅是狱，故具列其本末情状以览观焉，以明余之于是尽心矣。

【注释】

（1）叙：通"序"。

（2）发：举事，作案。

（3）繇：通"由"，从。

（4）常：通"尝"，曾经。　自言：坦白。

（5）徒：徒刑，古代刑法名，即拘禁使服劳役。

（6）有司：有关的管理机构，此指司法部门。　有：词首助词，无义。

（7）朱：红色。

（8）创作：制作，制造。　兵仗：兵器的总称。　仗：通"杖"。

（9）贼：杀害。

（10）嫉：憎恨。

（11）田畴：田地。　畴：特指种桑麻之田。　以：通"已"。荡溺：指被水冲激、淹没。

（12）粜官粟句：卖掉国家粮仓中的粮米，借以赈济灾民。　赈：

本作"振",救济。

(13) 中家:普通人家。

(14) 日昃:红日西斜,傍晚。

(15) 告籴:请求买米。 告:请求。

(16) 自托:使自己存身。 埤:小堤。

(17) 养:养生之物。

(18) 俟之之道:教育,等待的方法。 俟:等待。

(19) 责之备:要求他达到完美的程度。 责:要求。 备:全,完美。

(20) 凶年:灾荒年。

新序目录序

刘向所集次《新序》[1]三十篇,目录一篇,隋唐之世尚为全书,今可见者十篇而已。臣既考正其文字,因为其序论曰:古之治天下者,一道德,同风俗。盖九州之广,万民之众,千岁之远,其教已明,其习已成之后,所守者一道[2],所传者一说而已。故《诗》《书》之文,历世数十,作者非一,而其言未尝不相为终始,化之如此其至也[3]。当是之时,异行者有诛,异言者有禁,防之又如此其备也。故二帝三王[4]之际,及其中间尝更衰乱、而余泽[5]未熄之时,百家众说[6]未有能出于其间者也。及周之末世,先王之教化法度既废,余泽既熄,世之治方术者,各得其一偏。故人奋其私智,家尚其私学者,蜂起于中国,皆明其所长而昧其短,矜其所得而讳其失。天下之士各自为方而不能相通,世之人不复知夫学之有统、道之有归也。先王之遗文虽在,皆绌而不讲,况至于秦为世之所大禁哉!汉兴,六艺皆得于断绝残脱之余,世复无明先王之道以一之者。诸儒苟见传记百家之言,皆悦而向之。故先王之道为众说之所蔽,暗而不明,郁而不发。而怪奇可喜之论,各师异见,皆自名家者,诞漫于中国。一切不异于周之未世,其弊至于今尚在也。自斯以来,天下学者知折衷于圣人,而能纯于道德之美者,扬雄氏而止耳。如向之徒,皆不免乎为众说之所蔽,而不知有所折衷者也。孟子曰:"待文王而兴者,凡民也。豪杰之士,虽无文王犹兴。"汉之士岂特无明先王之道以一之者哉?亦其出于是时者,豪杰之士少,故不能特起于流俗之中、绝学之后也。盖向之序此书,于今为最近古,虽不能无失,然远至舜禹,而次及于周秦以来,古人之嘉言善行,亦往往而在也,要在慎取之而已。故臣既惜其不可见者,而校其可见者特详焉,亦足以知臣之攻其失者,岂好辩哉?臣之所不得已也。

【注释】

(1)《新序》:所录都是舜、禹至汉初年可以资政、可以警世的佚事。

(2) 所守者一道:即圣人之道。

(3) 化之如此其至也:教化达到如此境界。

(4) 二帝三王:尧、舜、禹、汤、文王。

(5) 余泽:圣德经衰乱之后的余光。

(6) 百家众说:战国诸子百家的言论、主张。

列女传目录序

刘向所叙《列女传》，凡八篇，事具《汉书》向列传。而《隋书》及《崇文总目》[1]皆称向《列女传》十五篇，曹大家[2]注。以《颂义》[3]考之，盖大家所注，离其七篇为十四，与《颂义》凡十五篇，而益以陈婴[4]母及东汉以来凡十六事，非向书本然[5]也。盖向旧书之亡久矣。嘉祐中，集贤校理苏颂[6]始以《颂义》为篇次，复定其书为八篇，与十五篇者并藏于馆阁[7]。而《隋书》以《颂义》为刘歆[8]作，与向列传不合。今验《颂义》之文，盖向之自叙。又《艺文志》有向《列女传颂图》[9]，明非歆作也。自唐之乱[10]，古书之在者少矣。而《唐志》录《列女传》凡十六家，至大家注十五篇者，亦无录，然其书今在。则古书之或有录而亡，或无录而在者，亦众矣，非可异哉！今校雠[11]其八篇及其十五篇者已定，可缮写。初，汉承秦之敝，风俗已大坏矣，而成帝后宫，赵卫之属尤自放。向以谓王政必自内始，故列古女善恶所以致兴亡者以戒天子，此向述作之大意也。其言大任[12]之娠文王也，目不视恶色，耳不听淫声，口不出敖言。又以谓古之人胎教者皆如此。夫能正其视听言动者，此大人之事，而有道者之所畏也。顾令天下之女子能之，何其盛也！以臣所闻，盖为之师傅[13]保姆之助，《诗》《书》图史之戒，珩璜琚瑀之节，威仪动作之度，其教之者虽有此具，然古之君子，未尝不以身化也。故《家人》之义归于反身，《二南》之业本于文王,夫岂自外至哉?世皆知文王之所以兴,能得内助,而不知其所以然者,盖本于文王之躬化,故内则后妃有《关雎》(14)之行,外则群臣有《二南》之美,与之相成。其推而及远,则商辛之昏俗,江汉之小国(15),兔罝之野人(16),莫不好善而不自知,此所谓身修故国家天下治者也。后世自学问之士,多徇于外物而不安其守,其家室既不见可法,故竞于邪侈,岂独无相成之道哉?士之苟于自恕,顾利冒耻而不知反己者,往往以家自累故也。故曰"身不行道,不行于妻子",信哉!如此人者,非素处显也,然去《二南》之风,亦已远矣,况于南向天下之主(17)哉?向之所述,劝戒之意,可谓笃矣,然向号博极群书,而此传称《诗·芣苢》《柏舟》《大车》之类,与今序《诗》者之说尤乖异,盖不可考。至于《式微》之一篇,又以谓二人之作。岂其所取者博,故不能无失欤?其言象计谋杀舜及舜所以自脱者,颇合于《孟子》。然此传或有之,而《孟子》所不道者,盖亦不足道也。凡后世诸儒之言经传者,固多如此,览者采其有补,而择其是非可也,故为之叙论以发其端云。

【注释】

(1)《崇文总目》:宋王尧臣等撰。宋以昭文、集贤、史馆为分藏秘书之处,称为"三馆"。

(2) 曹大家:即班昭,字惠姬,汉扶风安陵人。嫁于曹世叔。家,大家,对女子的尊称。

(3)《颂义》:《列女传》每篇之后有"颂",称为"颂义"。

(4) 陈婴:秦二世时为东阳令史。陈胜起兵后,东阳少年杀了县令,欲立陈婴为王,其母制止。后归于汉,封侯。

(5) 本然：本来的面目。

(6) 苏颂：字子容。晋江人，徙居丹阳。唐代有集贤殿校理，掌管校雠书籍之事。宋仍唐制，后改为秘书校理。

(7) 馆阁：馆，指招文馆、史馆、集贤馆；阁，指秘阁以及龙图、天章阁，藏经籍图书以及皇室各类文献。

(8) 刘歆：刘向之子，字子骏。与其父领校秘书。因与当时政要不合，出为太守。王莽称帝，引以为国师。

(9) 《列女传颂图》：《列女传》于每篇各颂其义，并图其状，故谓之"颂图"。

(10) 唐之乱：指天宝年间"安史之乱"。

(11) 校雠：校对文字。

(12) 大任：周文王之母，姓任。

(13) 师傅：教人以道曰师，傅其德义曰傅。

(14) 《关雎》：《诗经》之第一篇。被认为是述后妃之德的作品，为"风"之始，以之风天下而正夫妇。

(15) 江汉之小国：《诗·汉广》篇言，文王德被江汉，化后之民不思犯礼。

(16) 兔罝之野人："兔罝"，《诗经》之篇。兔罝：捕兔的网。这里指张网捕兔的人。

(17) 南向天下之主：人君皆南向而坐。

礼阁新仪目录序

《礼阁新仪》三十篇，韦公肃[1]撰，记开元以后至元和[2]之变礼[3]。史馆、秘阁及臣书[4]皆三十篇，集贤院书二十篇。以参相校雠，史馆、秘阁及臣书多复重，其篇少者八，集贤院书独具。然臣书有目录一篇，以考其次序，盖此书本三十篇，则集贤院书虽具，然其篇次亦乱。既正其脱谬，因定著从目录，而《礼阁新仪》三十篇复完。夫礼者，其本在于养人之性，而其用在于言动视听之间。使人之言动视听一于礼[5]，则安有放其邪心而穷于外物哉？不放其邪心，不穷于外物，则祸乱可息，而财用可充。其立意微，其为法远矣。故设其器，制其物，为其数，立其文，以待其有事者，皆人之起居、出入、吉凶、哀乐之具，所谓其用在乎言动视听之间者也。然而古今之变不同，而俗之便习[6]亦异，则法制数度，其久而不能无弊者，势固然也。故为礼者，其始莫不宜于当世，而其后多失而难遵，亦其理然也。失则必改制以求其当。故羲、农以来，至于三代，盖千有余岁，其所遭之变，所习之便不同，固已远矣。而议者不原[7]圣人制作之方，乃谓设其器，制其物，为其数，立其文，以待其有事，而为其起居、出入、吉凶、哀乐之具者，当一二以追先王之迹，然后礼可得而兴也。至其说之不可求，其制不可考，或不宜于人，不合于用，则宁至于漠然[8]而不敢为，使人之言动视听之间，荡然[9]莫之为节[10]，至患夫为罪者之不止，则繁于为法以御之。故法至于不胜其烦，而犯者亦至于不胜其众。岂不惑哉！盖上世圣人，有为耒耜⁽¹¹⁾者，或不为宫室；为舟车者，或不为棺椁。岂其智不足哉？以谓人之所未病者，不必改也。至于后圣有为宫室者，不以土处为不可变也；为棺椁者，不以葛沟为不可易也。岂好为相反哉？以谓人之所既病者不可因也。又至于后圣，则有设两观⁽¹²⁾而更采橡⁽¹³⁾之质，攻文梓⁽¹⁴⁾而易瓦棺之素，岂不能从俭哉？以谓人情之所好者能为之节，而不能变也。由是观之，古今之变不同，而俗之便习亦异，则亦屡变其法以宜之，何必一二以追先王之意而已，此制作之方也。故瓦樽之尚而薄酒⁽¹⁵⁾之用，太羹⁽¹⁶⁾之先而庶馐⁽¹⁷⁾之饱，一以为贵本⁽¹⁸⁾，一以为亲用⁽¹⁹⁾。则知有圣人作而为后世之礼者，必贵俎豆⁽²⁰⁾，而今之器用不废也；先弁冕⁽²¹⁾，而今之衣服不禁也，其推之皆然。然后其所改易更革，不至乎拂天下之势，骇天下之情，而固已合乎先王之意矣。是以羲、农以来，至于三代，礼未尝同，而制作之如此者，亦未尝异也。后世不推其如此，而或至于不敢为，或为之者特⁽²²⁾出于其势之不得已，故苟简而不能备，希阔⁽²³⁾而不常行，又不过用之于上⁽²⁴⁾，而未有加之于民者也。故其礼本在于养人之性，而其用在于言动视听之间者，历千余岁，民未尝得接于耳目，况于服习⁽²⁵⁾而安之者乎？至其陷于罪戾，则繁于为法以御之，其亦不仁也哉。此书所纪，虽其事已浅，然凡世之记礼者，亦皆有所本，而一时之得失具焉。昔孔子于告朔，爱其礼之存，况于一代之典籍哉？故其书不得不贵。因为之定著，以俟夫论礼者考而择焉。

【注释】

（1）韦公肃：唐朝京兆人，元和初为太常博士，奉敕草具仪典，卒于官。

(2)开元:唐玄宗年号(713—742)。

(3)变礼:经过变化、修改的礼仪及法则等。

(4)臣书:曾巩所修部分。

(5)使人之言动视听一于礼:用礼去规范人的言动视听。

(6)便习:自然形成的习惯。

(7)原:推究,查考;引申为"本原";制作之方,制定礼仪、制度的法则。

(8)漠然:冷淡,不相关的样子。

(9)荡然:空无着落的样子。

(10)节:分寸。

(11)耒耜:农具。耜用来挖土,耒为耜之柄。

(12)两观:古代帝王所居之处,每道门前竖两个高大建筑物,以

(13)采椽:采,为"棌",即栎木,以栎木为椽,谓为不尚奢华。

(14)文梓:古天子之棺以梓木为之。文,通"纹"。

(15)薄酒:淡味的酒。

(16)太羹:没经调和五味的肉汁。

(17)庶馐:各种美食。

(18)一以为贵本:一方面是为了珍视最初的传统。

(19)一以为亲用:一方面是

为了便于使用。

（20）俎豆：厨具，即案板。

（21）弁冕：即冠冕。

（22）特：仅，只。

（23）希阔：即疏阔之意。

（24）用之于上：只在社会上层推行。

（25）服习：习惯。

战国策目录序

刘向所定《战国策》三十三篇，《崇文总目》称第十一篇者阙。臣访之士大夫家，始尽得其书，正其误谬而疑其不可考者，然后《战国策》三十三篇复完。叙曰：向叙此书，言"周之先，明教化，修法度，所以大治。及其后，谋诈用，而仁义之路塞，所以大乱。"其说既美矣。卒[1]以谓"此书战国之谋士度[2]时君之所能行，不得不然。"则可谓惑于流俗，而不笃于自信也。夫孔孟之时，去周之初已数百岁，其旧法已亡，旧俗已熄久矣。二子乃独明先王之道，以谓不可改者，岂将强[3]天下之主以后世之所不可为哉？亦将因其所遇之时、所遭之变而为当世之法，使不失乎先王之意而已。二帝三王之治，其变固殊，其法固异，而其为国家天下之意，本末先后，未尝不同也。二子之道，如是而已。盖法者所以适变也，不必尽同；道者所以立本也，不可不一，此理之不易者也。故二子者守此，岂好为异论哉？能勿苟而已矣，可谓不惑乎流俗而笃于自信者也。战国之游士则不然，不知道之可信，而乐于说之易合，其设心注意，偷⁽⁴⁾为一切之计而已。故论诈之便而讳其败，言战之善而蔽其患，其相率而为之者，莫不有利焉，而不胜其害也；有得焉，而不胜其失也。卒至苏秦、商鞅、孙膑、吴起、李斯之徒以亡其身，而诸侯及秦用之者亦灭其国，其为世之大祸明矣，而俗犹莫之寤⁽⁵⁾也。惟先王之道，因时适变，为法不同，而考之无疵，用之无弊，故古之圣贤，未有以此而易彼也。或曰："邪说之害正也，宜放而绝之⁽⁶⁾，则此书之不泯⁽⁷⁾其可乎？"对曰：君子之禁邪说也，固将明其说于天下，使当世之人皆知其说之不可从，然后以禁，则齐⁽⁸⁾；使后世之人皆知其说之不可为，然后以戒，则明，岂必灭其籍哉？放而绝之，莫善于是。是以孟子之书，有为神农之言者，有为墨子之言者⁽⁹⁾，皆著而非之⁽¹⁰⁾。至于此书之作，则上继春秋，下至楚汉之起，二百四五十年之间，载其行事，固不可得而废也。此书有高诱注者二十一篇，或曰三十二篇，《崇文总目》存者八篇，今存者十篇云。

【注释】

（1）卒：最后。

（2）度，估计。

（3）强：勉强，强迫。

（4）偷：苟且，姑且。

（5）寤：觉悟，同"悟"。

（6）放而绝之：弃绝邪说。

（7）此书：害正之邪书；泯，灭、毁。

（8）齐：齐一。

（9）为墨子之言者：墨子，墨翟，战国时期宋人。主张兼爱，与儒家之说并行于当世。

（10）皆著而非之：对许行、墨子之主张，孟子都给予指明其害处而后加以驳斥。

陈书目录序

《陈书》六本纪，三十列传，凡三十六篇。唐散骑常侍⁽¹⁾姚思廉⁽²⁾撰。始，思廉父察⁽³⁾，梁、陈之史官也，录二代之事，未就而陈亡⁽⁴⁾。隋文帝⁽⁵⁾见察，甚重之，每就察访梁陈故事，察因以所论载，每一篇成辄奏之。而文帝亦遣虞世基⁽⁶⁾就察求其书，又未就而察死。察之将死，属思廉以继其业。唐兴，武德五年⁽⁷⁾，高祖以自魏至宋二百余岁，世统数更⁽⁸⁾，史事放逸⁽⁹⁾，乃诏论次⁽¹⁰⁾。而思廉遂受诏为《陈书》，久之犹不就。贞观三年⁽¹¹⁾，遂诏论撰于秘书省，十年正月壬子始上之。观察等之为此书，历三世，传父子，更数岁而后乃成，盖其难如此。然及其既成，与宋、魏、齐、梁等书，世亦传之者少，故学者于其行事之迹，亦罕得而详也。而其书亦以罕传，则自秘府所藏，往往脱误，嘉祐六年⁽¹²⁾八月始诏校雠⁽¹³⁾，使可镂板⁽¹⁴⁾，行之天下。而臣等言梁、陈等书缺，独馆阁所藏，恐不足以定著，顾诏京师及州县藏书之家，使悉上之。先皇帝⁽¹⁵⁾为下其事⁽¹⁶⁾，至七年冬稍稍始集。臣等以相校，至八年七月，《陈书》三十六篇者始校定，可传之学者。其疑者亦不敢损益，特各疏于篇末。其书旧无目录，列传[17]名氏多阙谬，因别为目录一篇，使览者得详焉。夫陈之为陈，盖偷[18]为一切之计，非有先王经纪礼义风俗之美、制治之法可章示后世。然而兼权尚计[19]，明于任使，恭俭爱人，则其始之所以兴；惑于邪臣，溺于嬖妾[20]，忘患纵欲，则其终之所以亡。兴亡之端，莫非自己致者。至于有所因造[21]，以为号令、威刑、职官、州郡之制，虽其事已浅，然亦各施于一时，皆学者之所不可不考也。而当时之士，争夺诈伪，苟得偷合之徒，尚不得不列以为世戒，而况于坏乱之中，仓皇之际，士之安贫乐义，取舍去就，不为患祸势利动其心者，亦不绝于其间。若此人者，可谓笃于善矣。盖古人之所思见而不可得，《风雨》之诗所为作者也，安可使之泯泯[22]不少概见于天下哉？则陈之史其可废乎？盖此书成之既难，其后又久不显，及宋兴已百年，古文遗事靡[23]不毕讲，而始得盛行于天下，列于学者，其传之之难又如此，岂非遭遇固自有时也哉！

【注释】

（1）散骑常侍：秦代设置散骑，又设中常侍。散骑陪伴天子乘舆；中常侍出入宫廷内外，侍卫左右。魏晋合二者为一，为散骑常侍，唐代分为左散骑常侍和右散骑常侍，分别隶属门下省和中书省。

（2）姚思廉：唐代武康人，本名简，人多称其字。

（3）察：字伯审。广闻博见，隋时为秘书丞。

（4）陈亡：陈霸先建国号为陈，历时三十二年，后主陈叔宝掌七年而亡其国，时589年。

（5）隋文帝：杨坚，弘农人。为隋开国皇帝。

（6）虞世基：浙江余姚人，字茂世。隋炀帝时为内史诗郎，专掌机密，后为宇文化及所杀。

(7) 武德五年：622年，武德，唐高祖李渊年号。

(8) 世统数更：改朝换代频繁。

(9) 放逸：散乱丢失。

(10) 论次：按顺序整理。

(11) 贞观三年：629年。贞观，唐太宗李世民年号。

(12) 嘉祐六年：1061年。嘉祐，宋仁宗年号。

(13) 校雠：校对检查脱、误之处。

(14) 镂板：即刻版。印刷之重要环节，板，即版。

(15) 先皇帝：即宋仁宗赵祯。

(16) 下其事：将曾巩的提议诏告大臣百姓。

(17) 列传：史书中的人物传记部分。

(18) 偷：苟简从事。

(19) 兼权尚计：弄权术，重计谋。

(20) 嬖妾：宫中小人，女人。指陈后主之妃张丽华之辈。

(21) 因造：因循或独创。

(22) 泯泯：隐没不彰。

(23) 靡：无。

南齐书目录序

《南齐书》八纪，十一志，四十列传，合五十九篇，梁萧子显撰。始，江淹[1]已为《十志》，沈约[2]又为《齐纪》，而子显自表武帝[3]，别为此书。臣等因校正其讹谬，而叙其篇目曰：将以是非得失兴坏理乱之故而为法戒，则必得其所托，而后能传于久，此史之所以作也。然而所托不得其人，则或失其意，或乱其实，或析理之不通，或设辞之不善，故虽有殊功懿德[4]非常之迹，将暗而不章[5]，郁而不发，而梼杌[6]嵬琐奸回凶慝之形，可幸而掩也。尝试论之，古之所谓良史者，其明必足周万事之理，其道必足以适天下之用，其智必足以通难知之意，其文必足以发难显之情，然后其任可得而称[7]也。何以知其然也？昔者唐虞[8]有神明之性，有微妙之德，使由之者不能知，知之者不能名，以为治天下之本。号令之所布，法度之所设，其言至约，其体至备，以为治天下之具，而为二典[9]者推而明之。所记者岂独其迹也？并与其深微之意而传之，大小精粗无不尽也，本末先后无不白也。使诵其说者如出乎其时，求其旨者如即乎其人。是可不谓明足以周万事之理，道足以适天下之用，知足以通难知之意，文足以发难显之情者乎？则方是之时，岂特任政者皆天下之士哉？盖执简操笔而随者，亦皆圣人之徒也。两汉以来，为史者去之远矣。司马迁从五帝三王既没数千载之后，秦火[10]之余，因[11]散绝残脱之经，以及传记百家之说，区区掇拾[12]，以集著其善恶之迹、兴废之端，又创己意，以为本纪、世家、八书、列传之文，斯亦可谓奇矣。然而蔽害天下之圣法，是非颠倒而采摭[13]谬乱者，亦岂少哉？是岂可不谓明不足以周万事之理，道不足以适天下之用，智不足以通难知之意，文不足以发难显之情者乎！夫自三代以后，为史者如迁[14]之文，亦不可不谓隽伟拔出之才、非常之士也。然顾以谓明不足以周万事之理，道不足以适天下之用，智不足以通难知之意，文不足以发难显之情者，何哉？盖圣贤之高致，迁固有不能纯达其情，而见之于后者矣，故不得而与[15]之也。迁之得失如此，况其他邪？至于宋、齐、梁、后魏、后周之书，盖无以议为也。子显之于斯文,喜自驰骋,其更改破析刻雕藻缋[16]之变尤多,而其文益下[17],岂夫材固不可以强而有邪?数世之史既然,故其事迹暧昧,虽有随世以就功名之君,相与合谋之臣,未有赫然得倾动天下之耳目,播天下之口者也。而一时偷夺倾危、悖礼反义之人,亦幸而不暴[18]著于世,岂非所托不得其人故也?可不惜哉!盖史者所以明夫治天下之道也,故为之者亦必天下之材,然后其任可得而称也。岂可忽[19]哉!岂可忽哉!

【注释】

(1) 江淹:444—505年。南朝梁济阳考城人。字文通。出身孤寒,历仕南朝宋、齐、梁三代。

(2) 沈约:441—513年。南朝宋武康人。字休文。博通群籍,善为文。历仕宋、齐、梁三代。

(3) 武帝:464—549年,南兰陵人。姓萧名衍,字叔达。

(4) 殊功韪德:非同一般的功业、德行。

(5) 章:同"彰",显大。

(6) 梼杌:传说中的凶兽名。

(7) 称:相称,称职。

(8) 唐虞:即唐尧、虞舜。上古时期的两位天子。

(9) 二典:即《尚书》中位于篇首的《尧典》与《舜典》。

(10) 秦火:即秦始皇"焚书坑儒"事件。

(11) 因:凭借,依据。

(12) 区区掇拾:一点一点地细心拾遗补缺。

(13) 采摭:采撷、拾取。

(14) 迁：即司马迁。

(15) 与：称赞，赞同。

(16) 缋：通"绘"，绘画。

(17) 益下：水平越发低下。

(18) 暴：披露。

(19) 忽：不留心，不重视。

唐令目录序

《唐令》⁽¹⁾三十篇，以常员⁽²⁾定职官之任，以府卫设师徒之备，以口分永业⁽³⁾为授田之法，以租庸调为敛财役民之制，虽未及三代之政，然亦庶几乎⁽⁴⁾先王之意矣。后世从事者多率其私见，故圣贤之道废而苟简之术用。太宗能超然远览，绌封伦而纳郑公⁽⁵⁾之议，其为天下国家之意，故能及此。而当是之时，遂成太平之功。使能推其类，尽其道，则唐之治，岂难至于三代之盛哉？读其书，嘉其制度有庶几于古者，而惜其不复行也。故掇其大要可纪者，论之于此焉。

【注释】

(1)《唐令》：唐代太宗时理政之各类法令集成之书。

(2) 常员：不变购员额。

（3）口分永业：按人口分给土地。永业，即土地等可永续利用的不动产。

（4）庶几乎：差不多达到。

（5）绌：废弃不用。封伦，即封德彝；郑公，即魏征，死后赠郑国公。

徐干中论目录序

臣始见馆阁及世所有徐干《中论》二十篇，以谓尽于此。及观《贞观政要》[1]，怪太宗称尝见干《中论·复三年丧》篇，而今书此篇阙。因考之《魏志》[2]，见文帝[3]称干著《中论》二十余篇，于是知馆阁及世所有干《中论》二十篇者，非全书也。干字伟长，北海人，生于汉魏之间。魏文帝称干"怀文抱质，恬淡寡欲，有箕山之志"。而《先贤行状》[4]亦称干"笃行体道，不耽世荣，魏太祖[5]特旌命之，辞疾不就，后以为上艾[6]长，又以疾不行。"盖汉承周衰及秦灭学之余，百氏杂家[7]与圣人之道并传，学者罕能独观于道德之要，而不牵于[8]俗儒之说。至于治心养性、去就语默之际，能不悖于理者，固希矣，况至于魏之浊世哉！干独能考六艺，推仲尼、孟轲之旨，述而论之。求其辞，时若有小失者；要其归[9]，不合于道者少矣。其所得于内者，又能信而充之，逡巡浊世[10]，有去就显晦之大节。臣始读其书，察其意而贤之。因其书以求其为人，又知其行之可贤也。惜其有补于世，而识之者少。盖迹[11]其言行之所至，而以世俗好恶观之，彼恶足以知其意哉！顾臣之力，岂足以重其书，使学者尊而信之？因校其脱谬，而序其大略，盖所以致臣之意焉。

【注释】

（1）《贞观政要》：唐吴兢所作。记述太宗与当时大臣魏征等人之间的问答之语，以垂戒后人。所载事迹与史录多有不合。

（2）《魏志》：西晋陈寿撰《三国志》，分为"魏志"、"蜀志"、"吴志"三部分。

（3）文帝：魏文帝曹丕。

（4）《先贤行状》：书名。

（5）魏太祖：即曹操。其长子曹丕称帝，追尊为武帝，庙号太祖。

（6）上艾：古县名，在今山西平定县东南。

（7）百氏杂家：战国时期儒家学说之外的其它学说。

（8）不牵于：不受……牵累。

（9）要其归：总观他学说的根本旨归。

（10）逡巡浊世：徘徊往来于黑暗的世道当中。

（11）迹：名词动用，跟踪考察之意。

说苑目录序

刘向所序《说苑》二十篇，《崇文总目》云："今存者五篇，余皆亡。"臣从士大夫间得之者十有三篇，与旧为十有八篇，正其脱谬，疑者阙之⁽¹⁾，而叙其篇目曰：向采传记、百家所载行事之迹，以为此书。奏之欲以为法戒⁽²⁾，然其所取，往往不当于理，故不得而不论也。夫学者之于道，非知其大略之难也，知其精微⁽³⁾之际固难矣。孔子之徒三千，其显者七十二人，皆高世之材也，然独称颜氏之子⁽⁴⁾，其殆庶几乎？及回死，又以谓无好学者。而回亦称夫子曰："仰之弥高，钻之弥坚。"子贡又以谓夫子之言性与天道，不可得而闻也。则其精微之际，固难知久矣。是以取舍不能无失于其间也，故曰"学然后知不足"，岂虚言哉！向之学博矣，其著书及建言，尤欲有为于世，忘其枉己而为之者有矣，何其徇物⁽⁵⁾者多而自为者⁽⁶⁾少也，盖古之圣贤非不欲有为也，然而曰求之有道，得之有命。故孔子所至之邦⁽⁷⁾，必闻⁽⁸⁾其政，而子贡以谓非夫子之求之也，岂不求之有道哉？子曰："道之将行也与，命也；道之将废也与，命也。"岂不得之有命哉？令向之出此⁽⁹⁾，安于行止，以彼其志，能择其所学，以尽乎精微，则其所至未可量也。是以孔子称古之学者为己⁽¹⁰⁾，孟子称君子欲其自得之，自得之，则取之左右逢其原，岂汲汲于外⁽¹¹⁾哉？向之得失如此，亦学者之戒也。故见之叙论⁽¹²⁾，令读其书者，知考而择之也。然向数困于谗而不改其操，与夫患失之者异矣，可谓有志者也。

【注释】

(1) 疑者阙之：可疑为非刘向所作的，不纳入其中。

(2) 法戒：意为可供效仿或警戒的范例。

(3) 精微：精深、隐微。

(4) 颜氏之子：即颜回。

(5) 徇物：接受外部条件的影响。

（6）自为者：坚持自己主张而写成的作品。

（7）邦：指春秋时期各诸侯国。

（8）闻：有"访"的含义。

（9）出此：从此出发。

（10）为己：为了丰富自己。

（11）汲汲于外：意为急切地依赖于外部条件。

（12）见之叙论：把我的这种见解写在叙论中。

越州鉴湖图序

鉴湖，一曰南湖，南并山(1)，北属州城漕渠(2)，东西距江(3)，汉顺帝永和五年(4)，会稽太守马臻之所为也(5)，至今九百七十有五年矣。其周三百五十有八里，凡水之出于东南者皆委之(6)。州之东，自城至于东江，其北堤石椑二(7)，阴沟十有九，通民田，田之南属漕渠，北、东、西属江者皆溉之；州之东六十里，自东城至于东江，其南堤阴沟十有四，通民田，田之北抵漕渠，南并山，西并堤，东属江者皆溉之；州之西三十里，曰"柯山斗门"，通民田，田之东并城，南并堤，北滨漕渠，西属江者皆溉之。总之，溉山阴、会稽两县十四乡之田九千顷。非湖能溉田九千顷而已，盖田之至江者尽于九千顷也。其东曰"曹娥斗门"，曰"蒿口斗门"，水之循南堤而东者，由之以入于东江；其西曰"广陵斗门"，曰"新迳斗门"，水之循北堤而西者，由之以入于西江。其北曰"朱储斗门"，去湖最远。盖因三江之上、两山之间，疏为二门⁽⁸⁾，而以时视田中之水，小溢则纵其一，大溢则尽纵之，使入于三江之口。所谓湖高于田丈余，田又高海丈余，水少则洩浊湖溉田⁽⁹⁾，水多则洩田中水入海，故无荒废之田、水旱之岁者也。繇汉以来几千载⁽¹⁰⁾，其利未尝废也。

宋兴，民始有盗湖为田者。祥符之间二十七户⁽¹¹⁾，庆历之间二户⁽¹²⁾，为田四顷。当是时，三司转运司犹下书切责州县，使复田为湖。然自此吏益慢法，而奸民浸起⁽¹³⁾，至于治平之间⁽¹⁴⁾，盗湖为田者凡八千余户，为田七百余顷，而湖废几尽矣⁽¹⁵⁾。其仅存者，东为漕渠，自州至于东城六十里，南通若耶溪⁽¹⁶⁾，自樵风泾至于桐坞，十里皆水，广不能十余丈，每岁少雨，田未病而湖盖已先涸矣。

自此以来，人争为计说⁽¹⁷⁾。蒋堂则谓宜有罚以禁侵耕，有赏以开告者⁽¹⁸⁾。杜杞则谓盗湖为田者⁽¹⁹⁾，利在纵湖水⁽²⁰⁾，一雨则放声以动州县⁽²¹⁾，而斗门辄发。故为之立石则水⁽²²⁾，一在五云桥，水深八尺有五寸，会稽主之；一在跨湖桥，水深四尺有五寸，山阴主之。而斗门之钥，使皆纳于州，水溢则遣官视则，而谨其闭纵。又以谓宜益理堤防斗门，其敢田者拔其苗，责其力以复湖，而重其罚，犹以为未也，又以谓宜加两县之长以提举之名⁽²³⁾，课其督察而为之殿最⁽²⁴⁾。吴奎则谓每岁农隙，当僦人濬湖⁽²⁵⁾，积其泥涂以为丘阜⁽²⁶⁾，使县主役，而州与转运使、提点刑狱督摄赏罚之⁽²⁷⁾。张次山则谓湖废⁽²⁸⁾，仅有存者难卒复⁽²⁹⁾，宜益广漕路及他便利处，使可漕及注民田里，置石柱以识之⁽³⁰⁾，柱之内禁敢田者。刁约则谓宜斥湖三之一与民为田⁽³¹⁾，而益堤使高一丈，则湖可不开，而其利自复。范师道、施元长则谓重侵耕之禁，犹不能使民无犯，而斥湖与民，则侵者孰御？又以湖水较之，高于城中之水，或三尺有六寸，或二尺有六寸，而益堤壅水使高，则水之败城郭、庐舍可必也。张伯玉则谓日役五千人濬湖⁽³²⁾，使至五尺，当十五岁毕,至三尺,当九岁毕,然恐工起之日,浮议外摇[33],役夫内溃,则虽有智者,犹不能必其成。若日役五千人,益堤使高八尺,当一岁毕。其竹木之费,凡九十二万有三千,计越之户二十万有六千,赋之而复其租,其势易足,如此,则利可坐收,而人不烦弊[34]。陈宗言、赵诚复以水势高下难之[35],又以谓宜修吴奎之议,以岁月复湖。当是时,都水善其言[36],又以谓宜增赏罚之令。

其为说如此,可谓博矣。朝廷未尝不听用而著于法,故罚有自钱三百至于千,又至于五万,刑有自杖百至于徒二年[37],其文可谓密矣。然而田者不止而日愈多,湖不加濬而日愈废,其故何哉?法令不行,而苟且之俗胜也。

昔谢灵运从宋文帝求会稽回踵湖为田,太守孟𫖮不听,又求休崲湖为田,𫖮又不听,灵运至以语诋之[38]。则利于请湖为田,越之风俗旧矣。然南湖繇汉历吴、晋以来,接于唐,又接于钱镠父子之有此州[39],其利未尝废者。彼或以区区之地当天下[40],或以数州为镇,或以一国自王,内有供养禄廪之须,外有贡输问遗之奉,非得晏然而已也。故强水土之政以力本利农[41],亦皆有数,而钱镠之法最详,至今尚多传于人者。则其利之不废,有以也[42]。

近世则不然,天下为一,而安于承平之故[43],在位者重举事而乐因循[44]。而请湖为田者,其语言、气力往往足以动人。至于修水土之利,则又费材动众,从古所难。故郑国之役,以谓足以疲秦,而西门豹之治邺渠,人亦以为烦苦,其故如此。则吾之吏,孰肯任难当之怨,来易至之责,以待未然之功乎?故说虽博而未尝行,法虽密而未尝举,田者之所以日多,湖之所以日废,繇是而已。故以谓法令不行,而苟且之俗胜者,岂非然哉!

夫千岁之湖,废兴利害,较然易见[45]。然自庆历以来三十余年,遭吏治之因循,至于既废,而世犹莫窹其所以然,况于事之隐微难得⁽⁴⁶⁾,而考者緐苟简之故,而弛坏于冥冥之中,又可知其所以然乎?

今谓湖不必复者,曰湖田之入既饶矣⁽⁴⁷⁾,此游谈之士为利于侵耕者言之也⁽⁴⁸⁾。夫湖未尽废,则湖下之田旱,此方今之害⁽⁴⁹⁾,而众人之所睹也;使湖尽废,则湖之为田亦旱矣,此将来之害,而众人之所未睹也。故曰,此游谈之士为利于侵耕者言之,而非实知利害者也。谓湖不必濬者,曰益堤壅水而已⁽⁵⁰⁾,此好辨之士为乐闻苟简者言之也⁽⁵¹⁾。夫以地势较之,壅水使高,必败城郭,此议者之所已言也。以地势较之,濬湖使下,然后不失其旧;不失其旧,然后不失其宜,此议者之所未言也。又山阴之石则为四尺有五寸,会稽之石则几倍之,壅水使高,则会稽得尺,山阴得半,地之洼隆不并⁽⁵²⁾,则益堤未为有补也。故曰,此好辨之士为乐闻苟简者言之,而又非实知利害者也。

二者既不可用,而欲禁侵耕,开告者,则有赏罚之法矣;欲谨水之畜洩,则有闭纵之法矣;欲痛绝敢田者,则拔其苗,责其力以复湖,而重其罚,又有法矣;或欲任其责于州县与转运使、提点刑狱,或欲以每岁农隙濬湖,或欲禁田石柱之内者,又皆有法矣。欲知濬湖之浅深,用工若干,为日几何⁽⁵³⁾;欲知增堤竹木之费几何,使之安出⁽⁵⁴⁾;欲知濬湖之泥涂积之何所,又已计之矣。欲知工起之日,或浮议外摇,役夫内溃,则不可以必其成,又已论之矣。诚能收众说而考其可否,用其可者,而以在我者润泽之,令言必行、法必举,则何功之不可成,何利之不可复哉?

巩初蒙恩通判此州⁽⁵⁵⁾,问湖之废兴于人,未有能言利害之实者。及到官,然后问图于两县,问书于州与河渠司⁽⁵⁶⁾,至于参核之而图成⁽⁵⁷⁾,熟究之而书具⁽⁵⁸⁾,然后利害之实明。故为论次,庶夫计议者有考焉⁽⁵⁹⁾。熙宁二年冬卧龙斋。

【注释】

(1) 并：通"傍"，靠近。

(2) 属：连接。 漕渠：运粮的水道。

(3) 距：至，到达。

(4) 汉顺帝永和五年：公元140年。 永和：汉顺帝年号。

(5) 会稽：山名。在浙江省绍兴县东南，此指会稽郡。

(6) 委：积，汇聚。

(7) 石楗：用石块垒成的泄水闸。 楗：泄水器具。

(8) 疏：开拓，清除。

(9) 洩：同"泄"。

(10) 繇：同"由"。

(11) 祥符之间：公元1008年至1016年。 祥符：即大中祥符，宋真宗年号。

(12) 庆历之间：公元1041年至1048年。 庆历：宋仁宗年号。

(13) 浸：渐。

(14) 治平之间：公元1064年至1067年。 治平：宋英宗年号。

(15) 几：几乎。

(16) 若耶溪：溪名。在若耶山下。相传西施曾浣纱于此，故又名"浣纱溪"。溪在浙江省绍兴县东南。

(17) 计说：出谋划策。

(18) 有赏以开告者：对告发开湖为田之事的人则予以奖赏。

(19) 杜杞：字伟长，父镐，荫补将作监主簿，知建阳县，为两浙转运使。

(20) 利在纵湖水：对我们有利的是，开闸放湖水淹田。

(21) 放声：扬言，四处声张。

(22) 则：标志。

(23) 长：大县长官称"令"，小县长官称"长"。 提举：宋官名，此指兼职，如提举水利等官。

(24) 课：考核，考察。 殿最：古代考核军功或政绩时，以上等为最，下等为殿。

(25) 僦：雇佣。 濬：疏浚，疏通。同"浚"。

(26) 泥涂：淤泥。 丘阜：山丘。

(27) 提点刑狱：官名，掌察一路刑狱。 督摄：督促、管理。

(28) 张次山：人名，待考。

(29) 卒：很快，短时间，通"猝"。

(30) 识：记，通"志"。

(31) 刁约：人名，其生平，待考。 斥：废弃。

(32) 张伯玉：人名，其生平，待考。

(33) 浮议：到处流传而没有根据的议论。

(34) 烦弊：疲劳，劳累。 弊：疲困。

(35) 陈宗言：人名，其生平，待考。 赵诚：人名，其生平，待考。

(36) 都水：官名。宋设都水监，判监事一人，掌中外川泽、河渠、津梁、堤堰疏凿浚治之事。 善：赞同。

(37) 杖：杖刑，用大荆条、大竹板或棍棒抽击人的背、臀或腿部。自隋起，定为五刑（笞、杖、徒、流、死）之一。 徒：徒刑，拘禁罚使劳作之刑。

(38) 诋：毁谤，诬蔑。

(39) 钱镠：五代十国时，吴越王。

(40) 当：对抗，抗衡。

(41) 力本利农：加强农业这一根本，为农民提供便利。

(42) 以：缘故，原因。

(43) 承平：长时间的太平局面。

(44) 因循：守旧法而不知变更。

(45) 较然：显明貌。

(46) 隐微：隐晦，深奥。

(47) 入：收获。 饶：多，丰富。

(48) 游谈之士：善于辞令、游说之人。

(49) 方今：当今，现在。

(50) 益堤壅水：增高堤坝，堵截水流。

(51) 苟简：草率而简略。

(52) 洼隆不并：高低不同。 隆：高。

(53) 为日几何：需要多少时间。 几何：多少。

(54) 安：何，什么地方。

(55) 通判：官名，掌监察府长官。

(56) 书：此指地理志。 河渠司：官署名，原隶三司，后为都水监。

(57) 参核：参考、核实。

(58) 熟究：仔细探讨。 具：完备。此指地理志的记载详细完备。

(59) 庶：幸，希望。 夫：语助词，无义。

先大夫集后序

公[1]所为书,号《仙凫羽翼》者三十卷,《西陲要纪》者十卷,《清边前要》五十卷,《广中台志》八十卷,《为臣要纪》三卷,《四声韵》五卷,总一百七十八卷,皆刊行于世。今类次诗赋书奏一百二十三篇,又自为十卷,藏于家。方五代之际,儒学既擯焉,后生小子,治术业于闾巷[2],文多浅近。是时公虽少,所学已皆知治乱得失兴坏之理,其为文闳深隽美,而长于讽谕,今类次乐府已下是也。宋既平天下,公始出仕。当此之时,太祖、太宗已纲纪大法矣,公于是勇言当世之得失。其在朝廷,疾当事者不忠,故凡言天下之要,必本天子忧怜百姓、劳心万事之意,而推大臣从官执事之人,观望怀奸,不称天子属任之心,故治久未洽,至其难言,则人有所不敢言者。虽屡不合而出,其所言益切,不以利害祸福动其意也。始公尤见奇于太宗,自光禄寺丞、越州监酒税[3]召见,以为直史馆[4],遂为两渐转运使。未久而真宗即位,益以材见知。初试以知制诰[5],及西兵起,又以为自陕以西经略判官[6]。而公常激切论大臣,当时皆不悦,故不果用。然真宗终感其言,故为泉州,未尽一岁,拜苏州,五月,又为扬州。将复召之也,而公于是时又上书,语斥大臣尤切,故卒以龃龉终[7]。公之言,其大者,以自唐之衰,民穷久矣,海内既集,天子方修法度,而用事者尚多烦碎,治财利之臣又益急,公独以谓宜遵简易、罢管权⁽⁸⁾，以与民休息，塞天下望⁽⁹⁾。祥符⁽¹⁰⁾初，四方争言符应，天子因之，遂用事泰山⁽¹¹⁾，祠汾阴⁽¹²⁾，而道家之说亦滋甚，自京师至四方，皆大治宫观⁽¹³⁾。公益诤，以谓天命不可专任，宜绌奸臣，修人事，反复至数百千言。呜呼！公之尽忠，天子之受尽言，何必古人。此非传之所谓主圣臣直者乎？何其盛也！何甚盛也！公在两浙，奏罢苛税二百三十余条。在京西，又与三司⁽¹⁴⁾争论，免民租，释逋负⁽¹⁵⁾之在民者，盖公之所试如此。所试者大，其庶几矣。公所尝言甚众，其在上前及书亡者，盖不得而集。其或从或否，而后常可思者，与历官行事，庐陵欧阳公已铭公之碑特详焉，此故不论，论其不尽载者。公卒以龃龉终，其功行或不得在史氏记，借令记之⁽¹⁶⁾，当时好公者少，史其果可信欤？后有君子欲推而覈⁽¹⁷⁾之，读公之碑与其书，及余小子之序其意者，具见其表里，其于虚实之论可核矣。公卒乃赠谏议大夫⁽¹⁸⁾。姓曾氏，讳某，南丰人。序其书者，公之孙巩也。至和元年⁽¹⁹⁾十二月二日谨序。

【注释】

（1）公：即"先大夫"。曾巩祖父曾致尧，字正臣。太平兴国八年进士，官秘书丞，出任两浙转运使，累迁至户部郎中，右谏议大夫。

（2）闾巷：即乡里。

（3）越州监酒税：掌管绍兴一带茶盐酒类国家专卖产品的生产、征输等事。

（4）直史馆：掌管修编日历以及管理图书等事。

（5）知制诰：负责为皇帝起草诏书文告等事务，为清要职位。

（6）西经略判官：据史载：真宗咸平五年，西夏李继迁犯边，朝廷任命张齐贤为泾原、邠宁、环庆等路经略使,选曾致尧为判官。

(7) 以龃龉终:因为与宰相不合而未得赴任。

(8) 罢管榷:取消官方专卖。榷,专营、专卖。

(9) 塞天下望:满足天下人的愿望。

(10) 祥符:即大中祥符,真宗年号。

(11) 用事泰山:往泰山封禅。

(12) 祠汾阴:在汾阴祭祀土地神。汾阴,在今山西荣河县北。祭祀之事在祥符四年二月。

(13) 宫观:道家的修行场所。

(14) 三司:宋代沿唐制,盐铁使、度支使、户部使为管理财政之官。太平兴国八年,分置三司由三司使总管,号称计相。

(15) 逋负:拖欠。

(16) 借令记之:假设当时有人下来。

(17) 覈:考查、核实。

(18) 谏议大夫:掌管议论、谏诤的官员。

(19) 至和元年:1054年。至和,仁宗年号。

王深父文集序

深父,吾友也,姓王氏,讳回。当先王之迹熄[1],六艺残缺[2],道术衰微,天下学者无所折衷[3]。深父于是时奋然独起,因[4]先王之遗文以求其意,得之于心,行之于己,其动止语默必考于法度,而穷达得丧不易其志也。文集二十卷,其辞反复辨达,有所开阐(5),其卒(6)盖将归于简也。其破去百家传注推散缺不全之经,以明圣人之道于千载之后,所以振斯文于将坠,回学者于既溺,可谓道德之要言,非世之别集而已也。后之潜心于圣人者,将必由是而有得,则其于世教(7),岂小补之而已哉?呜呼!深父其志方强,其德方进,而不幸死矣,故其泽不加于天下,而其言止于此,然观其所可考者,岂非孟子所谓名世者欤?其文有片言半简,非大义所存,皆附而不去(8)者,所以明深父之于其细行(9),皆可传于世也。深父,福州侯官县人,今家于颍(10)。尝举进士,中其科,为亳州卫真县主簿。未一岁弃去,遂不复仕。卒于治平二年(11)之七月二十八日,年四十有三。天子尝以某军节度推官知陈州南顿县事,就其家命之(12),而深父既卒矣。

【注释】

(1) 当先王之迹熄:该句谓先生之遗烈流风已荡然无存。

(2) 六艺残缺:礼、乐、射、御、书、数谓之六艺。

(3) 折衷:调和上下,取其中正,无所偏颇。

(4) 因:依据,凭借。

(5) 开阐:拓展、阐发。

(6) 卒:最终。

(7) 世教:即社会教化。

(8) 附而不去:即附在集里而不剔除出去。

(9) 细行:品行的细微之处。

(10) 颍:即颍州。

(11) 治平二年:1065年。治平,宋英宗赵曙年号。

(12)就其家命之：到他家宣布任命。

王子直文集序

至治之极⁽¹⁾，教化既成，道德同而风俗一，言理者虽异人殊世，未尝不同其指⁽²⁾。何则？理当故无二也。是以《诗》《书》之文，自唐虞以来，至秦鲁之际，其相去千余岁，其作者非一人，至于其间尝更衰乱，然学者尚蒙余泽⁽³⁾，虽其文数万，而其所发明⁽⁴⁾，更相表里⁽⁵⁾，如一人之说，不知时世之远，作者之众也。呜呼！上下之间，渐磨陶冶，至于如此，岂非盛哉！自三代教养之法废，先王之泽熄，学者人人异见⁽⁶⁾，而诸子各自为家，岂其固相反哉？不当于理，故不能一也。由汉以来，益远于治⁽⁷⁾。故学者虽有魁奇拔出之材，而其文能驰骋上下，伟丽可喜者甚众，然是非取舍，不当于圣人之意者亦已多矣。故其说未尝一，而圣人之道未尝明也。士之生于是时，其言能当于理者，亦可谓难矣。由是观之，则文章之得失，岂不系于治乱哉？长乐⁽⁸⁾王向字子直，自少已著文数万言，与其兄弟俱名闻天下，可谓魁奇拔出之材，而其文能驰骋上下，伟丽可喜者也。读其书，知其与汉以来名能文者，俱列于作者之林，未知其孰先孰后。考其意，不当于理者亦少矣。然子直晚自以为不足，而悔其少作。更欲穷探力取，极圣人之指要⁽⁹⁾，盛行则欲发而见之事业，穷居则欲推而托之于文章，将与《诗》《书》之作者并，而又未知孰先孰后也。然不幸蚤世⁽¹⁰⁾，故虽有难得之材，独立之志，而不得及其成就，此吾徒⁽¹¹⁾与子直之兄回字深父所以深恨⁽¹²⁾于斯人也。子直官世行治⁽¹³⁾，深父已为之铭。而书其数万言者，属予为叙。予观子直之所自见者⁽¹⁴⁾，已足暴于世⁽¹⁵⁾矣，故特为之序其志云。

【注释】

（1）至治之极：治理得极好的社会。

（2）同其指：意图相同。

（3）蒙余泽：承受其余下来的德泽。

（4）发明：发挥，阐明。

（5）相表里：表里如一。

（6）异见：持不同见解。

（7）益远于治：离治世盛况越来越远。

（8）长乐：县名，在福建省。

（9）极圣人之指要：穷究圣人思想的深刻含义。

（10）蚤世：过早去世。

（11）吾徒：我们这类人。

（12）深恨：深深地遗憾、惆怅。

（13）官世行治：官品、家世、德行、政绩。

（14）所自见者：用来自我表露的。指文章，作品。

（15）暴于世：展示给世人。

苏洵卷

上皇帝书

嘉祐三年十二月一日,眉州布衣⁽¹⁾臣苏洵谨顿首再拜,冒万死上书皇帝阙下⁽²⁾。臣前月五日,蒙本州录到中书札子,连牒臣⁽³⁾,以两制议上翰林学士欧阳修奏臣所著《权书》、《衡论》、《几策》二十篇,乞赐甄录⁽⁴⁾。陛下过听,召臣试策论舍人院⁽⁵⁾,仍令本州发遣臣赴阙。臣本田野匹夫,名姓不登于州闾。今一旦卒然被召,实不知其所以自通于朝廷。承命悸恐,不知所为。以陛下躬至圣之资,又有群公卿之贤,与天下士大夫之众,如臣等辈,固宜不少,有臣无臣,不加损益。臣不幸有负薪之疾,不能奔走道路,以副⁽⁶⁾陛下搜扬之心,忧惶负罪,无所容处。臣本凡才,无路自进。当少年时,亦尝欲侥幸于陛下之科举,有司以为不肖,辄以摈落。盖退而处者,十有余年矣。今虽欲勉强扶病戮力，亦自知其疏拙，终不能合有司之意。恐重得罪，以辱明诏。且陛下所为千里而召臣者，其意以臣为能有所发明，以庶几有补于圣政之万一。而臣之所以自结发读书，至于今兹，犬马之齿几已五十，而犹未敢废者，其意亦欲效尺寸于当时，以快平生之志耳。今虽未能奔伏阙下，以累有司，而犹不忍默默卒无一言而已也。天下之事，其深远切至者，臣自惟疏贱，未敢遽言；而其近而易行，浅而易见者，谨条为十通，以塞明诏。

其一曰：臣闻利之所在，天下趋之。是故千金之子欲有所为，则百家之市无宁居者。古之圣人，执其大利之权，以奔走天下，意有所向，则天下争先为之。今陛下有奔走天下之权而不能用，何则？古者赏一人而天下劝[7]，今陛下增秩拜官，动以千计，其人皆以为己所自致，而不知戮力以报上之恩。至于临事，谁当效用？此由陛下轻用其爵禄，使天下之士积日持久而得之。譬如佣力之人，计工而受直，虽与之千万，岂知德其主哉？是以虽有能者，亦无所施，以为谨守绳墨，足以自致高位。官吏繁多，溢于局外，使陛下皇皇汲汲求以处之，而不暇择其贤不肖，以病陛下之民，而耗竭大司农之钱谷。此议者所欲去而未得也。臣窃思之，盖今制天下之吏，自州县令录幕职而改京官者，皆未得其术，是以若此纷纷也。今虽多其举官而远其考，重其举官之罪，此适足以隔贤者而容不肖。且天下无事，虽庸人皆足以无过，一旦改官，无所不为。彼其举者曰："此廉吏，此能吏。"朝廷不知其所以为廉与能也，幸而未有败事，则长为廉与能矣。虽重其罪，未见有益。上下相蒙，请托公行。苟官六七考，求举主五六人，此谁不能者？臣愚以为，举人者当使明著其迹曰：某人廉吏也，尝有某事以知其廉；某人能吏也，尝有某事以知其能。虽不必有非常之功，而皆有可纪之状，其特曰廉能而已者不听。如此，则夫庸人虽无罪而不足称者不得入其间，老于州县，不足甚惜。而天下之吏必皆务为可称之功，与民兴利除害，惟恐不出诸己。此古之圣人所以驱天下之人，而使争为善也。有功而赏，有罪而罚，其实一也。今降官罢任者，必奏曰某人有某罪，其罪当然，然后朝廷举而行之。今若不著其所犯之由，而特曰此不才贪吏也，则朝廷安肯以空言而加之罪？今又何独至于改官而听其空言哉？是不思之甚也。或以为如此，则天下之吏，务为可称，用意过当，生事以为己功，渐不可长。臣以为不然。盖圣人必观天下之势而为之法。方天下初定，民厌劳役，则圣人务为因循[8]之政与之休息；及其久安而无变，则必有不振之祸。是以圣人破其苟且之心，而作其怠惰之气。汉之元、成，惟不知此，以至于乱。今天下少惰矣，宜有以激发其心，使踊跃于功名，以变其俗。况乎冗官纷纭如此，不知所以节之，而又何疑于此乎？且陛下与天下之士相期于功名，而毋苟得，此待之至深也。若其宏才大略，不乐于小官而无闻焉者，使两制得以非常举之，此天下亦不过几人而已。吏之有过而不得迁者，亦使得以功赎，如此，亦以示陛下之有所推恩，而不惟艰之也。

其二曰：臣闻古者之制爵禄，必皆孝弟忠信，修洁博习，闻于乡党，而达于朝廷以得之。及其后世不然，曲艺小数，皆可以进。然其得之也，犹有以取之，其弊不若今之甚也。今之用人最无谓者，其所谓任子[9]乎。因其父兄之资以得大官，而又任其子弟，子将复任其孙，孙又任其子，是不学而得者尝无穷也。夫得之也易，则其失之也不甚惜。以不学之人，而居不甚惜之官，其视民如草芥也固宜。朝廷自近年始有意于裁节，然皆知损之而未得其所损，此所谓制其末而不穷其源，见其粗而未识其精，侥幸之风少衰而犹在也。夫圣人之举事，不惟曰利而已，必将有以大服天下之心。今欲有所去也，必使天下知其所以去之之说，故虽尽去而无疑。何者？恃其说明也。夫所谓任子者，亦犹曰信其父兄而用其子弟云尔。彼其父兄固学而得之也，学者任人，不学者任于人，此易晓也。今之制，苟幸而其官至于可任者，举使任之，不问其始之何从而得之也。且彼任于人不暇，又安能任人？此犹借资之人，而欲从之丐贷，不已难乎？臣愚以为父兄之所任而得官者，虽至正郎，宜皆不听任子弟。惟其能自修饰，而越录躐次，以至于清显者乃听。如此，则天下之冗官必大衰少，而公卿之后皆奋志为学，不待父兄之资。其任而得官者，知后不得复任其子弟，亦当勉强，不肯终老自弃于庸人，此其为益岂特一二而已。

其三曰：臣闻自设官以来皆有考绩之法。周室既亡，其法废绝。自京房建考课[10]之议，其后终不能行。夫有官必有课，有课必有赏罚。有官而无课，是无官也；有课而无赏罚，是无课也。无官无课，而欲求天下之大治，臣不识也。然更历千载而终莫之行，行之则益以纷乱，而终不可考，其故何也？天下之吏不可以胜考，今欲人人而课之，必使入于九等之中，此宜其颠倒错谬而不若无之为便也。臣观自昔行考课者，皆不得其术。盖天下之官皆有所属之长，有功有罪，其长皆得以举刺[11]。如必人人而课之于朝廷，则其长为将安用？惟其大吏无所属，而莫为之长也，则课之所宜加。何者？其位尊，故课一人而其下皆可以整齐；其数少，故可以尽其能否而不谬。今天下所以不大治者，守令丞尉贤不肖混淆，而莫之辨也。夫守令丞尉贤不肖之不辨，其咎在职司之不明。职司[12]之不明，其咎在无所属而莫为之长。陛下以无所属之官，而寄之以一路，其贤不肖当使谁察之？古之考绩者，皆从司会而至于天子。古之司会，即今之尚书，尚书既废，惟御史可以总察中外之官。臣愚以为可使朝臣议定职司考课之法，而于御史台别立考课之司。中丞举其大纲，而属官之中，选强明者一人，以专治其事。以举刺多者为上，以举刺少者为中，以无所举刺者为下。因其罢归而奏其治要，使朝廷有以为之赏罚。其非常之功，不可掩之罪，又当特有以偿之，使职司知有所惩劝，则其下守令丞尉不容复有所依违。而其所课者又不过数十人，足以求得其实。此所谓用力少而成功多，法无便于此者矣。今天下号为太平，其实远方之民穷困已甚，其咎皆在职司。臣不敢尽言，陛下试加采访，乃知臣言之不妄。

其四曰：臣闻古有诸侯，臣妾其境内，而卿大夫之家亦各有臣。陪臣之事其君，如其君之事天子。此无他，其一境之内，所以生杀予夺，富贵贫贱者，皆自我制之，此固有以臣妾之也。其后诸侯虽废，而自汉至唐，犹有相君之势，何者？其署置辟举之权，犹足以臣之也。是故太守、刺史坐于堂上，州县之吏拜于堂下，虽奔走顿伏，其谁曰不然？自太祖受命，收天下之尊，归之京师。一命以上皆上所自署，而大司农衣食之。自宰相至于州县吏，虽贵贱相去甚远，而其实皆所与比肩而事主耳。是以百余年间，天下不知有权臣之威，而太守、刺史犹用汉唐之制，使州县之吏事之如事君之礼。皆受天子之爵，皆食天子之禄，不知其何以臣之也。小吏之于大官，不忧其有所不从，惟恐其从之过耳。今天下以贵相高，以贱相诟，奈何使州县之吏，趋走于太守之庭，不啻若仆妾，唯唯不给[13]。故大吏常恣行不忌其下，而小吏不能正，以至于曲随谄事，助以为虐。其能中立而不挠者，固已难矣。此不足怪，其势固使然也。夫州县之吏，位卑而禄薄，去于民最近，而易以为奸。朝廷所恃以制之者，特以厉其廉隅，全其节概，而养其气，使知有所耻也。且必有异材焉，后将以为公卿，而安可薄哉？其尤不可者，今以县令从州县之礼。夫县令官虽卑，其所负一县之责，与京朝官知县等耳。其吏胥人民，习知其官长之拜伏于太守之庭，如是之不威也，故轻之；轻之，故易为奸。此县令之所以为难也。臣愚以为州县之吏事太守，可恭逊卑抑，不敢抗而已，不至于通名赞拜、趋走其下风。所以全士大夫之节，且以儆大吏之不法者。

其五曰：臣闻为天下者，必有所不可窥。是以天下有急，不求其素所不用之人。使天下不能幸⁽¹⁴⁾其仓卒，而取其禄位，惟圣人为能然。何则？其素所用者，缓急足以使也。临事而取者，亦不足用矣。传曰："宽则宠名誉之人，急则用介胄之士。"今者所用非所养，所养非所用。国家用兵之时，购方略，设武举，使天下屠沽健儿皆能徒手攫取陛下之官。而兵休之日，虽有超世之才，而惜斗升之禄。臣恐天下有以窥朝廷也。今之任为将帅，卒有急难而可使者，谁也？陛下之老将，曩之所谓战胜而善守者，今亡矣。臣愚以为可复武举，而为之新制，以革其旧弊。且昔之所谓武举者盖疏矣，其以弓马得者，不过挽强引重，市井之粗材；而以策试中者，亦皆记录章句，区区无用之学。又其取人太多，天下之知兵者不宜如此之众。而待之又甚轻，其第下者不免于隶役。故其所得皆贪污无行之徒，豪杰之士耻不忍就。宜因贡士之岁，使两制各得举其所闻，有司试其可者，而陛下亲策之。权略之外，便于弓马，可以出入险阻，勇而有谋者，不过取一二人，待以不次之位，试以守边之任。文有制科，武有武举，陛下欲得将相，于此乎取之，十人之中，岂无一二？斯亦足以济矣。

其六曰：臣闻法不足以制天下。以法而制天下，法之所不及，天下斯欺之矣。且法必有所不及也，先王知其有所不及，是故存其大略，而济之以至诚。使天下之所以不吾欺者，未必皆吾法之所能禁，亦其中有所不忍而已。人君御其大臣，不可以用法，如其左右大臣而必待法而后能御也，则其疏远小吏当复何以哉？以天下之大而无可信之人，则国不足以为国矣。臣观今两制以上，非无贤俊之士，然皆奉法供职无过而已，莫肯于绳墨⁽¹⁵⁾之外为陛下深思远虑，有所建明。何者？陛下待之于绳墨之内也。臣请得举其一二以言之。夫两府与两制，宜使日夜交于门，以讲论当世之务，且以习知其为人，临事授任，以不失其才。今法不可以相往来，意将以杜其告谒之私也。君臣之道不同，人臣惟自防，人君惟无防之。是以欢欣相接而无间。以两府、两制为可信邪，当无所请属；以为不可信邪，彼何患无所致其私意，安在其相往来邪？今两制知举，不免用封弥誊录，既奏而下御史，亲往莅之，凛凛如鞫大狱，使不知谁人之辞，又何其甚也？臣愚以为如此之类，一切撤去，彼稍有知，宜不忍负。若其犹有所欺也，则亦天下之不才无耻者矣。陛下赫然震威，诛一二人，可以使天下奸吏重足而立[16]，想闻朝廷之风，亦必有倜傥非常之才，为陛下用也。

其七曰：臣闻为天下者可以名器授人，而不可以名器许人。人之不可以一日而知也久矣。国家以科举取人，四方之来者如市，一旦使有司第之[17]，此固非真知其才之高下大小也，特以为姑收之而已。将试之为政，而观其悠久，则必有大异不然者。今进士三人之中，释褐之日，天下望为卿相，不及十年，未有不为两制者。且彼以其一日之长，而擅终身之富贵，举而归之，如有所负。如此，则虽天下之美才，亦或怠而不修；其率意恣行者，人亦望风畏之，不敢按[18]。此何为者也？且又有甚不便者。先王制其天下，尊尊相高，贵贵相承，使天下仰视朝廷之尊，如太山乔

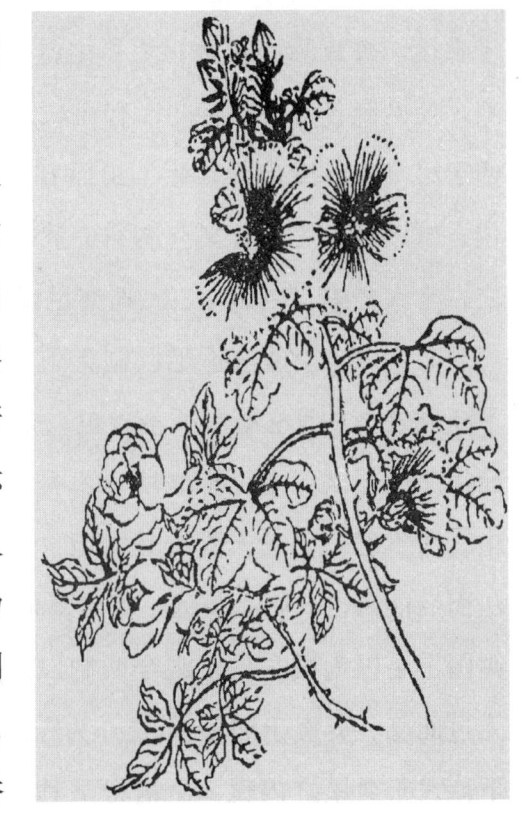

狱[19]，非攀援所能及。苟非有大功与出群之才，则不可以轻得其高位。是故天下知有所忌，而不敢觊觎。今五尺童子，斐然[20]皆有意于公卿，得之则不知愧，不得则怨。何则？彼习知其一旦之可以侥幸而无难也。如此，则匹夫轻朝廷。臣愚以为三人之中，苟优与一官，足以报其一日之长。馆阁台省，非举不入。彼果不才者也，其安以入为？彼果才者也，其何患无所举？此非独以爱惜名器，将以重朝廷耳。

其八曰：臣闻古者敌国相观，不观于其山川之险、士马之众，相观于人而已。高山大江，必有猛兽怪物，时见其威，故人不敢亵。夫不必战胜而后服也，使之常有所忌，而不敢发；使吾常有所恃，而无所怯耳。今以中国之大，使夷狄视之不甚畏，敢有烦言以渎乱吾听。此其心不有所窥，其安能如此之无畏也？敌国有事，相待以将；无事，相观以使。今之所谓使者亦轻矣，曰此人也，为此官也，则以为此使也。今岁以某，来岁当以某，又来岁当以某，如县令署役，必均而已矣。人之才固有所短，而不可强；其专对、捷给、勇敢，又非可以学致也。今必使强之，彼有仓惶失次，为夷狄笑而已。古者，大夫出疆，有可以安国家、利社稷则专之。今法令太密，使小吏执简记其旁，一摇足，辄随而书之。虽有奇才辨士，亦安所效用？彼夷狄观之，以为樽俎谈燕之间，尚不能办，军旅之际，固宜其无人也。如此，将何以破其奸谋，而折其骄气哉？臣愚以为奉使宜有常人，惟其可者，而不必均。彼其不能者，陛下责之以文学政事，不必强之于言语之间，以败吾事。而亦稍宽其法，使得有所施。且今世之患，以奉使为艰危，故必均而后可。陛下平世使人，而皆得以辞免；后有缓急，使之出入死地，将皆逃邪？此臣又非独为出使而言也。

其九曰：臣闻刑之有赦，其来远矣。周制八议，有可赦之人而无可赦之时。自三代之衰，始闻有肆赦之令，然皆因天下有非常之事，凶荒流离之后，盗贼垢污之余，于是有以沛然洗濯于天下。而犹不若今之因郊而赦(21)，使天下之凶民，可以逆知而侥幸也。平时小民畏法，不敢趑趄，当郊之岁，盗贼公行，罪人满狱，为天下者将何利于此？而又縻散帑廪，以赏无用冗杂之兵，一经大礼，费以万亿。赋敛之不轻，民之不聊生，皆此之故也。以陛下节用爱民，非不欲去此矣。顾以为所从来久远，恐一旦去之，天下必以为少恩，而凶豪无赖之兵，或因以为词而生乱。此其所以重改(22)也。盖事有不可改而遂不改者，其忧必深；改之，则其祸必速。惟其不失推恩，而有以救天下之弊者，臣愚以为先郊之岁，可因事为词，特发大号，如郊之赦与军士之赐，且告之曰："吾于天下非有惜乎推恩也，惟是凶残之民，知吾当赦，辄以犯法，以贼害吾良民。今而后赦不于郊之岁，以为常制。"天下之人喜乎非郊之岁而得郊之赏也，何暇虑其后？其后四五年而行之，七八年而行之，又从而尽去之，天下晏然不知，而日以远矣。且此出于五代之后、兵荒之间，所以姑息天下而安反侧耳，后之人相承而不能去，以至于今。法令明具，四方无虞，何畏而不改？今不为之计，使奸人猾吏养为盗贼，而复取租赋以啖骄兵，乘之以饥馑，鲜不及乱矣。当此之时，欲为之计，其犹有及乎？

其十曰：臣闻古者所以采庶人之议，为其疏贱而无嫌也。不知爵禄之可爱，故其言公；不知君威之可畏，故其言直。今臣幸而未立于陛下之朝，无所爱惜顾念于其心者。是以天下之事，陛下之诸臣所不敢尽言者，臣请得以僭言之。陛下擢用俊贤，思致太平，今几年矣。事垂立而辄废，功未成而旋去，陛下知其所由乎？陛下知其所由，则今之在位者，皆足以有立；若犹未也，虽得贤臣千万，天下终不可为。何者？小人之根未去也。陛下遇士大夫有礼，凡在位者不敢用亵狎戏嫚，以求亲媚于陛下。而谗言邪谋之所由至于朝廷者，天下之人皆以为陛下不疏远宦官之过。陛下特以为耳目玩弄之臣，而不知其阴贼险诈，为害最大。天下之小人，无由至于陛下之前，故皆通于宦官，珠玉锦绣所以为赂者络绎于道，以间关龃龉⁽²³⁾贤人之谋。陛下纵不听用，而大臣常有所顾忌，以不得尽其心。臣故曰：小人之根未去也。窃闻之道路，陛下将有意去而疏之也。若如所言，则天下之福。然臣方以为忧，而未敢贺也。古之小人有为君子之所抑，而反激为天下之祸者，臣每痛伤之。盖东汉之衰，宦官用事，阳球为司隶校尉，发愤诛王甫等数人，磔其尸于道中。常侍曹节过而见之，遂奏诛阳球，而宦官之用事，过于王甫之未诛。其后窦武、何进又欲去之，而反以遇害。故汉之衰至于扫地而不可救。夫君子之去小人，惟能尽去，乃无后患。惟陛下思宗庙社稷之重，与天下之可畏，既去之，又去之，既疏之，又疏之。刀锯之余必无忠良，纵有区区之小节，不过闱闼扫洒之勤，无益于事。惟能务绝其根，使朝廷清明，而忠言嘉谟易以入，则天下无事矣。惟陛下无使为臣之所料，而后世以臣为知言，不胜大愿。

　　曩臣所著二十篇，略言当世之要。陛下虽以此召臣，然臣观朝廷之意，特以其文采词致稍有可嘉，而未必其言之可用也。天下无事，臣每每狂言，以迂阔为世笑。然臣以为必将有时而不迂阔也。贾谊之策不用于孝文之时，而使主父偃之徒得其余论，而施之于孝武之世。夫施之于孝武之世，固不如用之于孝文之时之易也。臣虽不及古人，惟陛下不以一布衣之言而忽之。不胜越次忧国之心，效其所见。且非陛下召臣，臣言无以至于朝廷。今老矣，恐后无由复言，故云云之多至于此也，惟陛下宽之。臣洵诚惶诚惧，顿首顿首，谨书。

【注释】

（1）布衣：平民百姓。

（2）阙下：皇宫之下。

（3）连牒：意思是"接连送来的文书"。

（4）甄录：选拔录用。

（5）舍人院：中书舍人办公的地方。舍人，官名。

（6）副：符合。

（7）劝：得到鼓励。

（8）因循：沿袭原来的做法。

（9）任子：父兄有功名，其子弟可以因袭做官。

（10）考课：考核。课，考核功绩，以定升黜。

（11）举刺：提举或斥责。

（12）职司：指主管某事的官员。

（13）唯唯不给：唯唯诺诺，犹恐不及的意思。

（14）幸：侥幸。

（15）绳墨：木工用来划线的工具。这里指法律，法度。

（16）重足而立：叠足而立，是指特别恐惧而不敢稍稍移动一下。

（17）第之：录取了他。使之考中。

（18）按：考察处置。

（19）乔狱：高大的山岳。乔，高大。

（20）斐然：有文采的样子。

（21）因郊而赦：宋代，有郊祀的时候，就大赦天下。

（22）重改：将改变旧制的作法看得很重。

（23）间关龃龉：离间抵触之意。

上韩枢密书

太尉执事：洵著书无他长，及言兵事，论古今形势，至自比贾谊。所献《权书》，虽古人已往成败之迹，苟深晓其义，施之于今，无所不可。昨因请见，求进末议(1)，太尉(2)许诺，谨撰其说。言语朴直，非有惊世绝俗之谈，甚高难行之论，太尉取其大纲，而无责其纤悉。盖古者非用兵决胜之为难，而养兵不用之可畏。今夫水激之山，放之海，决之为沟塍，壅之为沼沚，是天下之人能之。委江河，注淮泗，汇为洪波，潴(3)为大湖，万世而不溢者，自禹之后未之见也。夫兵者，聚天下不义之徒，授之以不仁之器，而教之以杀人之事。夫惟天下之未安，盗贼之未殄，然后有以施其不义之心，用其不仁之器，而试其杀人之事。当是之时，勇者无余力，智者无余谋，巧者无余技。故其不义之心变而为忠，不仁之器加之于不仁，而

杀人之事施之于当杀。及天天下既平，盗贼既殄，不义之徒聚而不散，勇者有余力则思以为乱，智者有余谋则思以为奸，巧者有余技则思以为诈。于是天下之患杂然出矣。盖虎豹终日而不杀，则跳踉(4)大叫，以发其怒；蝮蝎终日而不蛰，则噬啮草木，以致其毒。其理固然，无足怪者。昔者刘、项奋臂于草莽之间，秦、楚无赖子弟千百为辈，争起而应者，不可胜数。转斗五六年，天下厌兵，项籍死，而高祖亦已老矣。方是时，分王诸将，改定律令，与天下休息。而韩信、黥布之徒，相继而起者七国，高祖死于介胄(5)之间而莫能止也。连延及于吕氏之祸，讫孝文而后定。是何起之易而收之难也！刘、项之势，初若决河，顺流而下，诚有可喜。及其崩溃四出，放乎数百里之间，拱手而莫能救也。呜呼！不有圣人，何以善其后？太祖、太宗，躬擐甲胄跋履险阻，以斩刈四方之蓬蒿。用兵数十年，谋臣猛将满天下，一旦卷甲而休之，传四世而天下无变，此何术也？荆、楚、九江之地不分于诸将，而韩信、黥布之徒无以启其心也。虽然，天下无变，而兵久不用，则其不义之心蓄而无所发，饱食优游，求逞于良民。观其平居无事，出怨言以邀其上(6)；一日有急，是非人得千金，不可使也。往年诏天下缮完城池，西川之事，洵实亲见。凡郡县之富民，举而籍其名，得钱数百万，以为酒食馈饷之费。杵(7)声未绝，城辄随坏，如此者数年而后定。卒事，官吏相贺，卒徒相矜，若战胜凯旋而待赏者。比来京师，游阡陌间，其曹往往偶语，无所讳忌。闻之土人，方春时，尤不忍闻。盖时五六月矣，会京师忧大水，锄耰畚筑列于两河之墙，县官日费千万，传呼劳问之声不绝者数十里，犹且目眴眴狼顾(8)，莫肯效用。且夫内之如京师之所闻，外之如西川之所亲见，天下之势今何如也？御将者天子之事也，御兵者将之职也。天子者，养尊而处优，树恩而收名,与天下为喜乐者也,故其道不可以御兵。人臣执法而不求情,尽心而不求名,出死力以捍社稷,使天下之心系于一人,而己不与焉。故御兵者,人臣之事,不可以累天子也。今之所患,大臣好名而惧谤。好名则多树私恩,惧谤则执法不坚。是以天下之兵豪纵至此,而莫之或制也。顷者狄公在枢府,号为宽厚爱人,狎昵士卒,得其欢心。而太尉适承其后。彼狄公者知御外之术,而不知治内之道,此边将材也。古者兵在外,爱将军而忘天子;在内,爱天子而忘将军。爱将军所以战,爱天子所以守。狄公以其御外之心而施诸其内,太尉不反其道,而何以为治?或者以为兵久骄不治,一旦绳以法,恐因以生乱。昔者郭子仪去河南,李光弼实代之。将至之日,张用济斩于辕门,三军股栗。夫以临淮之悍,而代汾阳之长者,三军之士,竦然如赤子之脱慈母之怀,而立乎严师之侧,何乱之敢生?且夫天子者,天下之父母也;将相者,天下之师也。师虽严,赤子不以怨其父母;将相虽厉,天下不以咎其君,其势然也。天子者,可以生人杀人,故天下望其生;及其杀之也,天下曰:是天子杀之。故天子不可以多杀。人臣奉天子之法,虽多杀,天下无以归怨,此先王所以威怀天下之术也。伏惟太尉思天下所以长久之道,而无幸一时之名;尽至公之心,而无恤三军之多言。夫天子推深仁以结其心,太尉厉威武以振其堕。彼其思天子之深仁,则畏而不至于怨;思太尉之威武,则爱而不至于骄。君臣之体顺,而畏爱之道立,非太尉吾谁望邪?不宣。洵再拜。

【注释】

(1) 末议:微末不足道的小议论,自谦之词。

（2）太尉：汉代军队的最高统领，宋代的枢密使与之职位相同，此用以代指韩枢密。

（3）潴：水停聚。

（4）跳踉：跳跃不安的样子。

（5）介胄：武士的战衣，这里代指军旅。

（6）邀其上：希望从上司那里得到些什么好处。

（7）杵：夯土筑城的工具。

（8）睊睊狼顾：侧目回顾。睊睊，侧目而视。狼顾，回顾。

上富丞相书

相公阁下：往年天子震怒，出逐宰相，选用旧臣堪付属以天下者(1)，使在相府，与天下更始，而阁下之位实在第三。方是之时，天下咸喜相庆，以为阁下惟不为宰相也，故默默在此；方今困而后起，起而复为宰相，而又值乎此时也，不为而何为？且吾君之意，待之如此其厚也，不为而何以副吾望？故咸曰："后有下令而异于他日者，必吾富公也。"朝夕而待之，跂首而望之。望望然而不获见也，戚戚然而疑。呜呼！其弗获闻也，必其远也；进而及于京师，亦无闻焉。不敢以疑，犹曰：天下之人如此其众也，数十年之间如此其变也，皆曰贤人焉。或曰：彼其中则有说也，而天下之人则未始见也。然而不能无忧。盖古之君子,爱其人也则忧其无成。且尝闻之,古之君子,相是君也,与是人也,皆立于朝,则使吾皆知其为人皆善者也,而后无忧。且一人之身而欲擅天下之事,虽见信于当世,而同列之人一言而疑之,则事不可以成。今夫政出于他人而不惧,事不出于己而不忌,是二者,惟善人为能,然犹欲得其心焉。若夫众人,政出于他人而惧其害己,事不出于己而忌其成功,是以有不平之心生。夫或居于吾前,或立于吾后,而皆有不平之心焉,则身危。故君子之出处于其间也,不使之不平于我也。周公⁽²⁾立于明堂以听天下,而召公⁽³⁾惑。何者?天下固惑乎大者也,召公犹未能信乎吾之此心也。周公定天下,诛管、蔡⁽⁴⁾,告召公以其志,以安其身,以及于成王。故凡安其身者,以安乎周也。召公之于周公,管、蔡之于周公,是二者亦皆有不平之心焉,以为周之天下,公将遂取之也。周公诛其不平而不可告语者,告其可以告语者,而和其不平之心。然则,非其必不可以告语者,则君子未始不欲和其心。天下之人,从士而至于卿大夫,宰相集处其上,欲有所为,何虑而不成?不能忍其区区之小忿,以成其不平之衅,则害其大事。是以君子忍其小忿以容其小过,而杜其不平之心,然后当大事而听命焉。且吾之小忿,不足以易吾之大事也,故宁小容焉,使无芥蒂⁽⁵⁾于其间。古之君子与贤者并居而同乐,故其责之也详;不幸而与不肖者偶,不图其大而治其细,则阔远于事情而无益于当世。故天下无事而后可与争此,不然则否。昔者诸吕⁽⁶⁾用事,陈平⁽⁷⁾忧惧,计无所出。陆贾⁽⁸⁾入见说之,使交欢周勃。陈平用其策,卒得绛侯入北军之助以灭诸吕。夫绛侯,木强⁽⁹⁾之人也,非陈平致之而谁也?故贤人者致其不贤者,非夫不贤者之能致贤者也。曩者,今上即位之初,寇莱公为相,惟其侧有小人不能诛,又不能与之无忿,故终以斥去。及范文正公⁽¹⁰⁾在相府，又欲以岁月尽治天下事，失于急与不忍小忿，故群小人亦急逐之，一去遂不复用，以殁其身。伏惟阁下以不世出之才，立于天子之下，百官之上，此其深谋远虑必有所处，而天下之人犹未获见。洵，西蜀之人也，窃有志于今世，愿一见于堂上。伏惟阁下深思之，无忽。

【注释】

（1）堪付属以天下者：完全可以托付给天下的人。

（2）周公：姬旦，周文王之子，武王之弟，武王死，成王年幼，周公摄政。

（3）召公：姬奭，周武王之臣，与周公一道辅佐成王，曾对周公心存疑虑。

（4）管、蔡：管叔、蔡叔。周公摄政，引起了管叔、蔡叔的不满，他们挟持殷的后代武庚作乱。周公东征，平定了这场叛乱。

（5）芥蒂：隔阂。

（6）诸吕：指汉代吕后的一些亲属。

（7）陈平：汉初重臣。

（8）陆贾：汉初楚人，劝丞相陈平深结太尉周勃，合谋诛诸吕，立汉文帝。

（9）木强：木然倔强。

（10）范文正公：指宋代的范仲淹，官至陕西四路安抚使，参知政事。宋仁宗时，与韩琦率兵同拒西夏，颇有建树。有意改革时政，但都未能实现，死后谥文正。

上文丞相书

昭文相公执事：天下之事，制之在始；始不可制，制之在末。是以君子慎始而无后忧；救之于其末，而其始不为无谋。谋诸其始而邀⁽¹⁾诸其终，而天下无遗事。是故古者之制其始也，有百年之前而为之者也。盖周公营乎东周，数百年而待乎平王之东迁也。然及其收天下之士，而责其贤不肖之分，则未尝于其始焉，而制其极。盖尝举之于诸侯，考之于太学，引之于射宫⁽²⁾而试之弓矢，如此其备矣。然而管叔、蔡叔，文王之子，而武王，周公之弟也，生而与之居处，习知其性之所好恶，与夫居之于太学，而习之于射宫者，宜愈详矣。然其不肖之实，卒不见于此时。及其出为诸侯监国，临大事而不克⁽³⁾自定，然后败露，以见其不肖之才。且夫张弓而射之，一不失容，此不肖者或能焉，而圣人岂以为此足以尽人之才？盖将为此名以收天下之士，而后观其临事，而黜其不肖。故曰：始不可制，制之在末。于此有人求金于沙，敛而扬之，惟其扬之也精，是以责金于扬，而敛则无择焉。不然，金与沙砾皆不录而已矣。故欲求尽天下之贤俊，莫若略其始；欲求责实于天下之官，莫若精其终。今者天下之官自相府而至于一县之丞尉，其为数实不可胜计。然而大数已定，余吏滥于官籍。大臣建议减任子、削进士，以求便天下。窃观古者之制，略于始而精于终，使贤者易进，而不肖者易犯。夫易犯故易退，易进故贤者众，众贤进而不肖者易退，夫何患官冗？今也艰之于其始，窃恐大贤者之难进，与夫不肖者之无以异也。方今进退天下士大夫之权，内则御史，外则转运⁽⁴⁾，而士大夫之间洁然而无过，可任以为吏者，其实无几。且相公何不以意推之？往年吴中复在犍为，一月而发二吏。中复去职，而吏之以罪免者，旷岁无有也。虽然，此特洵之所见耳，天下之大则又可知矣。国家法令甚严，洵从蜀来，见凡吏商者皆不征，非追胥调发⁽⁵⁾，皆得役天子之夫，是以知天下之吏犯法者甚众。从其犯而黜之，十年之后将分职之不给。此其权在御史、转运，而御史、转运之权实在相公，顾甚易为也。今四方之士会于京师，口语籍籍，莫不为此。然皆莫肯一言于其上，诚以为近于私我也。洵，西蜀之人，方不见用于当世，幸又不复以科举为意，是以肆言于其间而可以无嫌。伏惟相公慨然有忧天下之心，征伐四国以安天下，毅然立朝以威制天下，名著功遂，文武并济。此其享功业之重而居富贵之极，于其平生之所望无复慊然者。惟其获天下之多士，而与之皆乐乎此，可以复动其志，故遂以此告其左右，惟相公亮之⁽⁶⁾。

【注释】

（1）邀：希望得到。

（2）射宫：天子行大射礼的处所，又是考试贡士的场所。

（3）不克：不能。

（4）转运：指转运使，官名。宋置诸道转运使，掌一路或数路军需粮饷，后并兼军事、刑名、巡视地方之职，为州府以上行政长官，权任甚重，以有兵权，故称漕帅。

（5）追胥调发：追捕盗贼，调征人力。

（6）亮：通"谅"，原谅。

上余青州书⁽¹⁾

洵闻之：楚人高令尹子文之行，曰：三以为令尹而不喜，三夺其令尹而不怒。其为令尹也，楚人为之喜；而其去令尹也⁽²⁾，楚人为之怒；己不期为令尹⁽³⁾，而令尹自至。夫令尹子文岂独恶夫富贵哉，知其不可以求得而安其自得。是以喜怒不及其心，而人为之嚣嚣⁽⁴⁾。嗟夫，岂亦不足以见己大而人小邪！脱然为弃于人而不知弃之为悲，纷然为取于人而不知取之为乐，人自为弃我取我⁽⁵⁾，而吾之所以为我者如一⁽⁶⁾，则亦不足以高视天下而窃笑矣哉。

昔者，明公之初自奋于南海之滨，而为天下之名卿。当其盛时，激昂慷慨论得失，定可否，左摩西羌，右揣契丹⁽⁷⁾，奉使千里，弹压强悍，不屈之虏，其辩如决河流而东注诸海，名声四溢于中原，而磅礴于戎狄之国，可谓至盛矣。及至中废而为海滨之匹夫，盖其间十有余年。明公无求于人，而人亦无求于明公者。其后适会南蛮纵横放肆，充斥万里而莫之或救⁽⁸⁾。明公乃起于民伍之中，折尺箠篓而笞之⁽⁹⁾，不旋踵而南方乂安⁽¹⁰⁾。夫明公岂有求而为之哉。适会事变以成大功，功成而爵禄至。明公之於进退之事⁽¹¹⁾，盖亦绰绰乎有余裕矣⁽¹²⁾。悲夫，世俗之人纷纷于富贵之间而不知自止，达者安于逸乐而习为高岸之节⁽¹³⁾，顾视四海饥寒穷困之士，莫不颦蹙呕哕而不乐⁽¹⁴⁾；穷者藜藿不饱，布褐不暖，习为贫贱之所摧折，仰望贵人之辉光，则为之颠倒而失措。此二人者，皆不可与语于轻富贵而安贫贱。何者？彼不知贫富贵贱之正味也⁽¹⁵⁾。夫惟天下之习于富贵之荣而忸于贫贱之辱者⁽¹⁶⁾，而后可与语此。

今夫天下之所以奔走于富贵者，我知之矣，而不敢以告人也。富贵之极止于天子之相⁽¹⁷⁾，而天子之相果谁为之名，岂天为之名邪？其无乃亦人之自相名邪。夫天下之官，上自三公至于卿大夫，而下至于士。此四人者，皆人之所自为也，而人亦自贵之。天下以为此四者，绝群离类⁽¹⁸⁾，特立于天下而不可几近⁽¹⁹⁾，则不亦大惑矣哉！盍亦反其本而思之，夫此四名者，其初盖出于天下之人出其私意，以自相号呼者而已矣⁽²⁰⁾。夫此四名者，果出于人之私意所以自相号呼也，则夫世之所谓贤人君子者，亦何以异此。有才者为贤人，而有德者为君子，此二名者夫岂轻也哉？而今世之士，得为君子者，一为世之所弃⁽²¹⁾，则以为不若一命士之贵⁽²²⁾，而况以与三公争哉。且夫明公昔者之伏于南海，与夫今者之为东诸侯也，君子岂有间于其间，而明公亦岂有以自轻而自重哉！

洵以为明公之习于富贵之荣，而狃于贫贱之辱，其尝之也⁽²³⁾，盖以多矣。是以极言至此而无所迂曲⁽²⁴⁾。洵，西蜀之匹夫，尝有志于当世，因循不遇⁽²⁵⁾，遂至于老。然其尝所欲见者天下之士，盖有五六人。五六人者已略见矣，而独明公之未尝见，每以为恨。今明公来朝，而洵适在此，是以不得不见。伏惟加察⁽²⁶⁾，幸甚！

【注释】

（1）上余青州书：给余青州的一封信。

(2) 去令尹：免除令尹官职。

(3) 期：企求，希望。

(4) 是以喜怒不及其心句：因此喜怒不牵涉他的心，而众人因此怨恨，不满。

(5) 人自为弃我取我：由别人决定免除我的官职，还是任用我。

(6) 而吾之所以为我者如一：而我所以是我的原因，就是在任何情况下，我的态度都一样。

(7) 左摩西羌，右揣契丹：指余青州在任神武大将军时，多次奉命出使与西羌、契丹谈判，能揣摩对方，不辱使命。

(8) 莫之或救：没有谁能解救那里。否定句代词做宾语前置。

(9) 折尺箠而笞之：带领少数兵力去攻打。

(10) 旋踵：掉转脚跟，喻时间短。 乂安：平安无事。亦作"艾安"。

(11) 进退：指升官、降官；任职、免职；出仕、退隐等。

(12) 绰绰乎有余裕矣：态度从容，不慌不忙。 绰、裕：均为宽。

(13) 高岸之节：高傲严峻的样子。 节：高峻的样子。

(14) 颦蹙呕哕：忧愁痛苦。 颦蹙：皱眉，忧愁不快。 呕哕：呕吐，痛苦的样子。

(15) 正味：本指纯正的滋味，此指真正的含意。

(16) 习、狃：均为熟悉。

(17) 富贵之极：最高的富贵。 天子之相：认为有天子的相貌。

(18) 绝群离类：超群出众。

(19) 特立于天下而不可几近：在天下独立而不可接近。 特立：

独立。　几：近。

（20）号呼：呼叫。

（21）一为世之所弃：一旦被世上当权者抛弃。指不被任用、不被重用。

（22）命士：受爵命的士人。

（23）尝：经历。

（24）极言：直言。竭力说。

（25）因循不遇：因为不事进取而没有遇到被赏识的机会。意为不得志。

（26）伏惟：希望。　加察：体谅，明察。

上欧阳内翰第一书[1]

内翰执事[2]：洵布衣穷居，常窃自叹，以为天下之人，不能皆贤，不能皆不肖[3]，故贤人君子之处于世，合必离，离必合。往者天子方有意于治，而范公在相府，富公为枢密副使[4]，执事与余公、蔡公为谏官[5]，尹公驰骋上下，用力于兵革之地。方是之时，天下之人，毛发丝粟之才[6]，纷纷然而起，合而为一[7]。而洵也自度其愚鲁无用之身，不足以自奋于其间，退而养其心，幸其道之将成，而可以复见于当世之贤人君子。不幸道未成，而范公西，富公北，执事与余公、蔡公分散四出[8]，而尹公亦失势，奔走于小官[9]。洵时在京师，亲见其事，忽忽仰天长叹息⁽¹⁰⁾，以为斯人之去，而道虽成，不复足以为荣也。既复自思念，往者众君子之进于朝，其始也必有善人焉推之，今也亦必有小人焉间之。今之世无复有善人也则已矣，如其不然也，吾何忧焉？姑养其心，使其道大有成，而待之何伤？退而处十年，虽未敢自谓其道有成矣，然浩浩乎其胸中，若与曩者异⁽¹¹⁾。而余公适亦有成功于南方⁽¹²⁾，执事与蔡公复相继登于朝，富公复自外入为宰相，其势将复合为一。喜且自贺，以为道既已粗成，而果将有以发之也。既又反而思，其向之所慕望爱悦之而不得见之者，盖有六人，今将往见之矣。而六人者，已有范公、尹公二人亡焉，则又为之潸然出涕以悲⁽¹³⁾。呜呼！二人者不可复见矣。而所恃以慰此心者，犹有四人也，则又以自解。思其止于四人也，则又汲汲欲一识其面，以发其心之所欲言。而富公又为天子之宰相，远方寒士，未可遽以言通于其前⁽¹⁴⁾。而余公、蔡公，远者又在万里外。独执事在朝廷间，而其位差不甚贵，可以叫呼扳援，而闻之以言。而饥寒衰老之病，又痼而留之，使不克自至于执事之庭。夫以慕望爱悦其人之心，十年而不得见，而其人已死，如范公、尹公二人者。则四人之中，非其势不可遽以言通者，何可以不能自往而遽已也！

　　执事之文章，天下之人莫不知之，然窃自以为洵之知之特深，愈于天下之人。何者？孟子之文，语约而意尽，不为巉刻斩绝之言，而其锋不可犯。韩子之文⁽¹⁵⁾，如长江大河，浑浩流转，鱼鼋蛟龙，万怪惶惑，而抑遏蔽掩，不使自露，而人望见其渊然之光，苍然之色，亦自畏避，不敢迫视。执事之文，纡余委备，往复百折，而条达疏畅，无所间断⁽¹⁶⁾。气尽语极，急言竭论，而容与闲易，无艰难劳苦之态。此三者，皆断然自为一家之文也。惟李翱之文⁽¹⁷⁾，其味黯然而长，其光油然而幽，俯仰揖让，有执事之态。陆贽之文[18]，遣言措意，切近的当，有执事之实[19]。而执事之才，又自有过人者。盖执事之文，非孟子、韩子之文，而欧阳子之文也。夫乐道人之善，而不为谄者，以其人诚足以当之也[20]。彼不知者，则以为誉人以求其悦己也。夫誉人以求其悦己，洵亦不为也。而其所以道执事光明盛大之德，而不自知止者，亦欲执事之知其知我也。

虽然，执事之名满于天下，虽不见其文，而固已知有欧阳子矣。而洵也不幸堕在草野泥涂之中[21]，而其知道之心，又近而粗成[22]，欲徒手奉咫尺之书，自托于执事[23]，将使执事何从而知之，何从而信之哉？洵少年不学，生二十五岁，始知读书，从士君子游，年既已晚，而又不遂刻意厉行，以古人自期[24]，而视与己同列者，皆不胜己，则遂以为可矣。其后困益甚，然后取古人之文而读之，始觉其出言用意，与己大异[25]。时复内顾，自思其才，则又似夫不遂止于是而已者[26]。由是尽烧曩时所为文数百篇，取《论语》、《孟子》、韩子及其他圣人贤人之文[27]，而兀然端坐，终日以读之者七八年矣[28]。方其始也，入其中而惶然，博观于其外，而骇然以惊[29]。及其久也，读之益精，而其胸中豁然以明，若人之言固当然者，然犹未敢自出其言也。时既久，胸中之言日益多，不能自制[30]，试出而书之，已而再三读之，浑浑乎觉其来之易矣[31]。然犹未敢以为是也。近所为《洪范论》、《史论》凡七篇[32]，执事观其如何？嘻！区区而自言，不知者又将以为自誉以求人之知己也。惟执事思其十年之心，如是之不偶然也而察之。

【注释】

（1）作者于至和元年（1054）上书给张方平自荐，颇得赏识，被举荐为成都学官。后张方平将苏洵介绍给欧阳修,并为苏洵置装,派人送他进京。于是苏洵给欧阳修写了此信。

(2) 内翰执事:书信中常用的敬称。

(3) 不肖:不贤。

(4) 富公:即富弼(1004—1083),字彦国,河南洛阳人。宋仁宗庆历三年(1043)任枢密副使,掌西北边防军务。

(5) 余公:即余靖(1000—1064),字安道,韶州曲江人。宋仁宗庆历三年(1043)担任右正言。 蔡公:即蔡襄(1012—1067),字君谟,兴化仙游人。官至端明殿学士。宋仁宗庆历三年任谏官。

(6) 毛发丝粟:比喻极其平常而微小。

(7) 纷纷然句:都纷纷起来,聚合在一起。

(8) 分散四出:此指宋仁宗庆历五年(1045),欧阳修出知滁州,余靖出知吉州,蔡襄出知福州。

(9) 而尹公句:而尹公也失去势力,为小官的事务而奔忙。

(10) 忽忽:迷惑,恍忽,失意貌。

(11) 浩浩:旷远貌。曩:从前。

(12) 而余公句:而余公恰好此时在南方建立了功业。

(13) 潸然:泪流的样子。

(14) 遽:仓猝,匆忙。

(15) 韩子:即韩愈(768—824),字退之,河南河阳人。唐代文学家。旧时列为唐宋八大家之首。官至吏部侍郎。卒谥文,世称韩文公。

(16) 执事之文句:您的文章,婉曲多姿,详细完备,回环往复,千转百折,却条理明达流畅,没有间隔或折断。

(17) 李翱(772—841):字习之,赵郡人。贞元进士,官至山南东道节度使。谥文。唐代著名散文家。

(18) 陆贽（753—805）：字敬舆，浙江嘉兴人。唐大历进士，官至中书侍郎、同平章事。善骈文。

(19) 这句的意思是：措词表意，准确得当，有您文章的充实。

(20) 这句的意思是：喜欢讲别人的好处，却不是为谄媚人，是因为这个人确实能够当得起这种赞誉。

(21) 草野泥涂：指平民百姓的住处。

(22) 这句的意思是：而他了解大道的心，近来获得初步的成就。

(23) 欲徒手句：想要空手拿着这封信，把自己托付给您。

(24) 而又不遂句：然而又不能够磨练自己的意志，砥砺德行，用古人来期待自己。

(25) 这句的意思是：后来困境更加严重，然后取古人的文章来读它，开始觉得它们用词达意，与自己有很大的不同。

(26) 夫：感叹语气词。　而已：语气词连用，加强肯定语气。

(27) 《论语》：孔子弟子及其后学对于孔子和他的弟子的言行的记录，共二十篇。　《孟子》：孟轲及其弟子万章等著。

(28) 兀然：静止貌。

(29) 方其始也句：刚开始的时候，进入它的中间感到恐惧不安，广泛地观察它的外部，又令人感到惊讶。

(30) 自制：自己限制。

(31) 试出而书句：试着把它写出来，过后反复读它，像滔滔流水奔涌而至，觉得它的到来非常容易。

(32) 《洪范论》：约作于宋仁宗皇祐三年（1051）至嘉祐元年（1056）之间，分叙、上、中、下、后叙等5篇。

上欧阳内翰第二书

内翰谏议执事：士之能以其姓名闻乎天下后世者，夫岂偶然哉？以今观之，乃可以见。生而同乡，学而同道，以某问某，盖有曰吾不闻者焉；而况乎天下之广，后世之远，虽欲求仿佛[1]，岂易得哉？古之以一能称，以一善书者，愚未尝敢忽也。今夫群群焉而生，逐逐焉而死者，更千万人不称不书也。彼之以一能称，以一善书者，皆有以过乎千万人者也。自孔子没，百有余年而孟子生，孟子之后，数十年而至荀卿子；荀卿子后乃稍阔远，二百余年而扬雄称于世，扬雄之死，不得其继，千有余年，而后属之韩愈氏；韩愈氏没三百年矣，不知天下之将谁与也？且夫以一能称，以一善书者，皆不可忽，则其多称而屡书者，其为人宜尤可贵重。奈何数千年之间，四人而无加，此其人宜何如也？天下病无斯人，天下而有斯人也，宜何以待之？洵一穷布衣，于今世最为无用，思以一能称，以一善书而不可得者也。况夫四子者之文章，诚不敢冀其万一。顷者张益州见其文，以为似司马子长[2]。洵不悦，辞焉。夫以布衣，而王公大人称其文似司马迁，不悦而辞，无乃为不近人情？诚恐天下之人不信，且惧张公之不能副其言，重为世俗笑耳。若执事，天下所就而折衷者也。不知其不肖，称之曰："子之《六经论》，荀卿子之文也。"平生为文，求于千万人中使其姓名仿佛于后世而不可得，今也一旦而得齿于四人者之中，天下乌有是哉？

意者其失于斯言也。执事于文称师鲁[3]，于诗称子美、圣俞[4]，未闻其有此言也。意者其戏也。惟其愚而不顾，日书其所为文，惟执事之求而致之。既而屡请而屡辞焉，曰："吾未暇读也。"退而处，不敢复见，甚惭于朋友，曰："信矣，其戏也！"虽然，天下不知其为戏，将有以议执事，洵亦且得罪。执事怜其平生之心，苟以为可教，亦足以慰其衰老，惟无曰荀卿云者，幸甚。

【注释】

（1）仿佛：相似，差不多。

（2）司马子长：指汉代著名史学家、文学家司马迁。司马迁，字子长。

（3）师鲁：指尹洙，字师鲁，与欧阳修同时人。

（4）子美、圣俞：子美，指唐代大诗人杜甫，字子美。圣俞，指梅尧臣，字圣俞，与欧阳修同时人。

上欧阳内翰第三书

洵启：昨出京仓惶，遂不得一别。去后数日，始知悔恨。盖一时间变出不意，遂扰乱如此，快怅，快怅！不审日来尊履何似？二子轼、辙竟不免丁忧。今已到家月余，幸且存活，洵道途奔波，老病侵陵[1]，成一翁矣。自思平生羁蹇不遇，年近五十，始识阁下，倾盖晤语[2]，便若平生，非徒欲援之于贫贱之中，乃与切磨议论，共为不朽之计。而事未及成，辄闻此变。孟轲有云："行或使之，止或尼之。"[3]岂信然邪？洵离家时，无壮子弟守舍，归来屋庐倒坏，篱落破漏，如逃亡人家。今且谢绝过从，杜门不出，亦稍稍取旧书读之。时有所怀，辄欲就阁下评议。忽惊相去已四千里，思欲跂首望见君子之门庭，不可得也。所示范公碑文，议及申公事节，最为深厚。近试以语人，果无有晓者。每念及此，郁郁不乐。阁下虽贤俊满门，足以笑歌俯仰，终日不闷，然至于不言而心相谕[4]者，阁下于谁取之？自蜀至秦，山行一月，自秦至京师，又沙行数千里。非有名利之所驱，与凡事之不得已者，孰为来哉？洵老矣，恐不能复东。阁下当时赐音问，以慰孤耿。病中无聊，深愧疏略，惟千万珍重。

【注释】

（1）侵陵：侵扰。

（2）倾盖晤语：指行道相遇，停车而语，车盖接近。是说初识相交，一见如故。

（3）"行或使之，止或尼之"：是说一个人要干一件事情，有一种力量在指使他；就是不干，也是有一种力量在阻止他。尼，阻止。

（4）谕：明白，清楚。

上欧阳内翰第四书

洵启：夏热，伏惟提举内翰尊候万福。向为京兆尹，天下谓公当由此得政；其后闻有此授，或以为拂世戾俗，过在于不肯卤莽。然此岂足为公损益哉？洵久不奉书，非敢有懈，以为用公之奏而得召，恐有私谢之嫌。今者洵既不行，而朝廷又欲必致之。恐听者不察，以为匹夫而要[1]君命，苟以为高而求名，亦且得罪于门下，是故略陈其一二，以晓左右。闻之孟轲曰："仕不为贫，而有时乎为贫。"洵之所为欲仕者，为贫乎？实未至于饥寒而不择。以为行道乎？道固不在我。且朝廷将何以待之？今人之所谓富贵高显而近于君，可以行道者，莫若两制。然犹以为不得为宰相，有所牵制于其上，而不得行其志。为宰相者，又以为时不可为，而我将有所待。若洵又可以行道责之邪？始公进其文，自丙申之秋至戊戌之冬，凡七百余日而得召。朝廷之事，其节目[2]期限，如此之繁且久也。使洵今日治行，数月而至京师；旅食于都市以待命，而数月间得试于所谓舍人院者；然后使诸公专考其文，亦一二年；幸而以为不谬，可以及等而奏之，从中下相府，相与拟议，又须年载间，而后可以庶几有望于一官。如此，洵固以老而不能为矣。人皆曰求仕将以行道，若此者，果足以行道乎？既不足以行道，而又不至于为贫，是二者皆无名焉，是故其来迟迟，而未甚乐也。王命且再下，洵若固辞，必将以为沽名而有所希望。今岁之秋，轼、辙已服阕⁽³⁾，亦不可不与之俱东。恐内翰怪其久而不来，是以略陈其意。拜见尚远，惟千万为国自重。

【注释】

（1）要：要挟。
（2）节目：条目，项目。
（3）服阕：古丧礼规定，父母死后要服丧三年，期满除服，称服阕。

上欧阳内翰第五书

内翰侍郎执事：洵以无用之才，久为天下之弃民，行年五十，未尝见役于世⁽¹⁾。执事独以为可收，而论之于天子，再召之试，而洵亦再辞。独执事之意，叮宁而不肯已。朝廷虽知其不肖，不足以辱士大夫之列，而重违执事之意，譬之巫医卜祝⁽²⁾，特捐一官以乞之。自顾无分毫之功有益于世，而王命至门，不知辞让，不畏简书、朋友之讥，而苟以为荣。此所以深愧于执事，久而不至于门也。然君子之相从，本非以求利，盖亦乐乎天下之不知其心，而或者之深知之也。执事之于洵，未识其面也，见其文而知其心；既见也，闻其言而信其平生。

洵不以身之进退出处之间有谒于执事,而执事亦不以称誉荐拔之,故有德于洵。再召而辞也,执事不以为矫,而知其耻于自求;一命而受也,执事不以为贪,而知其不欲为异。其去不追,而其来不拒;其大不荣,而其小不辱。此洵之所以自信于心者,而执事举知之。故凡区区而至门者,为是谢也。《礼》曰:"仕而未有禄者,君有馈焉曰献,使焉曰寡君。违而君薨⁽³⁾,弗为服也。"古之君子重以其身臣人者盖为是也哉!子思、孟轲之徒,至于是国,国君使人馈之,其词曰:"寡君使某有献于从者。"布衣之尊,而至于此,惟不食其禄也。今洵已有名于吏部,执事其将以道取之邪,则洵也犹得以宾客见;不然,其将与奔走之吏同趋于下风,此洵所以深自怜也。惟所裁择。

【注释】

(1) 见役于世:为世事所役使,意指进入仕途。

(2) 巫医卜祝:古代行医算卦者。

(3) 薨:帝王死称薨。

上张侍郎第一书

侍郎执事:明公之知洵,洵知之,明公知之,他人亦知之。洵之所以获知于明公,明公之所以知洵者,虽暴之天下,皆可以无愧。今也，将有所私告于执事。今将以屑屑之私，坏败其至公之节，欲忍而不言而不能，欲言而不果[1]，勃然交于胸中，心不宁而颜忸怩者累月而后决。窃见古之君子，知其人也忧其人，以至于其父母、昆弟、妻子，以至于其亲族、朋友，忧之固其责也。虽然，自我求之，则君子讥焉。知之而不忧，不忧而求人忧，则君子交讥之。洵之意以为宁在我，而无宁在明公，故用此决其意而发其言，以私告于下执事，明公试一听之。洵有二子轼、辙，龆龀[2]授经，不知他习，进趋拜跪，仪状甚野，而独于文字中有可观者。始学声律，既成，以为不足尽力于其间，读孟、韩文，一见以为可作。引笔书纸，日数千言，坌然溢出，若有所相，年少狂勇，未尝更变，以为天子之爵禄可以攫取。闻京师多贤士大夫，欲往从之游，因以举进士。洵今年几五十，以懒钝废于世，誓将绝进取之意。惟此二子，不忍使之复为湮沦[3]弃置之人。今年三月，将与之如京师。一门之中，行者三人，而居者尚十数口。为行者计，则害居者；为居者计，则不能行。牺牺焉无所告诉。夫以负贩之夫，左提妻，右挈子，奋身而往，尚不可御；有明笃以为主，夫焉往而不济？今也望数千里之外，茫然如梯天[4]而航海，蓄缩而不进，洵亦羞见朋友。明公居齐桓、晋文之位，惟其不知洵，惟其知而不忧，则又何说？不然，何求而不克？轻之于鸿毛，重之于泰山，高之于九天，远之于万里，明公一言，天下谁议？将使轼、辙求进于下风，明公引而察之。有一不如所言，愿赐诛绝，以惩欺罔之罪。

【注释】

（1）不果：不能实现。

(2) 龆龀：童年。

(3) 湮沦：湮没沦落。

(4) 梯天：登梯上天。梯，这里用如动词。

上张侍郎第二书

省主侍郎执事：洵始至京师时，平生亲旧，往往在此，不见者盖十年矣。惜其老而无成，问所以来者，既而皆曰："子欲有求，无事他人，须张益州来乃济。"且云："公不惜数千里走表[1]为子求官，苟归，立便殿上，与天子相唯诺，顾不肯邪？"退自思公之所与我者，盖不为浅。所不可知者，惟其力不足而势不便；不然，公与我无爱也。闻之古人："日中必熭[2]，操刀必割。"当此时也，天子虚席而待公，其言宜无不听用。洵也与公有如此之旧，适在京师，且未甚老，而犹足以有为也。此时而无成，亦足以见他人之无足求，而他日之无及也已。昨闻车马至此有日，西出百余里迎见。雪后苦风，晨至郑州，唇黑面烈，僮仆无人色。从逆旅主人得束薪缊火[3]，乃能以见。出郑州十里许，有导骑[4]东来，惊愕下马立道周[5]。云宋端明且至，从者数百人，足声如雷，已过乃敢上马徐去，私自伤至此。伏惟明公所谓洁廉而有文，可以比汉之司马子长者，盖穷困如此，岂不为之动心，而待其多言邪！

【注释】

（1）走表：送推荐信。

（2）熭：晒，晒干。

（3）缊火：乱麻点燃的火。缊，乱麻。

（4）导骑：为大官作前导的骑士。

（5）道周：道路的弯曲处。

上韩昭文论山陵书

四月二十三日，将仕郎、守霸州文安县主簿、礼院编纂苏洵，惶恐再拜上书昭文相公执事：洵本布衣书生，才无所长，相公不察而辱收之，使与百执事之末，平居思所以仰报盛德，而不获其所。今者，先帝新弃万国，天子始亲政事，当海内倾耳[1]之秋，而相公实为社稷柱石莫先之臣，有百世不磨之功。伏惟相公将何以处之？古者天子即位，天下之政必有所不及安席而先行之者。盖汉昭即位，休息百役，与天下更始，故其为天子曾未逾月，而恩泽下布于海内。窃惟当今之事，天下之所谓最急，而天子之所宜先行者，辄敢以告于左右。窃见先帝以俭德临天下，在位四十余年，而宫室游观无所增加，帏簿器皿

弊陋而不易,天下称颂,以为文景[2]之所不若。今一旦奄弃臣下,而有司乃欲以末世葬送无益之费,侵削先帝休息长养之民,掇取厚葬之名而遗之,以累其盛明。故洵以为当今之议,莫若薄葬。窃闻顷者癸酉赦书既出,郡县无以赏兵,例皆贷钱于民。民之有钱者,皆莫肯自输,于是有威之以刀剑,驱之以笞棰,为国结怨,仅而得之者。小民无知,不知与国同忧,方且狼顾而不宁。而山陵一切配率之科又以复下,计今不过秋冬之间,海内必将骚然,有不自聊赖之人。窃惟先帝平昔之所以爱惜百姓者如此其深,而其所以检身节俭者如此其至也,推其平生之心而计其既没之意,则其不欲以山陵重困天下[3],亦已明矣。而臣下乃独为此过当逾礼之费,以拂戾其平生之意,窃所不取也。且使今府库之中,财用有余,一物不取于民,尽公力而为之,以称遂臣子不忍之心,犹且获讥于圣人;况夫空虚无有,一金以上非取于民则不获,而冒行不顾,以徇近世失中之礼,亦已惑矣。然议者必将以为古者君子不以天下俭其亲,以天下之大,而不足于先帝之葬,于人情有所不顾。洵亦以为不然。使今俭葬而用墨子之说,则是过也;不废先王之礼,而去近世无益之费,是不过矣,子思曰:"三日而殡,凡附于身者必诚必信,勿之有悔焉耳矣;三月而葬,凡附于棺者必诚必信,勿之有悔焉耳矣。"古之人所由以尽其诚信者,不敢有略也,而外是者则略之。昔者华元⁽⁴⁾厚葬其君,君子以为不臣。汉文葬于霸陵,木不改列,藏无金玉,天下以为圣明,而后世安于太山。故曰莫若建薄葬之议,上以遂先帝恭俭之诚,下以纾百姓目前之患,内以解华元不臣之讥,而万世之后以固山陵不拔之安。洵窃观古者厚葬之由,未有非其时君之不达,欲以金玉厚其亲于地下,而其臣下不能禁止,俛俛而从之者;未有如今日之事,太后至明,天子至圣,而有司信近世之礼,而遂为之者,是可深惜也。且夫相公既已立不世之功矣,而何爱一时之劳而无所建明?洵恐世之清议,将有任其责者。如曰诏敕已行,制度已定,虽知不便,而不可复改,则此又过矣。盖唐太宗之葬高祖也,欲为九丈之坟,而用汉氏长陵之制,百事务从丰厚。及群臣建议以为不可,于是改从光武⁽⁵⁾之陵,高不过六丈,而每事俭约。夫君子之为政,与其坐视百姓之艰难而重改令之非,孰若改令以救百姓之急?不胜区区之心,敢辄以告。惟恕其狂易之诛,幸甚幸甚!不宣。洵惶恐再拜。

【注释】

(1) 倾耳:侧耳倾听朝廷消息。

(2) 文景:指汉代的文帝和景帝,因其治国有方,史称"文景之治"。

(3) 不欲以山陵重困天下:不想因治理丧事大修陵墓而加重天下的困难。

(4) 华元:春秋时宋国大夫,历事文、共、平三公,执政四十年。

(5) 光武:指汉代的光武帝刘秀。

与梅圣俞书

圣俞足下：揆间⁽¹⁾忽复岁晚，昨九月中尝发书，计已达左右。洵闲居经岁，益知无事之乐，旧病渐复散去。独恨沦废山林，不得圣俞、永叔相与谈笑，深以嗟惋。自离京师，行已二年，不意朝廷尚未见遗，以其不肖之文犹有可者，前月承本州发遣赴阙就试。圣俞自思，仆岂欲试者？惟其平生不能区区附合有司之尺度，是以至此穷困。今乃以五十衰病之身，奔走万里以就试，不亦为山林之士所轻笑哉？自思少年尝举茂才⁽²⁾，中夜起坐，裹饭携饼，待晓东华门外，逐队而入，屈膝就席，俯首据案。其后每思至此，即为寒心。今齿日益老，尚安能使达官贵人复弄其文墨，以穷其所不知邪？且以永叔之言与夫三书之所云，皆世之所见。今千里召仆而试之，盖其心尚有所未信，此尤不可苟进，以求其荣利也。昨适有病，遂以此辞。然恐无以答朝廷之恩，因为《上皇帝书》一通以进，盖以自解其不至之罪而已。不知圣俞当见之否。冬寒，千万加爱。

【注释】

（1）揆间：测度之间。

（2）茂才：唐宋时一种科举名称。

答雷太简书

太简足下：前月辱书，承谕朝廷将有召命，且教以东行应诏。旋属郡有符⑴，亦以此见遣。承命自笑，恐不足以当，遂以疾辞，不果行。计太简亦已知之。仆已老矣，固非求仕者，亦非固求不仕者。自以闲居田野之中，鱼稻蔬笋之资，足以养生自乐，俯仰世俗之间，窃观当世之太平；其文章议论，亦可以自足于一世。何苦乃以衰病之身，委曲以就有司之权衡，以自取轻笑哉？然此可为太简道，不可与流俗人言也。向者《权书》、《衡论》、《几策》，皆仆闲居之所为。其间虽多言今世之事，亦不自求出之于世，乃欧阳永叔以为可进而进之。苟朝廷以为其言之可信，则何所事试？苟不信其平居之所云，而其一日仓卒之言，又何足信邪？恐复不信，只以为笑。久居闲处，终岁幸无事。昨为州郡所发遣，徒益不乐尔。杨曼至今未归，未得所惠书。岁晚，京师寒甚，惟多爱。

【注释】

（1）旋属郡有符：很快所属郡州又发来公文。符，官府的符契，公文。

上王长安书

判府左丞阁下：天下无事，天子甚尊，公卿甚贵，士甚贱。从士而逆数之，至于天子，其积也甚厚，其为变也甚难。是故天子之尊至于不可指，而士之卑至于可杀。呜呼，见其安而不见其危，如此而已矣。卫懿公[1]之死，非其无人也，以鹤辞而不与战也。方其未败也，天下之士望为其鹤而不可得也；及其败也，思以千乘之国与匹夫共之而不可得也。人知其卒之至于如此，则天子之尊可以栗栗[2]于上，而士之卑可以肆志于下，又焉敢以势言哉！故夫士之贵贱，其势在天子；天子之存亡，其权在士。世衰道丧！天子之士学之不明，持之不坚，于是始以天子存亡之权，下而就一匹夫贵贱之势。甚矣夫，天下之惑也！持千金之璧以易一瓦缶，几何其不举而弃诸沟也？古之君子，其道相为徒，其徒相为用。故一夫不用乎此，则天下之士相率而去之。使夫上之人有失天下士之忧，而后有失一士之惧。今之君子，幸其徒之不用，以苟容其身。故其始也轻用之，而其终也亦轻去之。呜呼，其亦何便于此也？当今之世，非有贤公卿不能振其前，非有贤士不能奋其后，洵从蜀来，明日将至长安，见明公而东。伏惟读其书而察其心，以轻重其礼，幸甚幸甚！

【注释】

（1）卫懿公：春秋时卫国的一位君主，沉迷于养鹤，终至亡国。

（2）栗栗：恐惧发抖的样子。

审　势

治天下者定所上⁽¹⁾。所上一定，至于万千年而不变，使民之耳目纯于一，而子孙有所守，易以为治。故三代圣人，其后世远者至七八百年。夫岂惟其民之不忘其功，以至于是，盖其子孙得其祖宗之法而为据依，可以永久。夏之上忠，商之上质，周之上文，视天下之所宜上而固执之，以此而始，以此而终，不朝文而暮质，以自溃乱。故圣人者出，必先定一代之所上。周之世，盖有周公为之制礼，而天下遂上文。后世有贾谊者说汉文帝，亦欲先定制度，而其说不果用。今者天下幸方治安，子孙万世帝王之计，不可不预定于此时。然万世帝王之计，常先定所上，使其子孙可以安坐而守其旧。至于政弊，然后变其小节，而其大体卒不可革易。故享世长远，而民不苟简⁽²⁾。今也考之于朝野之间，以观国家以所上者，而愚犹有惑也。何则？天下之势有强弱，圣人审其势而应之以权⁽³⁾。势强矣，强甚而不已则折；势弱矣，弱甚而不已则屈。圣人权之，而使其甚不至于折与屈者，威与惠也。夫强甚者，威竭而不振；弱甚者，惠亵而下不以为德。故处弱者利用威，而处强者利用惠。乘强之威以行惠，则惠尊；乘弱之惠以养威，则威发而天下震栗。故威与惠者，所以裁节天下强弱之势也。然而不知强弱之势者，有杀人之威而下不惧，有生人之惠而下不喜。何者？威竭而惠亵故也。故有天下者，必先审知天下之势，而后可与言用威惠。不先审知其势，而徒曰我能用威，我能用惠者，未也。故有强而益之以威，弱而益之以惠，以至于折与屈者，是可悼也。譬之一人之身，将欲饮药饵石以养其生，必先审观其性之为阴，其性之为阳，而投之以药石。药石之阳而投之阴，药石之阴而投之阳，故阴不至于涸，而阳不至于亢。苟不能先审观己之为阴，与己之为阳，而以阴攻阴，以阳攻阳，则阴者固死于阴，而阳者固死于阳，不可救也。是以善养身者，先审其阴阳；而善制天下者，先审其强弱，以为之谋。昔者周有天下，诸侯太盛。当其盛时，大者已有地五百里，而畿内反不过千里，其势为弱。秦有天下，散为郡县，聚为京师，守令无大权柄，伸缩进退，无不在我，其势为强。然方其成、康[4]在上，诸侯无小大，莫不臣伏，弱之势未见于外。及其后世失德，而诸侯禽奔兽遁，各固其国以相侵攘，而其上之人卒不悟，区区守姑息之道，而望其能以制服强国。是谓以弱政济弱势，故周之天下卒毙于弱。秦自孝公，其势固已骎骎焉[5]日趋于强大。及其子孙已并天下，而亦不悟，专任法制以斩挞平民。是谓以强政济强势，故秦之天下卒毙于强。周拘于惠而不知权，秦勇于威而不知本，二者皆不审天下之势也。吾宋制治，有县令，有郡守，有转运使，以大系小，丝牵绳联，总合于上。虽其地在万里外，方数千里，拥兵百万，而天子一呼于殿陛间，三尺竖子驰传捧诏，召而归之京师，则解印趋走，惟恐不及。如此之势，秦之所恃以强之势也。势强矣，然天下之病，常病于弱。噫！有可强之势如秦，而反陷于弱者，何也？习于惠而怯于威也，惠太甚而威不胜也。夫其所以习于惠而惠太甚者，赏数而加于无功也；怯于威而威不胜者，刑弛而兵不振也。由赏与刑与兵之不得其道，是以有弱之实著于外焉。何谓弱之实？曰官吏旷惰，职废不举，而败官之罚不加严也。多赎数赦，不问有罪，而典刑之禁不能行也。冗兵骄狂，负力幸赏，而维持姑息之恩不敢节[6]也。将帅覆军，匹马不返，而败军之责不加重也，羌胡强盛，陵压中国，而邀金缯，增币帛之耻不为怒也。若此类者，大弱之实也。久而不治，则又将有大于此，而遂浸微浸消，释然而溃，以至于不可救止者乘之矣。然愚以为弱在于政，不在于势，是谓以弱政败强势。今夫一舆薪之火，众人之所惮而不敢犯者也。举而投之河，则何热之能为？是以负强秦之势，而溺于弱周之弊，而天下不知其强焉者以此也。虽然，政之弱，非若势弱之难治也。借如弱周之势，必变易其诸侯，而后强可能也。天下之诸侯，固未易变易，此又非一日之故也。若夫弱政，则用威而已矣，可以朝改而夕定也。夫齐，古之强国也，而威王又齐之贤王也。当其即位，委政不治，诸侯并侵，而人不知其国之为强国也。一旦发怒，裂万家封即墨大夫，召烹阿大夫与常誉阿大夫者，而发兵击赵、魏、卫。赵、魏、卫尽走请和，而齐国人人震惧，不敢饰非者，彼诚知其政之弱，而能用其威以济其弱也。况今以天子之尊，借郡县之势，言脱于口而四方响应，其所以用威之资固已完具。且有天下者患不为，焉有欲为而不可者？今诚能一留意于用威，一赏罚，一号令，一举动，无不一切出于威。严用刑法而不赦有罪，力行果断而不牵众人之是非。用不测之刑，用不测之赏，而使天下之人视之如风雨雷电，遽然而至，截然而下，不知其所从发，而不可逃遁。朝廷如此，然后平民益务检慎，而奸民猾吏亦常恐恐然惧刑法之及其身，而敛其手足，不敢辄犯法。此之谓强政。政强矣，为之数年，而天下之势可以复强。愚故曰：乘弱之惠以养威，则威发而天下震栗。然则以当今之势，求所谓万世为帝王，而其大体卒不可革易者，其上威而已矣。或曰：当今之势，事诚无更于上威者。然孰知大万世之间其政之不变，而必曰威邪？愚应之曰：威者，君之所恃以为君也。一旦而无威，是无君也。久而政弊，变其小节，而参之以惠，使不至若秦之甚，可也；举而弃之，过矣。或者又曰：王者任德不任刑。任刑，霸者之事，非所宜言。此又非所谓知理者也。夫汤、武皆王也，桓、文皆霸也。武王乘纣之暴，出民于炮烙斩刖之地，苟又遂多杀人、多刑人以为治，则民之心去矣，故其治一出于礼义。彼汤则不然。桀之德固无以异纣，然其刑不若纣暴之甚也，而天下之民化其风，淫惰不事法度。《书》曰："有众率怠弗协。"而又诸侯昆吾氏[7]首为乱。于是诛锄其强梗怠惰不法之人，以定纷乱。故（记）曰：商人"先罚而后赏"。至于桓、文之事，则又非皆任刑也。桓公用管仲，仲之书好言刑，故桓公之治常任刑。文公长者，其佐狐、赵、先、魏皆不说以刑法，其治亦未尝以刑为本，而号亦为霸。而谓汤非王而文非霸也，得乎？故用刑不必霸，而用德不必王，各观其势之何所宜用而已。然则今之势，何为不可用刑？用刑何为不曰王道？彼不先审天下之势，而欲应天下之务，难矣！

【注释】

（1）上：同"尚"，崇尚，尊重。

(2) 简：忽视，怠慢。

(3) 权：灵活变化，权变。

(4) 成、康：指西周初期的成王、康王。

(5) 骎骎焉：形容马健壮行走的样子。

(6) 节：节制。

(7) 昆吾氏：我国远古时期西戎少数民族部族名称。

审　敌

中国内也，四夷外也。忧在内者，本也；忧在外者，末也。夫天下无内忧，必有外惧。本既固矣，盍释其末以息肩乎？曰未也。古者夷狄忧在外，今者夷狄忧在内，释其末可也，而愚不识方今夷狄之忧为末也。古者夷狄之势，大弱则臣，小弱则遁；大盛则侵，小盛则掠。吾兵良而食足，将贤而士勇，则患不及中原，如是而曰外忧可也。今之蛮夷，姑无望其臣与遁，求其志止于侵掠而不可得也。北胡骄恣，为日久矣，岁邀金缯以数十万计。曩者，幸[1]吾有西羌之变，出不逊语以撼中国。天子不忍使边民重困于锋镝，是以虏日益骄，而贿日益增，迨今凡数十百万。而犹慊然未满其欲，视中国如外府，然则其势又将不止数十百万也。夫贿益多，则赋敛不得不重；赋敛重，则民不得不残。故虽名为息民，而其实爱其死而残其生也。名为外忧，而其实忧在内也。外忧之不去，圣人犹且耻之；内忧而不为之计，愚不知天下之所以久安而无变也。古者匈奴之强，不过冒顿[2]，当暴秦刻剥，刘、项战夺之后，中国溢然矣。以今度之，彼宜遂入践中原，如决大河，溃蚁壤；然卒不能越其疆，以有吾尺寸之地。何则？中原之强，固百倍于匈奴，虽积衰新造，而犹足以制之也。五代之际，中原无君，石晋苟一时之利，以子行事匈奴，割幽、燕之地，以资其强大。孺子继立，大臣外叛，匈奴扫境来寇，兵不血刃而京师不守，天下被其祸。匈奴自是始有轻中原之心，以为可得而取矣。及吾宋景德[3]中，大举来寇，章圣皇帝[4]一战而却之，遂与之盟以和。夫人之情胜则狃[5]，狃则败，败则惩，惩则胜。匈奴狃石晋之胜，而有景德之败，惩景德之败，而愚未知其所胜，甚可惧也。虽然，数十年之间，能以无大变者，何也？匈奴之谋必曰：我百战而胜人，人虽屈而我亦劳。驰一介入中国，以形凌之，以势邀之，岁得金钱数十百万。如此数十岁，我益数百千万，而中国损数百千万，吾日以富，中国日以贫，然后足以有为也。天生北狄，谓之犬戎。投骨于地，狺然[6]有争者，犬之常也。今则不然，边境之上，岂无可乘之衅？使之来寇，大足以夺一郡，小亦足以杀掠数千人，而彼不以动其心者，此其志非小也。将以蓄其锐而伺吾隙，以伸其所大欲，故不忍以小利而败其远谋。古人有言曰："为虺弗摧，为蛇奈何？"匈奴之势，日长炎炎，今也柔而养之，以冀其卒无大变，其亦惑矣。且今中国之所以竭生民之力，以奉其所欲，而犹恐恐焉惧一物之不称其意者，非谓中国之力不足以支其怒也。然以愚度之，当今中国虽万万无有如石晋可乘之势者，匈奴之力虽足以犯边，然今十数年间，吾可以必无犯边之忧。何也？非畏吾也，其志不止犯边也。其志不止犯边，而力又未足以成其所欲为，则其心惟恐吾之一旦绝其好，以失吾之厚赂也。然而骄傲不肯少屈者，何也？其意曰邀之而后固也。鸷鸟将击，必匿其形。昔者冒顿欲攻汉，汉使至，辄匿其壮士健马。故《兵法》曰："词卑者进也，词强者退也。"今匈奴之君臣，莫不张形势以夸我，此其志不欲战明矣。阖庐之入楚也因唐、蔡。勾践之入吴也因齐、晋。匈奴诚欲与吾战耶，曩者陕西有元昊之叛，河朔有王则之变，岭南有智高之乱，此亦可乘之势矣。然终以不动，则其志之不欲战又明矣。吁，彼不欲战而我遂不与战，则彼既得其志矣。兵法曰："用其所欲，行其所能，废其所不能。于敌反是。"今无乃与此异乎？且匈奴之力既未足以伸其所大欲，而夺一郡，杀掠数千人之利，彼又不以动其心，则我勿赂而已。勿赂，而彼以为辞，则对曰："尔何功于吾？岁欲吾赂，吾有战而已，赂不可得也。"虽然，天下之人必曰：此愚人之计也。天下孰不知赂之为害，而无赂之为利，顾势不可耳。愚以为不然。当今夷狄之势，如汉七国之势。昔者高祖急于灭项籍，故举数千里之地以王诸将。项籍死，天下定，而诸将之地因遂不可削。当是时，非刘氏而王者八国。高祖惧其且为变，故大封吴、楚、齐、赵同姓之国以制之。既而信、越、布、绾皆诛死，而吴、楚、齐、赵之强反无以制。当是时，诸侯王虽名为臣，而其实莫不有帝制之心。胶东、胶西、济南又从而和之，于是擅爵人[7]，赦死罪，戴黄屋[8]，刺客公行，匕首交于京师，罪至章[9]也，势至逼也。然当时之人，犹且徜徉容与，若不足虑，月不图岁，朝不计夕，循循而摩之，煦煦而吹之，幸而无大变。以及于孝景之世，有谋臣曰晁错，始议削诸侯地以损其权。天下皆曰诸侯必且反。错曰："固也，削亦反，不削亦反。削之则反疾而祸小，不削则反迟而祸大。吾惧其不及今反也。"天下皆曰晁错愚。吁，七国之祸，期于不免。与其发于远而祸大，不若发于近而祸小。以小祸易大祸，虽三尺童子皆知其当然。而其所以不与⁽¹⁰⁾错者，彼皆不知其势将有远祸，与知其势将有远祸，而度己不及见，谓可以寄之后人，以苟免吾身者也。然则，错为一身谋则愚，而为天下谋则智。人君又安可舍天下之谋，而用一身之谋哉！今日匈奴之强不减于七国，而天下之人又用当时之议，因循维持以至于今，方且以为无事。而愚以为天下之大计，不如勿赂。勿赂则变疾而祸小，赂之则变迟而祸大。畏其疾也，不若畏其大；乐其迟也，不若乐其小。天下之势，如坐弊船之中，骎骎乎将入于深渊。不及其尚浅也舍之，而求所以自生之道，而以濡足为解者，是固夫覆溺之道也。圣人除患于未萌，然后能转而为福。今也不幸养之以至此，而近忧小患又惮而不决，则是远忧大患终不可去也。赤壁之战，惟周瑜、吕蒙知其胜；伐吴之役，惟羊祜、张华以为是。然则宏远深切之谋，固不能合庸人之意。此晁错所以为愚也。虽然，错之谋犹有遗憾。何者？错知七国必反，而不为备反之计，山东变起，而关内骚动。今者匈奴之祸，又不若七国之难制。七国反，中原半为敌国；匈奴叛，中国以全制其后。此又易为谋也。然则谋之奈何？曰：匈奴之计不过三，一曰声，二曰形，三曰实。匈奴谓中国怯久矣，以吾为终不敢与之抗。且其心常欲固前好，而得厚赂以养其力。今也遽绝之，彼必曰战而胜，不如坐而得赂之为利也。华人怯，吾可以先声胁之，彼将复赂我。于是宣言于远近：我将以某日围某所，以某日攻某所，如此谓之声。命边郡休士卒，偃旗鼓，寂然若不闻其声。声既不能动，则彼之计将出于形。除道蔫棘，多为疑兵以临吾城，如此谓之形。深沟固垒，清野以待，寂然若不见其形。形又不能动，则技止此矣，将遂练兵秣马以出于实。实而与之战，破之易尔。彼之计必先出于声与形，而后出于实者。出于声与形，期我惧而以重赂请和也；出于实，不得已而与我战，以幸一时之胜也。夫勇者可以施之于怯，不可以施之于智。今夫叫呼跳踉以气先者，世之所谓善斗者也。虽然，蓄全力以待之，则未始不胜。彼叫呼者，声也；跳踉者，形也。无以待之，则声与形者亦足以乘人于卒；不然，徒自弊其力于无用之地，是以不能胜也。韩许公⁽¹¹⁾节度宣武军，李师古忌公严整，使来告曰："吾将假道伐滑。"公曰："尔能越吾界为盗邪？有以相待，无为虚言。"滑帅告急，公使谓曰："吾在此，公安无恐。"或告除道剪棘，兵且至矣。公曰："兵来不除道也。"师古诈穷，迁延以遁。愚故曰：彼计出于声与形而不能动，则技止此矣。与之战，破之易耳。方今匈奴之君有内难，新立，意其必易与。邻国之难，霸王之资也。且天与不取，将受其弊。贾谊曰："大国之王，幼弱未壮，汉之所置傅相，方握其事。数年之后，大抵皆冠，血气方刚，汉之傅相以病而赐罢，当是之时而欲为安，虽尧舜不能。"呜呼，是七国之势也。

【注释】

(1) 幸：侥幸于……

(2) 冒顿：指冒顿单于，汉代时匈奴一支部落的首领。

(3) 景德：宋真宗年号。

(4) 章圣皇帝：指宋真宗皇帝。

(5) 狃：安顺，习惯。

(6) 猖然：狗叫的样子。

(7) 擅爵人：擅自为人封爵。爵，在这里用如动词。

(8) 戴黄屋：罩着只有帝王才准用的车盖。黄屋，帝王车盖，以黄缯为盖里,故名。汉制,惟皇帝得用黄屋。

(9) 章:同"彰",明显。

(10) 不与:不赞同。

(11) 韩许公:指唐朝韩弘,唐顺宗永贞年间节度使。

六　　国

六国⁽¹⁾破灭,非兵⁽²⁾不利、战不善,弊在赂秦⁽³⁾。赂秦而力亏⁽⁴⁾,破灭之道也。

或曰⁽⁵⁾:"六国互丧⁽⁶⁾,率⁽⁷⁾赂秦耶?"曰:"不赂者以赂丧,盖失强援不能独完,故曰:'弊在赂秦'也。"秦以攻取⁽⁸⁾之外,小则获邑⁽⁹⁾,大则得城。较秦之所得⁽¹⁰⁾,与战胜而得者,其实⁽¹¹⁾百倍,诸侯之所亡,与战败而亡者,其实亦百倍。则秦之所大欲,诸侯之所大患,固⁽¹²⁾不在战矣。思厥先祖父,暴霜露、斩荆棘,以有尺寸之地,子孙视之不甚惜,举以予人,如弃草芥。今日割五城,明日割十城⁽¹³⁾,然后得一夕安寝。起视四境,而秦兵又至矣。然则诸侯之地有限,暴秦之欲无厌⁽¹⁴⁾,奉之弥繁,侵之愈急。故不战而强弱胜负已判⁽¹⁵⁾矣。至于颠覆⁽¹⁶⁾,理固宜然⁽¹⁷⁾。古人云:"以地奉秦,犹抱薪救火,薪不尽,火不灭。"此言得之⁽¹⁸⁾。

齐人未尝赂秦,终继五国迁灭⁽¹⁹⁾,何哉?与嬴⁽²⁰⁾而不助五国也;五国既丧,齐亦不免矣。燕、赵之君,始⁽²¹⁾有远略,能守其土,义不赂秦，是故燕虽小国而后亡，斯⁽²²⁾用兵之效也。至丹，以荆卿为计，始速祸焉。赵尝五战于秦，二败而三胜，后秦击赵者再，李牧连却之。洎牧以谗诛，邯郸为郡，惜其用武而不终也。且燕、赵处秦革灭殆尽之际⁽²³⁾，可谓智力孤危，战败而亡，诚不得已。向使三国⁽²⁴⁾各爱其地，齐人勿附于秦，刺客⁽²⁵⁾不行，良将犹在，则胜负之数⁽²⁶⁾，存亡之理⁽²⁷⁾，当⁽²⁸⁾与秦相较，或未易量⁽²⁹⁾。

呜呼！以赂秦之地，封天下之谋臣，以事秦之心，礼天下之奇才，并力西向⁽³⁰⁾，则吾恐秦人食之不得下咽也。悲夫⁽³¹⁾！有如此之势而为秦人积威之所劫⁽³²⁾，日削月割，以趋于亡，为国者⁽³³⁾勿使为积威之所劫哉！

夫六国与秦皆诸侯，其势弱于秦，而犹有可以不赂而胜之之势；苟以天下之大⁽³⁴⁾，下而从六国破亡之故事，是又在六国下矣⁽³⁵⁾。

【注释】

（1）六国：即齐、楚、韩、赵、魏、燕。

（2）兵：兵器，武器。

（3）赂秦：向秦国行贿，这里指割土地给秦国。

（4）力亏：指国家力量的亏损。

（5）或曰：有人说。这是设问。

（6）六国互丧：六国彼此都丧亡了。

（7）率：一概，全部。

（8）以攻取：用战争夺取。

（9）邑：小城。下句的"城"，指大城。

（10）所得：即"得所"。所，代词，代"贿赂"。

（11）其实：它的实际（数量）。

（12）固：本来，原本。

（13）今日割五城，明日割十城：概括地叙说六国割城赂秦的情况。

（14）厌：同"餍"，饱，引申为满足。

（15）判：分明，判定。

（16）至于颠覆：直到灭亡。

（17）宜然：应该这样。

（18）此言得之：这话说得对。

（19）迁灭：灭亡。迁，改变。

（20）与嬴：和秦国结交联合。与，相与，结交。

（21）始：起初。

（22）斯：这。

（23）革灭殆尽：革灭，消灭，灭亡。殆，几乎，差不多。

（24）向使三国：向，以前。使，假若。三国，指韩、魏、楚。

（25）刺客：指荆轲。

（26）胜负之数：胜败的命运。数。定数，命运。

（27）理：道义。

（28）当：倘如。

（29）量：判断、估计。

（30）并力西向：协力对付西面的秦国。

（31）悲夫：真可悲啊！

（32）积威之所劫：积威，久积的威势。劫，胁迫，挟制。

(33) 为国者：治理国家的人。为，动词，治理。

(34) 苟以天下之大：苟，假若。天下，指北宋时国家的版图。

(35) 是又在六国下矣：这又在六国之下了。

项　籍

吾尝论项籍(1)有取天下之才，而无取天下之虑(2)；曹操(3)有取天下之虑，而无取天下之量(4)；刘备(5)有取天下之量，而无取天下之才。故三人者，终其身无成焉。且夫不有所弃(6)，不可以得天下之势；不有所忍，不可以尽天下之利。是故地有所不取，城有所不攻，胜有所不就，败有所不避。其来不喜，其去不怒，肆天下之所为，而徐制其后(7)，乃克有济(8)。

呜呼！项籍有百战百胜之才，而死于垓下，无惑也。吾观其战于钜鹿也，见其虑之不长，量之不大，未尝不怪其死于垓下之晚也。方(9)籍之渡河，沛公始整兵向关。籍于此时，若急引军趋⁽¹⁰⁾秦，及其锋而用之，可以据咸阳⁽¹¹⁾，制天下⁽¹²⁾。不知如此，而区区与秦将争一旦之命。既全钜鹿，而犹徘徊河南⁽¹³⁾、新安间，至函谷，则沛公入咸阳数月矣。夫秦人既已安沛公而雠⁽¹⁴⁾籍，则其势不得强而臣。故籍虽迁沛公汉中而卒都彭城，使沛公得还定三秦，则天下之势，在汉不在楚。楚虽百战百胜，尚何益哉？故曰：兆⁽¹⁵⁾垓下之死者，钜鹿之战也，或曰⁽¹⁶⁾："虽然⁽¹⁷⁾，籍必能入秦乎？"曰："项梁死，章邯谓楚不足虑，故移兵伐赵，有轻楚心，而良将劲兵，尽于钜鹿。籍诚能以必死之士，击其轻敌寡弱之师，入之易耳。且亡秦之守关，与沛公之守，善否可知也。沛公之攻关，与籍之攻，善否又可知也。以秦之守，而沛公攻入之；沛公之守，而籍攻入之，然则亡秦之守，籍不能入哉？"

或曰："秦可入矣，如救赵何？"曰："虎方捕鹿，罴据其穴⁽¹⁸⁾，搏其子，虎安得不置鹿而返，返则碎于罴⁽¹⁹⁾明矣。军志所谓攻其必救也⁽²⁰⁾。使籍入关，王离、涉间必释⁽²¹⁾赵自救，籍据关逆击其前，赵与诸侯救者十余壁蹑其后⁽²²⁾，覆之必矣。是籍一举解赵之围，而收功于秦也。战国时，魏伐赵，齐救之，田忌引兵疾走大梁，因存赵而破魏。彼宋义号知兵，殊不达此，屯安阳⁽²³⁾不进，而曰待秦敝。吾恐秦未敝，而沛公先据关矣。籍与义俱失焉。"

是故，古之取天下者，常先图所守。诸葛孔明弃荆州而就西蜀，吾知其无能为也。且彼未尝见大险也。彼以为剑门⁽²⁴⁾者，可以不亡也。吾尝观蜀之险，其守不可出，其出不可继，兢兢⁽²⁵⁾而自完，犹且不给。而何足以制中原哉？若夫秦、汉之故都，沃土千里，洪河大山，真可以控天下，又乌事夫不可以措足如剑门者，而后曰险哉？今夫富人，必居四通五达⁽²⁶⁾之都，使其财布出于天下，然后可以收天下之利。有小丈夫者，得一金楪而藏诸家(27)，拒户而守之。呜呼，是求不失也，非求富也。大盗至，劫而取之，又焉知(28)其果不失也？

【注释】

（1）项籍：字羽，下相（今江苏宿迁县）人，出身于楚国贵族。秦末随叔父项梁在吴（今江苏苏州）起义。项梁战死后，他杀死卿子冠军宋义，夺取领导权，钜鹿之战，大破秦军。灭秦后，逆拒全国统一之大势，大封诸侯王，封刘邦为汉王，自立为西楚霸王。楚汉战争中，与刘邦争天下，被击败，自杀于乌江边上。

（2）虑：思考、谋划、策略。

（3）曹操：魏武帝。字孟德，小字阿瞒，谯（今安徽省亳县）人。三国时著名的政治家、军事家、文学家。

（4）量：容纳的限度，指人的器量、度量、胸怀。

（5）刘备：蜀汉昭烈帝。字玄德，涿县（今河北省涿县）人，西汉远支皇族。与孙权联兵，在赤壁击败曹军，三足鼎立之势形成。

（6）弃：放弃、失。与"得"相对。

（7）徐制其后：意即"后发制人"。徐，缓。

（8）乃克有济：才能有所成就。克，能。济，成功。

（9）方：正当。

（10）趋：急走。这里是奔赴、打向。

（11）据咸阳：据，占领。咸阳，秦之都城，在今陕西省咸阳市。

（12）制天下：控制天下。

（13）河南：河南府，故城在今河南省洛阳市西。

(14) 雠：同"仇"，仇恨。

(15) 兆：预兆，征兆。

(16) 或曰：有人说。这是作者的设问。或，无定代词，代"有的人"，"某人"。

(17) 虽然：即使这样。

(18) 羆据其穴：羆，熊的一种。其，代词，代虎。

(19) 碎于羆：被羆撕碎吃掉。

(20) "军志"句：军志，指《孙子兵法》。其中《虚实篇》中说："故我欲战，敌虽高垒深沟不得不与我战者，攻其所必救也。"

(21) 释：放弃。

(22) 十余壁躡其后：壁，壁垒。躡，跟在后面。

(23) 安阳：地名，在今山东省曹县。

(24) 剑门：剑门关，在今四川省剑阁县。

(25) 兢兢：小心谨慎的样子。

(26) 四通五达：形容交通方便，畅通无阻。

(27) 椟而藏诸家：椟，木匣。诸，"之于"的合字，古汉语中的兼词，既作代词"之"用，又作介词"于"用。

(28) 焉知：如何知道。焉，如何，怎么。

高　祖

汉高祖⁽¹⁾挟数用术⁽²⁾，以制⁽³⁾一时之利害，不如陈平⁽⁴⁾；揣摩天下之势，举指摇目⁽⁵⁾，以劫制⁽⁶⁾项羽，不如张良⁽⁷⁾；微⁽⁸⁾此二人，则天下不归汉，而高帝乃木强⁽⁹⁾之人而止耳。然天下已定，后世子孙之计，陈平、张良智之所不及；则高帝常先为之规划处置⁽¹⁰⁾，以中⁽¹¹⁾后世之所为。晓然⁽¹²⁾如目见其事而为之者。盖高帝之智，明于大而暗于小，至于此而后见也。

帝尝语吕后曰："周勃厚重少文；然安刘氏必勃也，可令为太尉。"方是时⁽¹³⁾，刘氏既安矣，勃又将谁安邪？故吾之意曰："高帝之以太尉属勃也，知有吕氏之祸也⁽¹⁴⁾。"

虽然⁽¹⁵⁾，其不去⁽¹⁶⁾吕后，何也？势⁽¹⁷⁾不可也。昔者武王没⁽¹⁸⁾，成王幼⁽¹⁹⁾，而三监叛。帝意百岁后，将相大臣及诸侯王，有武庚禄父者⁽²⁰⁾，而无有以制之也；独计以为家有主母⁽²¹⁾，而豪奴悍婢⁽²²⁾，不敢与弱子⁽²³⁾抗。吕后佐⁽²⁴⁾帝定天下，为大臣素⁽²⁵⁾所畏服，独此可以镇压其邪心，以待嗣子⁽²⁶⁾之壮；故不去吕后者，为惠帝计也。

吕后既不可去，故削其党⁽²⁷⁾，以损其权，使虽有变，而天下不摇；是故以樊哙之功，一旦遂欲斩之而无疑。呜呼！彼其独于哙不仁邪？且哙与帝偕起，拔城陷阵，功不为少矣。方亚父⁽²⁸⁾嗾项庄时，微哙诮让羽，则汉之为汉，未可知也。一旦人有恶哙欲灭戚氏者，时哙出伐燕，立命平、勃即斩之。

夫哙之罪，未形也⁽²⁹⁾；恶之者诚伪⁽³⁰⁾，未必也⁽³¹⁾。且高帝之不以一女子斩天下之功臣，亦明矣。彼其娶于吕氏⁽³²⁾，吕氏之族，若产、禄辈⁽³³⁾，皆庸才不足恤⁽³⁴⁾；独哙豪健，诸将所不能制，后世之患⁽³⁵⁾，无大于此矣。

夫高帝之视吕后也，犹医者之视堇⁽³⁶⁾也；使其毒可以治病，而无至于杀人而已矣。樊哙死，则吕氏之毒，将不至于杀人。高帝以为是足以死而无忧矣，彼平、勃者，遗其忧者也。哙之死于惠之六年也⁽³⁷⁾，天也；使其尚在⁽³⁸⁾，则吕禄不可给，太尉不得入北军矣。

或谓⁽³⁹⁾哙于帝最亲，使之尚在，未必与产、禄叛。夫韩信⁽⁴⁰⁾、黥布、卢绾⁽⁴¹⁾，皆南面称孤⁽⁴²⁾，而绾又最为亲幸；然及高祖之未崩也，皆相继以逆诛；谁谓百岁之后，椎埋屠狗之人，见其亲戚乘势为帝王，而不欣然⁽⁴³⁾从之邪？吾故曰："彼平、勃者，遗其忧者也。"

【注释】

（1）高祖：刘邦的庙号。刘邦是西汉开国皇帝，功劳最高，因此尊他为"高皇帝"，简称"高帝"，建立"高祖庙"，因称汉高祖。

（2）挟数用术：掌握规律性，利用帝王之术。挟，挟持，掌握。数，规律性。术，使用和控制群臣的策略和手段。

（3）制：控制。

（4）陈平：阳武（今河南省原阳县）户牖乡人，曾在项羽下任都尉，后来逃入刘邦军中，得到重用，曾任护军中尉，监督所有将领。是刘邦身边一个足智多谋的助手，西汉前期的重要谋臣。

(5) 举指摇目：指点观望，意思是出谋划策，指挥作战。

(6) 劫制：威逼制服，引申为战胜。

(7) 张良：字子房，刘邦身边的决策人物。刘邦曾说："运筹帷幄之中，决胜于千里之外，吾不如子房。"封于留（今江苏省沛县东南），称"留侯"。

(8) 微：非，无，如果没有。

(9) 木强：性格耿直刚强。

(10) 规划处置：谋划安排。

(11) 中：适应，符合。

(12) 晓然：清楚明白的样子。

(13) 方是时：正当这个时候，指刘邦说这句话的时候。

(14) 吕氏之祸：刘邦死后，吕后执政，大封吕氏宗族为王，掌握政权、军权。吕氏死后，诸吕阴谋叛乱，篡夺刘氏政权。

(15) 虽然：既然如此，那么。

(16) 去：去掉，铲除。

(17) 势：形势，时机。

(18) 武王没：武王，周武王，姬发，文王子，公元前1066年率兵灭商，建立周朝。没，同"殁"，死。

(19) 成王：周成王，姬诵，公元前1063年继武王而立。

(20) 武庚：字禄父，殷纣王之子，殷亡后，被周武王封为诸侯。

(21) 主母：指成王诵之母，武王之妻。

(22) 豪奴悍婢：豪，强横。奴，奴仆。婢，女仆。

(23) 弱子：指年幼的成王姬诵。

(24) 佐：辅助。

(25) 素：平素、素常。

(26) 嗣子：继承王位的儿子，这里指惠帝刘盈。

(27) 党：集团、党徒、党羽。

(28) 亚父：指范增，好奇计，七十岁上往说项梁，从军，是项梁、项羽的重要谋臣，由于年高望重，项羽尊他为"亚父"。

(29) 未形：未成形，即没有形成事实。

(30) 诚伪：的确是假设。

(31) 未必：不一定。

(32) 彼其娶于吕氏：指樊哙娶吕后的妹妹吕媭为妻。

(33) 若产、禄辈：像产、禄等人。产，吕产，吕后的侄孙，被吕后封为梁王，为汉相国，实际上掌握政权；禄，吕禄，吕后的侄子，被吕后封为赵王，为上将军，实掌兵权。吕后死后，诸吕欲反刘篡权，被周勃等诛杀。

(34) 皆庸才不足恤：皆，全，都。庸，平庸无能。恤，忧虑，担心。

(35) 患：祸患，灾难。

(36) 堇：药名，即"乌头"，有毒，适量可治病，过量则毒杀人。

(37) 惠之六年：汉惠帝刘盈六年，即公元前193年，樊哙死于此年。

(38) 使其尚在：假设他（樊哙）还活着。

(39) 或谓：同"或曰"，有人说。表示设问。

(40) 韩信：秦末淮阴（今江苏省淮阴市）人，先随项羽，不被重视，又投靠刘邦，拜为大将军，南征北战，自立为齐王，刘邦徙封为楚王，后降为淮阴侯。高祖十一年（公元前196年），因谋反被吕后所杀。

（41）卢绾：刘邦的同乡，好朋友。随刘邦起兵，被封为燕王，因反叛被汉兵打败，逃往匈奴，被匈奴单于封为东胡卢王，死于匈奴。

（42）南面称孤：南面，古代以面向南为尊贵，帝王的座位面向南，故称帝位为"南面"。称孤，称帝。孤，古代王、侯自称。

（43）欣然：高兴的样子。

远　虑

圣人之道，有经⁽¹⁾，有权，有机⁽²⁾；是以有民，有群臣，而又有腹心之臣。曰经者，天下之民举知之可也；曰权者，民不得而知矣，群臣知之可也；曰机者，虽群臣亦不得而知矣，腹心之臣知之可也。夫使圣人而无权，则无以成天下之务；无机，则无以济万世之功。然皆非天下之民所宜知。而机者，又群臣所不得闻。群臣不得闻，谁与议？不议不济。然则所谓腹心之臣者，不可一日无也。后世见三代取天下以仁义，而守之以礼乐也，则曰圣人无机。夫取天下与

守天下，无机不能。顾三代圣人之机，不若后世之诈，故后世不得见耳。有机也，是以有腹心之臣。禹有益，汤有伊尹，武王有太公望。是三臣者，闻天下之所不闻，知群臣之所不知，禹与汤、武倡其机于上，而三臣共和之于下，以成万世之功。下而至于桓、文，有管仲、狐偃为之谋主；阖庐有伍员，勾践有范蠡、大夫种。高祖之起也，大将任韩信、黥布、彭越，裨将任曹参、樊哙、滕公、灌婴，游说诸侯任郦生、陆贾、枞公，至于奇机密谋，群臣所不与者，惟留侯、鄫侯二人。唐太宗之臣多奇才，而委之深、任之密者，亦不过曰房、杜[3]。夫君子为善之心与小人为恶之心，一也。君子有机以成其善，小人有机以成其恶。有机也，虽恶亦或济；无机也，虽善亦不克。是故腹心之臣，不可以一日无也。司马氏，魏之贼也，有贾充之徒为之腹心之臣以济。陈胜、吴广，秦民之汤、武也，无腹心之臣以不克。何则？无腹心之臣者，无机也，有机而泄也。夫无机与有机而泄者，譬如虎豹食人而不知设陷阱，设陷阱而不知以物覆其上者也。或曰：机者创业之君所假以济耳；守成之世[4]，其奚事机而安用夫腹心之臣？呜呼，守成之世，能遂熙然如太古之世矣乎？未也，吾未见机之可去也。且夫天下之变，常伏于燕安，田文所谓"主少国危，大臣未附"，如此等事，何世无之？当是之时，而无腹心之臣，可为寒心哉！昔者高祖之末，天下既定矣，而又以周勃遗孝惠、孝文。武帝之末，天下既治矣，而又以霍光遗孝昭、孝宣。盖天下虽有泰山之势，而圣人常以累卵为心。故虽守成之世，而腹心之臣不可去也。《传》曰"百官总己以听于冢宰"。彼冢宰者，非腹心之臣，天子安能举天下之事委之三年，而不置疑于其间邪？又曰"五载一巡狩"，彼无腹心之臣，五载一出，捐千里之畿，而谁与守邪？今夫一家之中，必有宗老，一介之士，必有密友,以开胸心,以济缓急。奈何天子而无腹心之臣乎?近世之君抗然于上,而使宰相眇然于下,上下不接,而其志不通矣。臣视君如天之辽然而不可亲,而君亦如天之视人,泊然无爱之之心也。是以社稷之忧,彼不以为忧;社稷之喜,彼不以为喜。君忧不辱,君辱不死。一人誉之则用之,一人毁之则舍之。宰相避嫌畏讥且不暇,何暇尽心以忧社稷?数迁数易,视相府如传舍。百官泛泛于下,而天子茕茕于上。一旦有卒然之忧,吾未见其不颠沛而殒越也。圣人之任腹心之臣也,尊之如父师,爱之如兄弟,握手入卧内,同起居寝食,知无不言,言无不尽,百人誉之不加密,百人毁之不加疏,尊其爵,厚其禄,重其权,而后可以议天下之机,虑天下之变。太祖之用赵中令也,得其道矣。近者寇莱公亦诚其人,然与之权轻,故终以见逐,而天下几有不测之变。然则其必使之可以生人杀人而后可也。

【注释】

(1) 经:指经略。

(2) 机:关键、要点。

(3) 房、杜:分指唐太宗宰相房玄龄,杜如晦。

(4) 守成之世:处于遵守已成章法即可治国之世。

御　将

人君御臣，相易而将难。将有二，有贤将，有才将，而御才将尤难。御相以礼，御将以术；御贤将之术以信，御才将之术以智。不以礼，不以信，是不为也；不以术，不以智，是不能也。故曰：御将难，而御才将尤难。六畜，其初皆兽也，彼虎豹能搏、能噬，而马亦能蹄，牛亦能触，先王知能搏、能噬者不可以人力制，故杀之；杀之不能，驱之而后已。蹄者可驭以羁绁，触者可拘以楅衡[1]，故先王不忍弃其才而废天下之用。如曰是能蹄，是能触，当与虎豹并杀而同驱，则是天下无骐骥，终无以服乘邪。先王之选才也，自非大奸剧恶如虎豹之不可以变其搏噬者，未有不欲制之以术，而全其才以适于用。况为将者，又不可责以廉隅细谨，顾其才何如耳。汉之卫、霍[2]、赵充国，唐之李靖、李勣，贤将也；汉之韩信、黥布、彭越，唐之薛万彻、侯君集、盛彦师，才将也。贤将既不多有，得才者而任之可也。苟又曰是难御，则是不肖者而后可也。结以重恩，示以赤心，美田宅，丰饮馔，歌童舞女，以极其口腹耳目之欲，而折之以威，此先王之所以御才将也。近之论者或曰：将之所以毕智竭虑，犯霜露，蹈白刃而不辞者，冀赏耳。为国家者，不如勿先赏以邀其成功。或曰：赏所以使人，不先赏，人不为我用。是皆一隅之说，非通论也。将之才固有小大：杰然于庸将之中者，才小者也；杰然于才将之中者，才大者也。才小志亦小,才大志亦大。人君当观其才之大小,而为之制御之术,以称其志。一隅之说,不可用也。夫养骐骥者,丰其刍粒⁽³⁾,洁其羁络,居之新闲,浴之清泉,而后责之千里。彼骐骥者,其志常在千里也,夫岂以一饱而废其志哉?至于养鹰则不然,获一雉,饲以一雀;获一兔,饲以一鼠。彼知不尽力于击搏,则其势无所得食,故然后为我用。才大者,骐骥也,不先赏之,是养骐骥者饥之而责其千里,不可得也;才小者,鹰也,先赏之,是养鹰者饱之而求其击搏,亦不可得也。是故先赏之说,可施之才大者;不先赏之说,可施之才小者;兼而用之可也。昔者汉高祖一见韩信而授以上将,解衣衣之,推食哺之。一见黥布,而以为淮南王,供具饮食如王者。一见彭越,而以为相国。当是时,三人者未有功于汉也,厥后追项籍垓下。与信约期而不至,捐数千里之地以畀之,如弃敝履。项氏未灭,天下未定,而三人者极富贵矣。何则?高帝知三人者之志大,不极于富贵,则不为我用。虽极于富贵而不灭项氏,不定天下,则其志不已也。至于樊哙、滕公、灌婴之徒则不然,拔一城,陷一阵,而后增数级之爵,否则,终岁不迁也。项氏已灭,天下已定,樊哙、滕公、灌婴之徒,计百战之功,而后爵之通侯。夫岂高帝至此而啬哉?知其才小而志小,虽不先赏,不怨;而先赏之,则彼将泰然自满,而不复以立功为事故也。噫,方韩信之立于齐,蒯通、武涉之说未去也,当此之时而夺之王,

汉其殆哉！夫人岂不欲三分天下而自立者？而彼则曰："汉王不夺我齐也。"故齐不捐，则韩信不怀[4]；韩信不怀，则天下非汉之有。呜呼，高帝可谓知大计矣。

【注释】

（1）楅衡：控制牛的用具。加在牛角上以防触人的横木叫"楅"。将绳穿进牛鼻便于牵引的叫"衡"。

（2）卫、霍：分指汉代大将卫青、霍去病。

（3）刍粒：牲口吃的粮食。

（4）怀：怀恩。

任　　相

古之善观人之国者，观其相何如人而已。议者常曰：将与相均。将特一大有司耳，非相侔[1]也。国有征伐，而后将权重；有征伐，无征伐，相皆不可一日轻。相贤邪，则群有司皆贤，而将亦贤矣；将贤邪，相虽不贤，将不可易也。故曰：将特一大有司耳，非相侔也。任相之道与任将不同。为将者大概多才而或顽钝无耻，非皆节廉好礼，不可犯者也。故不必优以礼貌，而其有不羁不法之事，则亦不可以常法御。何则？豪纵不趋约束者，亦将之常态也。武帝视大将军，往往踞厕,而李广利破大宛侵杀士卒之罪,则寝[2]而不问。此任将之道也。若夫相,必节廉好礼者为也,又非豪纵不趋约束者为也,故接之以礼而重责之。古者相见于天子,天子为之离席起立;在道,为之下舆;有病,亲问;不幸而死,亲吊。待之如此其厚。然其有罪,亦不私也。天地大变,天下大过,而相以不起闻矣;相不胜任,策书至而布衣出府,免矣;相有他失,而栈车牝马归以思过矣。夫接之以礼,然后可以重其责而使无怨言;责之重,然后接之以礼而不为过。礼薄而责重,彼将曰:主上遇我以何礼,而重我以此责也,甚矣。责轻而礼重,彼将遂驰然不肯自饬。故礼以维其心,而重责以勉其怠,而后为相者莫不尽忠于朝廷而不恤其私。吾观贾谊书,至所谓"长太息"者,常反复读不能已。以为谊生文帝时,文帝遇将相大臣不为无礼,独周勃一下狱,谊遂发此。使谊生于近世,见其所以遇宰相者,则当复何如也?夫汤、武之德,三尺竖子皆知其为圣人,而犹有伊尹、太公者为师友焉。伊尹、太公非贤于汤、武也,而二圣人者特不顾以师友之,以明有尊也。噫,近世之君姑勿责于此,天子御坐见宰相而起者有之乎?无矣。在舆而下者有之乎?亦无矣。天子坐殿上,宰相与百官趋走于下,掌仪之官名而呼之,若郡守召胥吏耳,虽臣子为此亦不为过,而尊尊贵贵之道,不若是亵也。夫既不能接之以礼,则其罪之也。吾法将亦不得用。何者?不果于用礼而果于用刑,则其心不服。故法曰:有某罪则加之以某刑。及其免相也,既曰有某罪,而刑不加焉,不过削之以官,而出之大藩镇,此其弊皆始于不为之礼。贾谊曰:"中罪而自驰,大罪而自裁。"夫人不我诛,而安忍弃其身,此必有大愧于其君。故人君者,必有以愧其臣,故其臣有所不为。武帝尝以不冠见平津侯[3],故当天下多事,朝廷忧惧之际,使石庆得容于其间而无怪焉。

然则必其待之如礼,而后可以责之如法也。且吾闻之,待以礼而彼不自效以报其上,重其责而彼不自勉以全其身,安其禄位,成其功名者,天下无有也。彼人主傲然于上,不礼宰相以自尊大者,孰若使宰相自效以报其上之为利?宰相利其君之不责而丰其私者,孰若自勉以全其身,安其禄位,成其功名之为福?吾又未见去利而就害,远福而求祸者也。

【注释】

(1) 相侔:相当,相等。

(2) 寝:搁置起来。

(3) 平津侯:指公孙弘。

重　远

　　武王不泄迩⁽¹⁾，不忘远，仁矣乎？曰：非仁也，势也。天下之势犹一身，一身之中，手足病于外，则腹心为之深思静虑于内，而求其所以疗之之术；腹心病于内，则手足为之奔掉于外，而求其所以疗之之物。腹心、手足之相救，非待仁而后然。吾故曰：武王之不泄迩，不忘远，非仁也，势也。势如此其急，而古之君独武王然者，何也？人皆知一身之势，而武王知天下之势也。夫不知一身之势者，一身危；而不知天下之势者，天下不危乎哉？秦之保关中，自以为子孙万世帝王之业，而陈胜、吴广乃楚人也。由此观之，天下之势，远近如一。然以吾言之，近之可忧，未若远之可忧之深也。近之官吏贤邪，民誉之歌之；不贤邪，讥之谤之。誉歌讥谤者众则必传，传则必达于朝廷，是官吏之贤否易知也。一夫不获其所，诉之刺史，刺史不问，裹粮走京师，缓不过旬月，挝鼓叫号，而有司不得不省⁽²⁾矣。是民有冤易诉也。吏之贤否易知，而民之冤易诉，乱何从始邪？远方之民，虽使盗跖为之郡守，梼杌、饕餮⁽³⁾为之县令，郡县之民，群嘲而聚骂者，虽千百为辈，朝廷不知也。白日执人于市，诬以杀人，虽其兄弟妻子闻之，亦不过诉之刺史。不幸而刺史又抑之，则死且无告矣。彼见郡守县令据案执笔，吏卒旁列，棰械满前，骇然而丧胆矣。则其谓京师天子所居者当复如何？而又行数千里，费且百万，富者尚或难之，而贫者又何能乎？故其民常多怨而易动。吾故曰：近之可忧，未若远之可忧之深也。国家分十七路，河朔、陕右、广南、川峡实为要区。河朔、陕右，二虏之防，而中国之所恃以安。广南、川峡，货财之源，而河朔、陕右之所恃以全。其势之轻重如何哉？曩者北胡骄恣，西寇悖叛，河朔、陕右尤所加恤，一郡守、一县令，未尝不择。至于广南、川峡则例以为远官，审官差除，取具临时，窜谪量移，往往而至。凡朝廷稍所优异者，不复官之广南、川峡，而其人亦以广南、川峡之官为失职庸人，无所归，故常聚于此。呜呼，知河朔、陕右之可重，而不知河朔、陕右之所恃以全之地之不可轻，是欲富其仓而芜其田，仓不可得而富也。矧[4]其地控制南夷、氐蛮，最为要害。土之所产又极富夥[5]，明珠大贝，纨锦布帛，皆极精好，陆负水载，出境而其利百倍。然而关讥、门征，僦雇之费，非百姓私力所能办，故贪官专其利，而齐民受其病。不招权、不鬻狱者[6]，世俗遂指以为廉吏矣；而招权鬻狱者，又岂尽无？呜呼，吏不能皆廉，而廉者又止如此，是斯民不得一日安也！方今赋取日重，科敛日烦，罢弊之民不任，官吏复有所规求于其间矣。淳化中，李顺窃发于蜀，州郡数十望风奔溃。近者智高乱广南，乘胜取九城如反掌。国家设城池，养士卒，蓄器械，储米粟，以为战守备；而凶竖一起，若涉无人之地者，吏不肖也。今夫以一身任一方之责者，莫若漕刑。广南、川峡既为天下要区，而其中之郡县又有为广南、川峡之要区者，其牧宰[7]之贤否，实一方所以安危。幸而贤则已，其戕民黩货，然有罪可诛者，漕刑固亦得以举劾。若夫庸陋选耎[8]不才而无过者，漕刑虽贤明，其势不得易置，此犹弊车蹩[9]马而求仆夫之善御也。郡县有败事，不以责漕刑则不可；责之，则彼必曰：败事者某所，治某所者某人也，吾将何所归罪？故莫若使漕刑自举其人而任之。他日有败事，则谓之曰：尔谓此人堪此职也；今不堪此职，是尔欺我也。责有所任，罪无所逃，然而择之不得其人者盖寡矣。其余郡县虽非一方之所以安危者，亦当诏审官俾勿轻授。赃吏、冗流勿措其间，而民虽在千里外，无异于处畿甸中矣。

【注释】

（1）不泄迩：不亲近身边的人。泄，亲近而不庄重。迩，近。

（2）省：察看，检查。

（3）梼杌、饕餮：都是古代传说中的怪兽名。

（4）矧：况且。

（5）夥：众多，丰富。

（6）不招权，不鬻狱者：不揽权，不为私利出卖法律。招，揽，鬻，卖。狱，刑事案件。

（7）牧宰：一方长官。

（8）耎：软弱，怯懦。

（9）躄：两腿瘸。

春秋论(1)

赏罚者，天下之公也(2)；是非者，一人之私也。位之所在，则圣人以其权为天下之公，而天下以惩以劝；道之所在，则圣人以其权为一人之私，而天下以荣以辱。

周之衰也，位不在夫子(3)，而道在焉，夫子以其权是非天下可也。而《春秋》赏人之功(4)，赦人之罪(5)，去人之族(6)，绝人之国(7)，贬人之爵(8)，诸侯而或书其名(9)，大夫而或书其字(10)，不惟其法，惟其意，不徒曰此是此非，而赏罚加焉。则夫子固曰：我可以赏罚人矣[11]。赏罚人者，天子、诸侯事也。夫子病天下之诸侯、大夫僭夫子、诸侯之事而作《春秋》[12]，而己则为之，其何以责天下[13]？位，公也；道，私也。私不胜公，则道不胜位[14]。位之权得以赏罚，而道之权不过于是非。道在我矣，而不得为有位者之事，则天下皆曰：位之不可僭也如此。不然，天下其谁不曰道在我[15]？则是道者，位之贼也[16]。曰：夫子岂诚赏罚之邪，徒曰赏罚之耳，庸何伤？曰：我非君也，非吏也，执涂之人而告之曰：某为善，某为恶，可也。继之曰：某为善，吾赏之；某为恶，吾诛之，则人有不笑我者乎[17]？夫子之赏罚何以异此[18]？

然则，何足以为夫子[19]？何足以为《春秋》？曰：夫子之作《春秋》也，非曰孔氏之书也，又非曰我作之也，赏罚之权不以自与也。曰：此鲁之书也，鲁作之也。有善而赏之，曰鲁赏之也；有恶而罚之，曰鲁罚之也[20]。何以知之[21]？曰：夫子系《易》谓之《系辞》[22]，言孝谓之《孝经》，皆自名之，则夫子私之也。而《春秋》者，鲁之所以名史，而夫子托焉，则夫子公之也。公之以鲁史之名，则赏罚之权固在鲁矣。

《春秋》之赏罚自鲁而及于天下，天子之权也[23]。鲁之赏罚不出境，而以天子之权与之，何也？曰：天子之权在周，夫子不得已而以与鲁也。武王之崩也，天子之位当在成王[24]，而成王幼，周公以为天下不可以无赏罚，故不得已而摄天子之位以赏罚天下，以存周室。周之东迁也[25]，天子之权当在平王，而平王昏[26]。故夫子亦曰：天下不可以无赏罚。而鲁，周公之国也，居鲁之地者，宜如周公不得已而假天子之权以赏罚天下，以尊周室，故以天子之权与之也[27]。

然则，假天子之权宜如何[28]？曰：如齐桓、晋文可也[29]。夫子欲鲁如齐桓、晋文，而不遂以天子之权与齐、晋者，何也？齐桓、晋文阳为尊周,而实欲富强其国⁽³⁰⁾。故夫子与其事而不与其心⁽³¹⁾。周公心存王室,虽其子孙不能继,而夫子思周公而许其假天子之权以赏罚天下。其意曰:有周公之心,而后可以行桓、文之事,此其所以不与齐、晋而与鲁也。夫子亦知鲁君之才不足以行周公之事矣,顾其心以为今之天下无周公,故至此⁽³²⁾。是故以天子之权与其子孙,所以见思周公之意也⁽³³⁾。

吾观《春秋》之法,皆周公之法,而又详内而略外,此其意欲鲁法周公之所为,且先自治而后治人也明矣。夫子叹礼乐征伐自诸侯出,而田常杀其君,则沐浴而请讨。然则天子之权,夫子固明以与鲁也。子贡之徒不达夫子之意,续经而书孔丘卒⁽³⁴⁾。夫子既告老矣,大夫告老而卒不书,而夫子独书⁽³⁵⁾。夫子作《春秋》以公天下,而岂私一孔丘哉?呜呼!夫子以为鲁国之书,而子贡之徒以为孔氏之书也欤⁽³⁶⁾!

迁、固之史,有是非而无赏罚,彼亦史臣之体宜尔也⁽³⁷⁾。后之效夫子作《春秋》者,吾惑焉⁽³⁸⁾。《春秋》有天子之权,天下有君,则《春秋》不当作;天下无君,则天子之权,吾不知其谁与⁽³⁹⁾。天下之人,乌有如周公之后之可与者⁽⁴⁰⁾?与之而不得其人则乱,不与人而自与则僭,不与人、不自与而无所与则散。呜呼!后之春秋,乱邪,僭邪,散邪⁽⁴¹⁾?

【注释】

(1) 春秋论:本文为作者《六经论》之一。

(2) 赏罚者句:赏罚,是天下的公事。

(3) 周:朝代名。前十一世纪周武王灭商后建立。国都为镐(今陕西西安西南)。　夫子:指孔子(前551—前479),春秋末期教育家、政治家、思想家,儒家学派创始人。

（4）赏人之功：赞赏人的功劳。

（5）赦人之罪：赦免人的罪过。

（6）去人之族：去掉人的族称。

（7）绝人之国：断绝人的国家。

（8）贬人之爵：贬低人的爵位。

（9）诸侯而或书其名：对诸侯有时只书写他的名。

（10）大夫而或书其字：对大夫有时只书写他的字。

（11）固：确实，的确。

（12）病：担心，忧虑。 僭：超越，跨过。

（13）而己则为之句：而自己却做僭天子、诸侯的事，他用什么来责备天下呢？

（14）胜：胜过，超过。

（15）不然句：不这样，天下有谁不说道理在我这呢？

（16）则是：那么这样。 贼：伤害，祸害。

（17）笑：讥笑，嘲笑。

（18）夫子之赏罚何以异此：夫子作《春秋》的赏罚，跟这件事有什么区别呢？

（19）然则句：那么这样，怎样够得上作为夫子。然则：那么这样。足：够得上，值得。

（20）有善而赏之句：有了好事就奖赏他，叫做鲁国奖赏他；有了坏事就惩罚他，叫做鲁国惩罚他。

（21）何以知之：凭什么知道这些？

（22）系：涉及，关联。 《易》：书名。亦称《周易》、《易经》。为儒家经典著作之一。《系辞》：即《系辞传》,《周易大传》篇名。

（23）及：到，至。 于：介词。引出动作的处所、时间和对象。

（24）武王：即周武王，西周王朝的建立者。姬姓，名发。 成王：姬姓，名诵。周武王子。

（25）周之东迁：前771年申侯联合大戎攻杀周幽王，次年周平王将都城由镐（今陕西西安西南）迁至洛邑（今河南洛阳）。史称东迁。

（26）平王：即周平王（？—前720），东周第一代国王。姬姓，名宜臼。

（27）宜：应该，应当。 假：借。

（28）这句的意思是：然而，借天子的权力应该怎样？

（29）齐桓：即齐桓公（？—前643），春秋时齐国国君。姜姓，名小白。 晋文：即晋文公，（前697—前628），春秋时晋国国君。姬姓，名重耳。

（30）阳：表面上，假装。 其：第三人称代词。

（31）故夫子与其事句：所以孔子赞许他们称霸的事业，却不赞许他们的野心。

（32）顾：看。

（33）是故以天子之权句：因此用天子的权力交给他的子孙，可以显现思念周公的意思。

（34）子贡之徒句：子贡这些门徒不能通晓孔子的意图，续写《春秋》时竟写上"孔丘卒"。

（35）"夫子"三句：按《春秋》记事体例，鲁国大臣现为卿者记其卒事，致仕而卒者不记。孔子既告老矣，不应书其卒，而《春秋》独书其卒，有违体例。

（36）呜呼句：唉！孔子把《春秋》作为鲁国的史书，而子贡这些门徒把《春秋》作为孔子个人的书了呀！

（37）迁固之史句：司马迁、班固的史书，有是非却没有赏罚，那也是史官的体例应该如此。

（38）惑：疑惑。

(39) 天下无君句：天下没有君主，那天子的权力，我不知道给谁。

(40) 乌：副词。何；哪里。

(41) 后之春秋：指后代以"春秋"为书名的书籍，如《吴越春秋》、《吕氏春秋》等书。

广　士

古之取士，取于盗贼，取于夷狄。古之人非以盗贼、夷狄之事可为也，以贤之所在而已矣。夫贤之所在，贵而贵取焉，贱而贱取焉。是以盗贼下人、夷狄异类，虽奴隶之所耻，而往往登之朝廷，坐之郡国，而不以为怍⁽¹⁾。而绳趋尺步⁽²⁾，华言华服者，往往反摈弃不用。何则？天下之能绳趋而尺步，华言而华服者众也。朝廷之政，郡国之事，非特如此而可治也。彼虽不能绳趋而尺步，华言而华服，然而其才果可用于此，则居此位可也。古者，天下之国大而多士大夫者，不过曰齐与秦也。而管夷吾相齐，贤也，而举二盗焉；穆公霸秦，贤也，而举由余⁽³⁾焉。是其能果于是非而不牵于众人之议也，未闻有以用盗贼、夷狄而鄙之者也。今有人非盗贼，非夷狄，而犹不获用，吾不知其何故也。夫古之用人，无择于势。布衣寒士而贤则用之，公卿之子弟而贤则用之，武夫健卒而贤则用之，巫医方技而贤则用之，胥史贱吏而贤则用之。今也，布衣寒士持方尺之纸，书声病剽窃之文，而至享万钟之禄；卿大夫之子弟，饱食于家，一出而驱高车，驾大马，以为民上；武夫健卒，有洒扫之力，奔走之旧，久乃领藩郡，执兵柄；

巫医方技，一言之中，大臣且举以为吏。若此者，皆非贤也，皆非功也，是今之所以进之之涂多于古也。而胥史贱吏独弃而不录，使老死于敲榜趋走[4]，而贤与功者不获一施，吾甚惑也。不知胥吏之贤，优而养之，则儒生武士或所不若。昔者汉有天下，平津侯、乐安侯辈皆号为儒宗，而卒不能为汉立不世大功；而其卓绝隽伟，震耀四海者，乃其贤人之出于吏胥中者耳。夫赵广汉，河间之郡吏也；尹翁归，河东之狱吏也；张敞，太守之卒史也；王尊，涿郡之书佐也。是皆雄隽明博，出之可以为将，而内之可以为相者也，而皆出于吏胥中者，有以也。夫吏胥之人，少而习法律，长而习狱讼，老奸大豪畏惮慑伏，吏之情状，变化出入，无不谙究。因而官之，则豪民猾吏之弊，表里毫末毕见于外，无所逃遁。而又上之人择之以才，遇之以礼，而其志复自知得自奋于公卿，故终不肯自弃于恶以贾[5]罪戾，而败其终身之利。故当此时，士君子皆优为之，而其间自纵于大恶者，大约亦不过几人，而其尤贤者，乃至成功如是。今之吏胥则不然，始而入之不择也，终而遇之以犬彘也。长吏一怒，不问罪否，袒而笞之；喜而接之，乃反与交手为市。其人常曰：长吏待我以犬彘，我何望而不为犬彘哉？是以平民不能自弃为犬彘之行，不肯为吏矣，况士君子而肯俯首为之乎？然欲使之谨饰可用如两汉，亦不过择之以才，待之以礼，恕其小过，而弃绝其大恶之不可贳[6]忍者，而后察其贤有功而爵之禄之贵之，勿弃之于冗流之间。则彼有冀于功名，自尊其身，不敢丐夺[7]，而奇才绝智出矣。夫人固有才智奇绝而不能为章句名数声律之学者，又有不幸而不为者。苟一之以进士、制策，是使奇才绝智有时而穷也。使吏胥之人得出为长吏，是使一介之才无所逃也。进士、制策网之于上，此又网之于下，而曰天下有遗才者，吾不信也。

【注释】

（1）怍：惭愧。

（2）绳趋尺步：按绳墨所划的线走，每步一尺。形容循规蹈矩。

（3）由余：其先人乃晋人，后丧亡入西戎。奉使入秦见秦穆公。秦穆公以女乐赠戎王，戎王悦而受之。由余数谏不听，遂奔秦。秦用由余谋伐戎，益国十二，开地千里，遂霸西戎。

（4）敲榜趋走：敲锣打人奔忙前后，都是小吏干的差事。

（5）贾：买。

（6）贳：赦免。

（7）丐夺：强夺，强取。

养　才

夫人之所为，有可勉强者，有不可勉强者。煦煦然⁽¹⁾而为仁，孑孑然而为义，不食片言以为信，不见小利以为廉，虽古之所谓仁与义与信与廉者，不止若是，而天下之人亦不曰是非仁人，是非义人，是非信人，是非廉人，此则无诸己而可勉强以到者也。在朝廷而百官肃，在边鄙而四夷惧，坐之于繁剧纷扰之中而不乱，投之于羽檄⁽²⁾奔走之地而不惑，为吏而吏，为将而将，若是者，非天之所与，性之所有，不可勉强而能也。道与德可勉以进也，才不可强揠以进也。今有二人焉，一人善揖让，一人善骑射，则人未有不以揖让贤于骑射矣。然而揖让者未必善骑射，而骑射者舍其弓以揖让于其间，则未必失容。何哉？才难强而道易勉也。吾观世之用人，好以可勉强之道与德，而加之不可勉强之才之上，而曰我贵贤贱能。是以道与德未足以化人，而才有遗焉。然而为此者，亦有由矣。有才者而不能为众人所勉强者耳。何则？奇杰之士，常好自负，疏隽傲诞[3]，不事绳检，往往冒法律，触刑禁，叫号欢呼，以发其一时之乐而不顾其祸。嗜利酗酒，使气傲物，志气一发，则倜然远去，不可羁束以礼法。然及其一旦翻然而悟，折节而不为此，以留意于向所谓道与德可勉强者，则何病不至，奈何以朴樕小道加诸其上哉[4]？夫其不肯规规以事礼法，而必自纵以为此者，乃上之人之过也。古之养奇杰也，任之以权，尊之以爵，厚之以禄，重之以恩，责之以措置天下之务，而易其平居自纵之心，而声色耳目之欲又已极于外，故不待放恣而后为乐。今则不然，奇杰无尺寸之柄、位一命之爵、食斗升之禄者过半，彼又安得不越法逾礼而自快邪？我又安可急之以法，使不得泰然自纵邪？今我绳之以法，亦已急矣；急之而不已，而随之以刑，则彼有北走胡、南走越耳。噫，无事之时既不能养，及其不幸，一旦有边境之患，繁乱难治之事，而后优诏以召之，丰爵重禄以结之，则彼已憾矣。夫彼固非纯忠者也，又安肯默然于穷困无用之地而已邪？周公之时，天下号为至治，四夷已臣服，卿大夫士已称职。当是时，虽有奇杰无所复用，而其礼法风俗尤复细密，举朝廷与四海之人无不遵蹈，而其八议[5]之中犹有曰议能者。况当今天下未甚至治，四夷未尽臣服，卿大夫士未皆称职，礼法风俗又非细密如周之盛时，而奇杰之士复有困于簿书米盐间者，则反可不议其能而恕之乎？所宜哀其才而贳其过，无使为刀笔吏所困，则庶乎尽其才矣。或曰：奇杰之士有过得以免，则天下之人孰不自谓奇杰而欲免其过者？是终亦溃法乱教耳。曰：是则然矣。然而奇杰之所为，必挺然出于众人之上。苟指其已成之功以晓天下,俾得以赎其过,而其未有功者,则委之以难治之事而责其成绩,则天下之人不敢自谓奇杰,而真奇杰者出矣。

【注释】

(1) 煦煦然:和乐融洽的样子。

(2) 羽檄:即"羽书",军事文书,插鸟羽以示紧急。

(3) 疏隽傲诞,不事绳检:疏放隽杰,傲慢不经,不愿受到约束。

(4) 朴樕:一种小木,后以之比喻凡庸之材。

(5) 八议:周代为了确定等级身份和调整内部关系所定减轻刑罚的八种条件,即议亲、议故、议贤、议能、议功、议贵、议勤、议宾,凡符合上述八项条件的人犯了罪,可以考虑减刑或免刑。

议　法(1)

古者以仁义行法律,后世以法律行仁义。夫三代之盛王,其教化之本出于学校(2),蔓延于天下,而形见于礼乐(3)。下之民被其风化,循循翼翼,务为仁义,以求避法律之所禁(4)。故其法律虽不用,而其所禁亦不为不行于其间。下而至于汉、唐,其教化不足以动民,而一于法律(5),故其民惧法律之及其身,亦或相勉为仁义。唐之初,大臣房、杜辈为《刑统》(6),毫厘轻重,明辩别白,附以仁义,无所阿曲⁽⁷⁾。不知周公之刑何以易此？但不能先使民务为仁义，使法律之所禁不用而自行如三代时，然要其终，亦能使民勉为仁义。而其所以不若三代者，则有由矣，政之失，非法之罪也⁽⁸⁾。是以宋有天下，因而循之，变其节目而存其大体。比闾小吏奉之以公，则老奸大猾束手请死，不可漏略。然而狱讼常病多。盗贼常病众者，则亦有由矣，法之公而吏之私也⁽⁹⁾。夫举公法而寄之私吏，犹且若此，而况法律之间又不能无失，其何以为治⁽¹⁰⁾？

今夫天子之子弟，卿大夫与其子弟，皆天子之所优异者⁽¹¹⁾，有罪而使与皂隶并笞而偕戮，则大臣无耻而朝廷轻，故有赎焉，以全其肌肤而周其节操⁽¹²⁾。故赎金者，朝廷之体也，所以自尊也，非与其有罪也。夫刑者，必痛之而后人畏焉；罚者不能痛之，必困之而后人惩焉。今也，大辟之诛，输一石之金而免⁽¹³⁾。贵人近戚之家，一石之金不可胜数，是虽使朝杀一人而输一石之金，暮杀一人而输一石之金，金不可尽，身不可困。况以其官而除其罪，则一石之金又不皆输焉，是恣其杀人也⁽¹⁴⁾。且不笞不戮，彼已幸矣，而赎之又轻，是启奸也⁽¹⁵⁾。

夫罪固有疑，今有人或诬以杀人而不能自明者，有诚杀人而官不能折以实者，是皆不可以诚杀人之法坐⁽¹⁶⁾。由是有减罪之律，当死而流。使彼为不能自明者邪，去死而得流，刑已酷矣；使彼为诚杀人者邪，流而不死，刑已宽矣，是失实也。故有启奸之衅，则上之人常幸，而下之人虽死而常无告；有失实之弊，则无辜者多怨，而侥幸者易以免。

今欲刑不加重，赦不加多，独于法律之间变其一端，而能使不启奸，不失实，其莫若重赎⁽¹⁷⁾。然则重赎之说何如？曰：古者五刑之尤轻者止于墨，而墨之罚百锾⁽¹⁸⁾。逆而数之，极于大辟，而大辟之罚千锾。此穆王之罚也⁽¹⁹⁾。周公之时，则又重于此。然千锾之重，亦已当今三百七十斤有奇矣⁽²⁰⁾。方今大辟之赎，不能当其三分之一⁽²¹⁾。古者以之赦疑罪而不及公族⁽²²⁾，今也贵人近戚皆赎，而疑罪不与⁽²³⁾。《记》曰：公族有死罪，致刑于甸人，虽君命宥，不听⁽²⁴⁾。今欲贵人近戚之刑举从于此，则非所以自尊之道，故莫若使得与疑罪皆重赎。且彼虽号为富强，苟数犯法而数重困于赎金之间，则不能不敛手畏法⁽²⁵⁾。彼罪疑者，虽或非其辜，而法亦不至残溃其肌体⁽²⁶⁾；若其有罪，则法虽不刑，而彼固亦已困于赎金矣。夫使有罪者不免于困，而无辜者不至陷于笞戮，一举而两利。斯智者之为也⁽²⁷⁾。

【注释】

(1) 议法：本文是《衡论》的第八篇，评论宋朝执法应推行重赎。

(2) 夫：发语词，位于句首，表示将发议论。　三代：指夏、商、周这三个朝代。　学校：专门进行教育的机构。

(3) 形见：显形，显现。　礼乐：礼节和音乐。

(4) 被：覆盖，遍布。　循循：遵循规矩貌。　翼翼：恭敬谨慎貌。

(5) 汉：汉朝。我国历史上的封建王朝。　唐：唐朝。我国历史上的封建王朝。　一：统一。数词作动词用。

(6) 房：即房玄龄（579—648），字乔（一说名乔，字玄龄），齐州临淄（今属山东淄博）人。　刑统：当时制定的刑律条文。

(7) 毫厘：比喻极微细。毫、厘均是微小的量度单位。　阿（ē）曲：阿谀随便。

(8) 不若：不如，比不上。　由：原因。

(9) 然而：连词。连接分句，表示转折。　病：忧虑。

(10) 举：拿起，提起。　若此：如此，这样。

(11) 优异：特别优待，特别优厚。

（12）全、周：均有保全之意。

（13）大辟：古代五刑之一，谓死刑。

（14）恣：放纵，无顾忌。

（15）启奸：引发奸恶。

（16）诚：确实，的确。　折：判断，裁决。　法坐：犯法获罪。坐：判罪。

（17）莫若：不如，比不上。　重赎：增加赎金，重金赎罪。

（18）说：古时候五种刑罚的最轻微的只是墨刑，而墨刑的罚款是百锾。　五刑：五种轻重不等的刑法。秦以前的五刑为：墨、劓、剕（刖）、宫、大辟（杀）。　墨：古代五刑之一。以刀刺面，染黑为记。锾：古代重量单位，一锾等于六两。

（19）穆王：即周穆王。周昭王子，名满。曾西击犬戎，东攻徐戎，在涂山（今安徽怀远东南）会合诸侯。

（20）奇：零数，余数。

（21）这句的意思是：如今死刑的赎金，不能相当于那时的三分之一。

（22）疑罪：证据不足，难以量刑之罪。　公族：诸侯或君王的同族。

（23）这句的意思是：如今贵人近戚都可以赎罪，而疑罪却不允许赎罪。

（24）致：施加，施行。　宥：原谅，宽容。

（25）敛手：缩手。表示不敢妄为。

（26）辜：罪，罪过。　残溃：摧残毁坏。

（27）笞戮：拷打杀戮。　斯：指示代词。此。

申　法

古之法简，今之法繁。简者不便于今，而繁者不便于古。非今之法不若古之法，而今之时不若古之时也。先王之作法也，莫不欲服民之心。服民之心，必得其情。情然邪，而罪亦然，则固入吾法矣。而民之情又不皆知其罪之轻重大小，是以先王忿其罪而哀其无辜，故法举其略，而吏制其详。杀人者死，伤人者刑，则以著于法，使民知天子之不欲我杀人伤人耳。若其轻重出入，求其情而服其心者，则以属吏。任吏而不任法，故其法简。今则不然，吏奸矣，不若古之良；民偷[1]矣，不若古之淳。吏奸则以喜怒制其轻重而出入之，或至于诬、执；民偷则吏虽以情出入，而彼得执其罪之大小以为辞。故今之法纤悉委备，不执于一，左右前后，四顾而不可逃。是以轻重其罪，出入其情，皆可以求之法，吏不奉法，辄以举劾。任法而不任吏，故其法繁。古之法若方书，论其大概，而增损剂量则以属医者，使之视人之疾，而参以己意。今之法若鬻屦，既为其大者，又为其次者，又为其小者，以求合天下之足。故其繁简则殊，而求民之情以服其心则一也。然则，今之法不劣于古矣，而用法者尚不能无弊。何则？律令之所禁，画一明备，虽妇人孺子皆知畏避，而其间有习于犯禁而遂不改者，举天下皆知之而未尝怪也。先王欲杜天下之欺也，为之度[2]，以一天下之长短；为之量[3]，以齐天下之多寡；为之权衡[4]，以信天下之轻重。故度、量、权衡，法必资之官，资之官而后天下同。今也，庶民之家刻木比竹、绳丝缒石以为之，富商豪贾内以大，出以小，齐人适楚，不知其孰为斗，孰为斛，持东家之尺而校之西邻，则若十指然。此举天下皆知之，而未尝怪者一也。先王恶奇货之荡民，且哀夫微物之不能遂其生也，故禁民采珠贝；恶夫物之伪而假真，且重费也，故禁民糜金(5)以为涂饰。今也，采珠贝之民溢于海滨，糜金之工肩摩于列肆(6)。此又举天下皆知之，而未尝怪者二也。先王患贱之凌贵，而下之僭上也，故冠服器皿皆以爵列为等差，长短大小莫不有制。今也，工商之家曳纨锦，服珠玉，一人之身循其首以至足，而犯法者十九。此又举天下皆知之，而未尝怪者三也。先王惧天下之吏负县官之势以侵劫齐民也，故使市之坐贾(7)，视时百物之贵贱而录之，旬辄以上。百以百闻，千以千闻，以待官吏之私佥(8)，十则损三，三则损一以闻，以备县官之公籴。今也，吏之私籴而从县官公籴之法，民曰公家之取于民也固如是，是吏与县官敛怨于下。此又举天下皆知之而未尝怪者四也。先王不欲人之擅天下之利也，故仕则不商，商则有罚；不仕而商，商则有征(9)。是民之商不免征，而吏之商又加以罚。今也，吏之商既幸而不罚，又从而不征，资之以县官公籴之法，负之以县官之徒，载之以县官之舟，关防不讥(10)，津梁不呵。然则为吏而商，诚可乐也。民将安所措手？此又举天下皆知之，而未尝怪者五也。若此之类，不可悉数，天下之人耳习目熟，以为当然；宪官法吏目击其事，亦恬而不问。夫法者，天子之法也。法明禁之，而人明犯之，是不有天子之法也，衰世之事也。而议者皆以为今之弊，不过吏胥猾(11)法以为奸，而吾以为吏胥之奸由此五者始。今有盗白昼持梃入室，而主人不知之禁，则逾垣穿穴之徒，必且相告而恣行于其家。其必先治此五者，而后诘吏胥之奸可也。

【注释】

(1) 偷：刻薄。

(2) 度：量长短的标准。

(3) 量：量器。

(4) 权衡：秤。

(5) 糜金：浪费金子。

(6) 列肆：市场。

(7) 坐贾：坐地卖东西的商人。

(8) 侩：卖。

(9) 征：征税。

(10) 讥：检查。

(11) 觖：弯曲，这里引申为枉曲，违背。

法　　制(1)

将战必审知其将之贤愚：与贤将战，则持之(2)；与愚将战，则乘之(3)。持之则容有所伺而为之谋，乘之则一举而夺其气。虽然，非愚将勿乘。乘之不动，其祸在我。分兵而迭进，所以持之也(4)；并力而一战，所以乘之也(5)。

古之善军者，以刑使人，以赏使人，以怒使人。而其中必有以义附者焉⁽⁶⁾。不以战，不以掠，而以备急难，故越有君子六千人。韩之战⁽⁷⁾，秦之斗士倍于晋，而出穆公于淖者，赦食马者也。兵或寡而易危，或众而易叛，莫难于用众，莫危于用寡。治众者法欲繁，繁则士难以动⁽⁸⁾；治寡者法欲简，简则士易以察⁽⁹⁾。不然，则士不任战矣⁽¹⁰⁾。惟众而繁，虽劳不害为强。

以众入险阻，必分军而疏行⁽¹¹⁾。夫险阻必有伏，伏必有约，军分则伏不知所击，而其约携矣。险阻惧蹙，疏行以纾士气⁽¹²⁾。

兵莫危于攻，莫难于守，客主之势然也。故城有二不可守，兵少不足以实城，城小不足以容兵⁽¹³⁾。夫惟贤将能以寡为众，以小为大。当敌之冲，人莫不守，我以疑兵，彼愕不进⁽¹⁴⁾，虽告之曰：此无人，彼不信也。度彼所袭，潜兵以备，彼不我测，谓我有余，夫何患兵少？偃旗仆鼓，寂若无气⁽¹⁵⁾，严戢兵士，敢哗者斩⁽¹⁶⁾。时令老弱，登埤示怯⁽¹⁷⁾，乘懈突击，其众可走，夫何患城小？

背城而战，阵欲方、欲踞、欲密、欲缓。夫方而踞，密而缓，则士心固，固则不慑⁽¹⁸⁾。背城而战，欲其不慑。面城而战，阵欲直、欲锐、欲疏、欲速⁽¹⁹⁾。夫直而锐，疏而速，则士心危，危则致死⁽²⁰⁾。面城而战，欲其致死。

夫能静而自观者，可以用人矣。吾何为则怒，吾何为则喜，吾何为则勇，吾何为则怯⁽²¹⁾？夫人岂异于我⁽²²⁾？天下之人，孰不能自观其一身⁽²³⁾？是以知此理者，涂之人皆可以将⁽²⁴⁾。平居与人言，一语不循故，犹且腭而忌⁽²⁵⁾。敌以形形我，恬而不怪，亦已固矣⁽²⁶⁾。是故智者视敌，有无故之形，必谨察之勿动。疑形二⁽²⁷⁾：可疑于心，则疑而为之谋，心固得其实也；可疑于目，勿疑，彼敌疑我也⁽²⁸⁾。是故心疑以谋应，目疑以静应⁽²⁹⁾。彼诚欲有所为耶？不使吾得之目矣⁽³⁰⁾。

【注释】

(1) 法制：法令制度。

(2) 持：相持，对立，对抗。

(3) 乘：凭借，利用。

(4) 迭进：连续进击。

(5) 并力：合力，戮力。

(6) 这句的意思是：而且其中一定有道义附和着。

(7) 韩之战：指鲁僖公十五年（前645），秦穆公与晋惠公在韩原（今山西河津、万泉之间）作战，晋惠公战败被俘。

(8) 治众者句：治理众多人的法令须要多，制度多了士兵就难以动摇。

(9) 这句的意思是：治理少数人的法令要简明，简明了士兵就容易明察。

(10) 任：胜任。

(11) 疏行：分开，分散行进。

(12) 险阻惧蹙句：险要阻塞之地害怕追逼，分散行进用以纡缓士气。

(13) 故城有二句：所以城邑有二种情况不容易坚守，一是兵少不够用来填满城邑，一是城邑狭小不够用来容纳士兵。

(14) 当敌之冲句：面对敌人的进攻，人家没有不把守的，我用疑兵之计，他惊愕不敢冒犯。

(15) 偃旗仆鼓：放倒军旗，停敲军鼓，指军队隐蔽行动，不暴露目标。

(16) 严戢：严格管理。 哗：嘈杂，喧闹。

（17）时令老弱句：时常命令老弱之人，登上城墙以显示怯弱。

（18）夫方而踞句：阵势广大又占踞有利形势，间隔紧密又延缓进军速度以等待之，那么士兵的心里就稳固，稳固就不恐惧。

（19）面城而战句：面对城墙进行战斗，布阵须要直、须要疏、须要速。

（20）危则致死：危险而招致死亡，士兵就会拼死作战，方能置之死地而后生。

（21）吾何为则怒句：我因为什么就发怒，我因为什么就欢喜，我因为什么就勇敢，我因为什么就胆怯。

（22）夫：发语词，表示议论开端。

（23）孰：疑问代词。谁，哪个人。 其：第三人称代词。

（24）涂：通"途"，道路。 将：统率。

（25）平居与人言句：平时闲居与人谈话，一句话不遵循旧典，尚且惊愕而忌讳。

（26）敌以形形我句：敌人以阵形显示给我看，我恬静而不惊异，心已经很稳固了。

（27）疑形二：可疑的形势有两种。

（28）这句的意思是：在眼里看到可疑，不用怀疑，这是敌人在故意迷惑我。

（29）这句的意思是：所以心里怀疑以谋划来应付，眼睛看到怀疑以冷静来应付。

（30）彼诚欲句：他确实想要有所作为吗？不会使我在眼睛中看到。

兵　制

　　三代之时，举天下之民皆兵也，兵民之分自秦汉始。三代之时，闻有诸侯抗天子之命矣，未闻有卒伍叫呼衡行[1]者也。秦汉以来，诸侯之患不减于三代，而御卒伍者乃如蓄虎豹，圈槛一缺，咆勃四出，其故何也？三代之兵耕而食，蚕而衣，故劳，劳则善心生。秦、汉以来，所谓兵者，皆坐而衣食于县官，故骄，骄则无所不为。三代之兵皆齐民[2]，老幼相养，疾病相救，出相礼让，入相慈孝，有忧相吊，有喜相庆，其风俗优柔而和易，故其兵畏法而自重。秦、汉以来，号齐民者，比之三代，则既已薄矣，况其所谓兵者，乃其齐民之中尤为凶悍桀黠者也，故常慢法而自弃。夫民耕而食，蚕而衣，虽不幸而不给，犹不我咎[3]也。今谓之曰：尔毋耕，尔毋蚕，为我兵，吾衣食尔。他日一不充其欲，彼将曰：向谓我毋耕毋蚕，今而不我给也。然则怨从是起矣。夫以有善心之民，畏法自重而不我咎，欲其为乱，不可得也。既骄矣，又慢法而自弃，以怨其上，欲其不为乱，亦不可得也。且夫天下之地不加[4]于三代，天下之民衣食乎其中者，又不减于三代，平居无事，占军籍，畜妻子，而仰给于斯民者，则遍天下不知其数，奈何民之不日剥月割，以至于流亡而无告也？其患始于废井田，开阡陌，一坏而不可复收。故虽有明君贤臣焦思极虑，而求以救其弊，卒不过开屯田，置府兵，使之无事则耕而食耳，呜呼，屯田府兵，其利既不足以及天下，而后世之君又不能循而守之，以至于废。陵夷及于五代，燕师刘守光又从而为之黥面涅手[5]之制，天下遂以为常法，使之判然不得与齐民齿。故其人益复自弃，视齐民如越人矣。太祖既受命，惩唐季[6]、五代之乱，聚重兵京师，而边境亦不曰无备；损节度之权，而藩镇亦不曰无威。周与汉、唐，邦镇之兵强；秦郡县之兵弱。兵强故末大不掉，兵弱故天子孤睽[7]。周与汉、唐则过，而秦则不及，得其中者，惟吾宋也。虽然，置帅之方则远过于前代，而制兵之术吾犹有疑焉。何者？自汉迄唐，或开屯田，或置府兵，使之无事则耕而食，而民犹且不胜其患。今屯田盖无几，而府兵亦已废，欲民之丰阜，势不可也。国家治平日久，民之趋于农者日益众，而天下无莱田[8]矣。以此观之，谓斯民宜如生三代之盛时，而乃戚戚嗟嗟无终岁之畜者，兵食夺之也。三代井田，虽三尺童子知其不可复。虽然，依仿古制，渐而图之，则亦庶乎其可也。方今天下之田在官者惟二：职分[9]也，籍没[10]也。职分之田，募民耕之，敛其租之半而归诸吏；籍没则鬻之，否则募民耕之，敛其租之半而归诸公。职分之田遍于天下，自四京以降至于大藩镇，多至四十顷，下及一县亦能千亩。籍没之田不知其数，今可勿复鬻，然后量给其所募之民，家三百亩以为率。前之敛其半者，今可损之，三分而取其一，以归诸吏与公。使之家出一夫为兵，其不欲者，听其归田而他募。谓之新军，毋黥其面，毋涅其手，毋拘之营。三时纵之，一时集之。授之器械，教之战法，而择其技之精者以为长，在野督其耕，在阵督其战，则其人皆良农也，皆精兵也。夫籍没之田既不复鬻，则岁益多。田益多则新军益众，而向所谓仰给于斯民者，虽有废疾死亡，可勿复补。如此数十年，则天下之兵，新军居十九而皆力田不事他业，则其人必纯固朴厚，无叫呼衡行之忧，而斯民不复知有馈饷供亿之劳矣。或曰：昔者敛其半，今三分而取一，其无乃薄于吏与公乎？曰：古者公卿大夫之有田也以为禄，而其取之亦不过什一。今吏既禄矣，给之田则已甚矣。况三分而取一，则不既优矣乎？

民之田不幸而籍没，非官之所待以为富也。三分而取一，不犹愈于无乎？且不如是，则彼不胜为兵故也。或曰：古者什一而税，取之薄，故民胜为兵，分三分而取一，可乎？曰：古者一家之中，一人为正卒，其余为羡卒(11)，田与追胥竭作。今家止一夫为兵，况诸古则为逸，故虽取之差重而无害。此与周制稍甸县都役(12)少轻，而税十二无异也。夫民家出一夫而得安坐以食数百亩之田，征繇科敛不及其门，然则彼亦优为之矣。

【注释】

(1) 衡行：同"横行"。

(2) 齐民：普通百姓。

(3) 不我咎：不咎我，不怨我。

(4) 加：多于。

(5) 黥面涅手：黥面，用刀刺刻人的面额，再涂上墨。涅手，将手染黑。

(6) 季：末。

(7) 孤睽：孤单不合。

(8) 莱田：荒芜的田地。

(9) 职分：指职分田。古代官吏的禄米田，按官品等级分给。

(10) 籍没：指官家没收的田地。

(11) 羡卒：候补编外之卒。

(12) 稍甸县都役：指周代距王城三百里之地辖区内所制之役。